王立図書館司書の侯爵令嬢は、公爵令息から溺愛される

～祝福の花嫁～

佐木ささめ

この物語はフィクションであり、実在の人物・
団体・事件等とは、いっさい関係ありません。

王立図書館司書の侯爵令嬢は、
公爵令息から溺愛される
～祝福の花嫁～

Royal Kiss more

プロローグ

本格的な冬に入ろうとする晩秋の十一月。ウィステリア・グレイゲート侯爵令嬢は、マルサーヌ王国王立貴族学院での授業を終えて帰宅するところだった。

しかし教室から正門へと向かう途中、廊下の曲がり角で令嬢の一行とぶつかりそうになる。中心人物らしき令嬢の顔を見て、内心でゲンナリしつつ素早く頭を下げた。

「申し訳ありません。失礼いたしました」

一歳年下のメリガン公爵令嬢エスターだ。

ウィステリアは彼女から目の敵にされているため、その姿を見かけたらすぐ違う通路を使うようにしていたのだが、今日は運が悪かった。

エスターはこれ見よがしに顔をしかめ、嫌悪と蔑《さげす》みの表情を見せつける。

「まあ、嫌だわ。醜い病《やまい》が移ってしまったら、どうしてくれるのよ！」

ウィステリアの顔面には赤い湿疹が広がっているため、エスターはそれをネタに侮蔑の言葉を投げてくる。

ウィステリアの皮膚病は四歳の頃に発症し、体中に湿疹が発生していまだに完治していない。特に頬骨の辺りに赤く広がった湿疹は、痕が残るほどではないものの、かなり目立つ。

とはいえウィステリア自身はあまり気にしていないが。

「これは人に移る病ではないので大丈夫ですよ」

「なんですって！　わたくしがそのような醜い顔になってもいいと言うの!?」

……なぜそうなるのだろう。この皮膚病は移りませんと言っただけなのに。

まあ、こちらが何を言っても気に食わないと知っているため、エスターが落ちつくまで口をつぐむことにした。なにしろ相手は自分より高位なので、逆らわない方がいい。

ウィステリアの実家、グレイゲート侯爵家は貴族の中でも序列が高い。だから皮膚病のことで周りから遠巻きにされても、いじめられることは少なかった。

しかしエスターは別だ。公爵令嬢の彼女からは、あからさまに嫌味を投げつけられたり、いわれなき中傷をばら撒《ま》かれたりしている。

私物に水をかけられたときは、その執念を違うことへ向ければいいのにと感心したほどだ。

そのエスターはひとしきり喚《わめ》いた後、「わたくしの前から消えなさい！　この醜女《ブス》！」と捨てゼリフを吐き、取り巻きのご令嬢を引き連れて去っていった。

はぁーっと大きく息を吐いたウィステリアは、そそくさと馬車止めへ向かう。エスターのことで悩んでいる暇はない。

帰宅したウィステリアは、指導教官から手渡された書類を見つめて思う。

「……やっぱり働くしかないわ」

十八歳になったウィステリアは、十二月の中旬に王立貴族学院を卒業して成人する。すでに社交界デビューは済ませているものの、ここマルサーヌ王国では、貴族の子女は王立貴族学院を卒業しないと一人前とは認められない。

逆にいえば、卒業した途端に貴族の義務が発生する。国に仕えるか領地を治めるか、はたまた家に益をもたらす結婚をするか、選ばねばならない。

この年齢になると、高位貴族の令嬢は婚約者が決まっている場合がほとんどで、卒業後は花嫁修業をしたり結婚準備をしたりと、家庭に入る道を歩むものだ。

ウィステリアも豊かで広大な領地を持つグレイゲート侯爵家の令嬢として、親が決めた婚約者に嫁ぐ仕度をするはずなのだが……

その婚約者が決まっていないのだ。

皮膚病が原因で、何人かの婚約者候補から敬遠され、この時期になっても未来が選択できないでいる。

とはいえ大貴族のグレイゲート家とつながりたい家からは、縁談の申し込みは絶えなかった。

しかしそういう貴族に限って、『病持ちの醜女《しこめ》を嫁にもらってやるんだ。ありがたく思え』

との侮蔑や高慢が滲《にじ》み出ており、グレイゲート侯爵の怒りを買っては屋敷から追い出されている。

ウィステリアが学院に通い始めても、クラスメイトは『病気が移るかも』『顔が赤くて怖い』と気味悪がって近寄らず、ウィステリアも静かに本が読めればいいと達観したのもあって、とうとう婚約者が決まらないまま卒業間近になってしまった。

最近では症状はだいぶ落ち着いているものの、顔や手足に発疹が残っているため、もう結婚は無理だろうと将来について悩んでいた。

「……働くならなるべく人と接することが少ない仕事がいいわ。先生がおっしゃった王立図書館の文官に応募するべきかしら」

腕組みをして考え込むウィステリアだが、その表情に悲壮感はない。

皮膚病が治らなかったのは悲しいけれど、両親や祖父母からは惜しみない愛情を注がれ、兄からは精神的・物理的に守られてきたので自己肯定感は低くない。

もとから前向きな性格というのもあって、婚約者が決まらなくても、「それなら働けばいいわ。なんとかなるでしょ」と楽観的にとらえていた。

貴族令嬢ならば行き遅れになるなど人生に絶望するところだが、「社交界に出なければ自分の悪口も聞かなくて済むし、そのうち周囲もわたくしのことを忘れるでしょうし、皮膚病で死ぬわけでもないし！」と、どこまでも前向きだ。

そして本日、指導教官から卒業後の進路を聞かれた際に働きたいと相談したところ、王宮での文官を勧められたのだった。

『あなたほどの好成績なら行政官に推薦することが多いのだけど、あまり目立ちたくないのよね？　それなら王立図書館の司書はどうかしら。同僚は本しか見ていないから働きやすいのではなくて？』

との言葉に、がぜんやる気になった。

ウィステリアは教官から渡された推薦状を持って、父親がいる書斎へいそいそと向かう。晩《ばん》餐《さん》が近づきつつある時刻だが、父親はぎりぎりまで仕事をしているのが常だった。

ノックをして名乗れば、やはり父親の声で入室の許可が下りる。

デスクで本を読んでいたグレイゲート侯爵家当主、チェスター・グレイゲートはウィステリアの姿を認め、読んでいた本に栞《しおり》を挟むと愛しげに娘の愛称を呼んだ。

「可愛いリア。こちらにおいで。――この時間に来るということは、皆に聞かれたくない話があるのかね？」

「そういうわけではありませんが、まずはお父様のお許しをいただこうと思いまして」

「おや。婚約したい貴公子でも見つけたのかい？」

父親が手を伸ばして娘の美しいハニーブロンドを優しく撫でる。しかしウィステリアの方は、「まさか！」とおかしそうにクスクスと笑った。

「わたくし、王宮で働くことを決めたのです！」

高らかに宣言しつつ、推薦状を父親のデスクの上に置く。グレイゲート侯爵はウィステリアの労働宣言に、諦念を含んだため息を漏らした。

貴族の子女は基本的に働かない。王宮や高位貴族の家で働く令嬢は下位貴族がほとんどだ。グレイゲート侯爵家のような高位貴族の令嬢が仕官するなど、聞いたことがない。

王族の乳母や教育係として王宮に招聘《しょうへい》される場合はあっても、それは大変名誉なことで、ウィステリアの労働とはまったく意味合いが違う。

「リア……我が家には君を生涯養う財力があるんだよ？　わざわざ働かなくても……」

「それだと私は何をすればいいんですか？　社交をしない令嬢なんて、刺繍ぐらいしかすることがないじゃないですか」

社交界デビューした後、ウィステリアも家族と共に夜会やお茶会へ出席したことがあった。しかし学院にいるときと同じように腫れ物あつかいされて、それ以降招待を断り続けていたところ、今ではまったく誘われなくなっている。

おかげでとても心が安らいでいる毎日だ。

しかしその分、やることがない。貴族の令嬢や夫人は社交が使命なのだから。

それでも侯爵は引き下がらなかった。

「では私の補佐として領地で暮らせばいい。領民のために、領地をよりいっそう豊かにしようじゃないか」

「それにはわたくしも心惹かれますが、よくよく考えるとお兄様がご結婚されて跡を継がれるときに、地獄だと思いません？」

「えっ、地獄？」

すごいセリフが娘の口から飛び出して、侯爵が仰《の》け反《ぞ》っている。

「だって未来の侯爵夫人にとって、未婚の義妹などあつかいづらい小姑《こじゅうと》じゃないですか。お兄様の幸せのためにも、わたくしは家を出るべきなのです」

「……ヘンリーは、決してそのように思わないぞ」

「それはそうですけど、お兄様にべったりと妹がくっ付いていたら、嫁いできてくださった方はどう思うでしょう」

「いや、そんな、適切な距離を取って暮らせば……」

「――お父様」

ウィステリアは重厚なウォールナットのデスクに両手を突くと、グッと身を乗り出して真正面から父親の瞳を射貫く。

「あのお兄様が、結婚できない哀れな妹と適切な距離を取って暮らせると、本っ気でお思いですか？」

クワッと目を見開く娘の迫力に、父親は気まずそうに視線を逸らした。なにせグレイゲート家の長男はシスコンなので。

妹を溺愛する兄のヘンリーは、ウィステリアの皮膚病を嘲笑《あざわら》った男へ決闘を申し込んでは、ボッコボコに打ちのめす危ない男だった。

ウィステリアは、兄が他人を再起不能にする前に離れた方がいいと真剣に悩んでいる。あと兄妹愛が重すぎて、兄の伴侶になる女性が自分をどう思うか想像すると怖い。

やはりお互い、遠く離れて幸せになるべきではないか。

そういう考えもあって働くことを決意したのだ。……と簡潔に話せば、娘の言い分に父親も迷いながら頷いてくれた。

「……家に残ったり、貴族の家に嫁いでつらい思いをするより、いいかもしれないな……おまえが決めたのなら反対はしないよ」

「ありがとう、お父様！」

ウィステリアは父親の頬にキスをすると、礼儀正しく退出の挨拶をしてから部屋へ戻る。

自分は一人娘だから他家へ嫁ぐのが当然なのに、家にいればいいと、政略結婚をしなくても侯爵家《うち》の立場は揺るがないと、娘の自由を認めてくれる懐の広い父親には感謝しかない。

頬を紅潮させて喜ぶウィステリアは、明日さっそく王宮の文官登用試験に申し込もうと、申請書類を書き始めた。

第一話

二月の終わりに近づく今日は曇天で、かなり気温が低い。王宮の中庭はうっすらと雪が積もっており、まだまだ春の息吹は感じなかった。

シリル・アディントン公爵令息は、国王の執務室から退室した直後、冷えた廊下の空気を吸い込み「寒い……」と疲れた声を漏らした。ほとんど風邪を引かない健康な体ではあるが、こうも疲れていると寒さにやられそうになる。

今のシリルはたいそう疲れていた。

二年にもおよぶ留学から帰国した途端、国王や王太子、大臣や上級官吏《かんり》たちに呼び出され、何度も同じ話を繰り返しているのだ。

滞在国や周辺諸国の情勢を知りたいというのは分かるが、こっちだって遊びに行ったわけではない。早く次の計画に取りかかりたいのに、こうして毎日のように王宮へ呼び出されると、なかなか思うように進まない。

どうして彼らは、こうも平気で他人の時間を消費するのか。

――こっちは国費で留学したわけじゃないんだ。そんなに知りたいなら自分で行ってこい。

と言いたかったが、軋轢《あつれき》を生むから言わないでおいた。でもやっぱり言ってやりたいから、よけいにイライラする。

シリルはむしゃくしゃする気持ちを抑え込みつつ、王宮の行政区画から、サロンやボールルームなどがある外宮へ出る。

このときあまり会いたくない人物が、回廊の奥から近づいてくるのを認めた。

慌てて回れ右をして違う道を使う。幸いなことに相手――ターナー伯爵はこちらに気づかなかったようだ。

伯爵は元老院の一員で悪い方ではないのだが、一族の令嬢を『婚約者にいかがでしょう？』としつこく勧めてくるからつらい。

シリルは二十五歳という、貴族の令息ならばそろそろ身を固めるべき年齢だ。しかしまだ婚約者も決まっていないため、年頃の令嬢をあてがおうとする者が後を絶たない。

ターナー伯爵が紹介する令嬢が、アディントン公爵家当主の多忙さを知ったうえで嫁ぐ覚悟があるなら、シリルだって一考する。

しかし彼女らは公爵夫人になりたいとか、贅沢な暮らしをしたいとか、虚栄心を満たす野望しか抱いていないのだ。

ターナー伯爵は一族のご令嬢たちを、勤勉で有能な類稀《たぐいまれ》なる淑女だと評している。が、身内への評価が甘すぎるのではないか。

深くて重いため息をついたシリルは、仕方なく遠回りになる道を使って王立図書館へ向かった。

王宮へ来たのは、探している本が書籍商でも見つけられなかったため、王立図書館ならばあるかもしれないと思ったのが理由だ。早い時間から訪れたはずなのに、もう夕方近いとは、いったいどういうことなのか……

肩を落としつつ、一度外宮を出て渡り廊下を使い、図書館がある離宮へと歩く。

午餐《ごさん》会の帰りらしき貴族令嬢たちとすれ違うたびに、ちくちくと突き刺さるような視線を頬に感じられてうっとうしい。

ここで足を止めたり一瞥《いちべつ》すれば追いかけてくるので、絶対に反応しないと決めている。

空気の塊がうろついていると思うことにした。

それというのもシリルは顔が整っているので、女性の目を引きやすいのだ。

しかも燃えるような赤い髪に金色の瞳の組み合わせは、アディントン公爵家に現れる身体的特徴で、こちらの身分を推測しやすい。

見た目のよさに加えて、マルサーヌ王国筆頭貴族という肩書きまである。王宮を歩くたびに女たちから秋波を送られ、居心地が悪かった。

男に睨《にら》まれるときの感覚とは違い、なんというか、まとわりつくように粘り気のある感覚が怖ろしい。背筋がゾクゾクする。

――いや、やはり寒さに負けて風邪を引いたのかもしれない。

と、シリルは思いながら足早に離宮へ向かった。

マルサーヌ王国の王立図書館は、かつて離宮の一室にあった。しかし蔵書が増えすぎて一室では収まらなくなり、隣室の壁を取り壊して部屋を拡張した。

しかし何年かたつと再びスペースが足りなくなって、また部屋を広げて……と繰り返した結果、離宮そのものが図書館と化したのだ。

王国の頭脳とも呼ばれる知識の宝庫。

あるいは、言葉と書物の神殿。

王立図書館には世界中から集めた書籍や稀覯本《きこうぼん》が、天井まで伸びる頑丈な書架にぎっしりと詰められている。おかげで書架が建物を支える柱になっているほどだ。

さらにここは、我が国の公文書を収める唯一の図書館でもある。

そこへ足を踏み入れたシリルは、紙とインクの匂いとかすかなカビ臭さに、ささくれていた気持ちが落ち着いてくるのを感じた。

留学する前まで、ここにはよく出入りしていたので懐かしい。それに娯楽本を置かないせいか、貴族令嬢や文官以外の女性が利用することは少ないため、煩わしい思いをしなくて済むというのも大きかった。

閲覧用のデスクがある一角では、必死の形相で本の内容を書類に書き写す者や、静かに図書を読む者がいる。そのほとんどが文官だ。

ペン先が紙を引っかくざらついた音や、ページをめくるわずかな音を聞きながら、シリルは館内に入ってすぐ脇にあるカウンターへ近づいた。

本の修繕をしている司書へ、荷物と外套《がいとう》を渡して番号札を受け取る。これは図書の盗難を防ぐ意味があった。

目的の書籍がどの辺りにあるか尋ねてみると、多分あの辺りだろうと曖昧《あいまい》な言葉が返ってくる。

シリルは気分転換も兼ねて、ゆっくりと本の背表紙に視線をすべらせつつ、独特の雰囲気がある書物の海を泳ぐことにした。

……しかしこれだけの蔵書があると、なかなか目当ての本が見つからない。一冊はなんとか発見したが、後の三冊の場所がさっぱり分からなかった。

手の空いている司書に探すのを手伝ってもらうべきかと思ったとき、数冊の本を抱えて顔を伏せる女性とすれ違った。

左腕の腕章には、王立図書館を表す本と羽ペンの紋章が刺繍されている。間違いなく司書だ。

――女性の司書なんて珍しいな。初めて見る。

探している本の場所を聞こうかと思ったのと同時に、女性へ声をかけたくない気持ちが膨らんで少し迷う。女性蔑視というわけではなく、顔と身分のせいで嫌な思いをし続けている反動で。

カウンターにいる司書へ頼むべきかと悩んでいたら、視線を感じたのか女性司書が顔を上げて振り向いた。

目が合ったシリルは、内心の動揺を押し殺すことができなかった。容姿があまりにもちぐはぐすぎて。

その女性は美しい絹糸のようなハニーブロンドに、極上のエメラルドを思わせるグリーンアイという組み合わせの持ち主だった。

さらに生命力に満ちた双眸《そうぼう》や、形のいい柳眉《りゅうび》や鼻が、完璧に配置されている。

絶世の美女と評しても申し分ないほど、整った容貌の持ち主だった。

それなのに赤い発疹が頬に散らばって美しさを損ねているため、美醜が混じり合っているように見える。

しかも美しいブロンドをひっつめ髪にして、紺色の地味なドレスを着ているから、若いようなのに老けている印象が強くてひどく戸惑うのだ。

それでも女性の容姿を貶《おとし》める態度は取りたくないと、すぐさま無表情を取り繕う。さらに目が合っていながら無視するのは失礼と思い、冷静な声で話しかけた。

「司書殿とお見受けする。本を一緒に探してもらえないだろうか」

「かしこまりました。どのような本をお探しでしょうか」

外国の医学書のタイトルを伝えると、彼女は数秒目を閉じてから、「それですと三冊ともこちらですわ」と奥へシリルを案内する。

驚いたのは向かった先が閉架書庫だったことだ。

道理で見つからないはずだと思う一方、書庫にある本は膨大な量なのに、こちらの問いに瞬時に答えたことに驚く。

よほど記憶力がいいのだろうか。

王立図書館の蔵書量は、およそ百五十万冊と聞いた覚えがある。書庫にはそのうち半数以上が収められているはずだが……

書庫の鍵を開けて右端の書架へ導く司書は、手袋をはめると棚に脚立を寄せて、ためらうことなく上り始めた。

シリルは慌てて彼女に背を向ける。

──スカートで脚立に上る女性を初めて見た。

司書の方は気にしていないようで、一冊の本を書棚から引き抜いて下りてくる。

「これだと思いますが」

そう言いながら分厚い本を渡してきた。

「ああ！　間違いない、助かったよ」

シリルが大仰に喜んだせいか、女性司書は「よかったです」と小さく微笑んだ。

その淡い微笑には、幼い子どもを見るような慈愛がこもっている気がして、シリルは面はゆい。だいぶ年下らしき女性なのに。

顔が赤くなりそうなのを精神力で抑えていたら、司書は「次はこちらです」と、さっさと違う書棚へシリルを導く。

三冊ともかなり離れた場所にバラバラに保管されていたのに、彼女は迷うこともなく目的の本がある棚へ向かった。

シリルは三冊目の本を受け取ったとき、さすがに我慢できず疑問を口にする。

「君、本がどこにあるか全部覚えているのか？」

「はい」

あっさりと頷いた司書に軽く仰け反ってしまう。

この膨大な量の書物の位置を記憶しているなんて信じられない。しかも彼女は特に誇っている様子もない。

シリルが自分よりずっと若い女性に脱帽していると、彼女はシリルの手にある本を見ながら言葉を続けた。

「ご利用者様。開架の図書はご自身で元の場所に戻していただきますが、書庫の本は司書が戻しますので、読み終わったら入り口のカウンターにいる者へお渡しください」

「いや、これらの本は借りるつもりなんだ」

シリルは内務大臣が発行した貸出許可証を見せる。

王立図書館の蔵書は、基本的に館外への持ち出しを禁止している。自宅で読みたい場合は国王または大臣の許可を必要とした。多忙な雲上人《うんじょうびと》から許可証を手に入れるのは難しく、めったに貸出は行われない。

女性司書は一瞬、目を見開いて許可証へ顔を近づけた。

その表情と仕草がとても可愛らしかったので、シリルは彼女に見えない位置で小さく笑ってしまう。

「……本物ですね。かしこまりました、貸出手続きをいたします」

女性司書と共にカウンターへ戻り、修繕作業をしている男性司書に許可証を見せる。彼は慌てて貸出用の書類を取り出した。

サインを求められたシリルがフルネームを記すと、アディントンの姓を見た男性司書の表情に、媚びるような笑みが浮かぶ。へりくだった態度で、シリルの荷物と外套をうやうやしく差し出してきた。

無表情で受け取ったシリルがふと辺りを見回せば、先ほどの女性司書はどこにもいない。シリルをカウンターまで案内し、手続きを終えたのを見届けて持ち場へ戻ったのだろう。

ほんの少し不思議な気分で図書館を後にした。

今までシリルの顔を見た女性は、必要もないのにそばから離れず、付きまとうことが多かった。そのためあっさり姿を消した女性司書に好感を覚えたのだ。

しかも記憶力が高くて知的な印象もある。ああいう女性と婚約したいものだな、とシリルは心から思った。

アディントンは領地があまりにも広すぎて管理に手間がかかるため、当主と跡取りは王宮で奉職せず、領地運営に専念するのが慣例となっていた。

当然、いずれ公爵夫人となる嫡男の妻も、婚約者時代から公爵家について学ぶのが常となる。そのため嫁にくる女性は、夫を支えて共に領地を治める覚悟を持つ人でなければいけない。

もっとも淑女として教育された貴族令嬢に、優秀であれとまでは望まない。ただ、仕事を放り投げないぐらいの根性は見せてほしいのだ。でないと結婚生活は続けられない。

おかげでシリルの婚約相手はなかなか見つからなかった。

シリルは図書館を出て回廊を歩きつつ、先ほどの女性司書を思い浮かべる。

しなやかで気品ある立ち居振る舞いは、見ただけで彼女が正しく美しい礼儀作法を身に付けていると感じさせた。間違いなく貴族令嬢である。

地味な格好をしているせいで年齢不詳だが、話したときの声の印象から、かなり若いと思われる。王立貴族学院を卒業して一年といったところか。

彼女がどれぐらいの期間、ここで働いているか分からないが、この仕事を続けていることに敬意を覚えた。

司書の仕事とは、本の整理や図書館内の案内をする程度、と思い込んでいる者は多い。

しかし本は一冊二冊だと軽いけれど、それがおびただしい量の蔵書ともなれば、整理するだけで重労働だ。

実際は体力が必要な仕事だったりする。

館内も広すぎるほど広いので、書物の埃《ほこり》取りで隅から隅まで歩くと結構な距離になる。だからこそ司書職を続けていることで、労働への高い意欲は察せられた。素晴らしい。

しかも先ほど貸出の書類にサインをしたとき、こちらの身分に気づいただろうに、カウンターの司書と違って態度を変えなかった。

分《ぶ》をわきまえている人間は好ましい。シリルの中で彼女への興味がむくむくと膨らんでいく。

——領地運営に興味はないだろうか。……いや、あったとしても身分的に無理か。

司書職に就《つ》いている時点で、彼女は下位貴族出身だと察せられた。筆頭貴族アディントン公爵家が近づいたら、彼女と彼女の父親は卒倒するかもしれない。

逆に高位貴族と縁組みができると単純に喜ぶような家は、何かしら問題を抱えている場合が多い。

とても残念だとシリルは思いつつも、その足取りは図書館に来たときよりも段違いに軽くなっていた。

§

昼休憩を終えたウィステリアが図書館へ戻ろうと、外宮から離宮への渡り廊下を歩いていたときだった。背後から、「司書殿」と声をかけられて振り向く。

息を呑むほど美しい偉丈夫が、一冊の本を手にして足早に近づいてきた。三日前に図書館の蔵書を借りていった貴公子である。

ウィステリアは優雅に淑女の礼を取った。

「こんにちは、ご利用者様。もし本のご返却でしたら、わたくしが承ります」

「これは返すけど、借りたい本もあるから図書館へ行くつもりだ」

「そうですか」

「……外で食事をしているのか？」

彼の視線が、自分の腕にぶら下がるバスケットへ向けられる。この寒さの中、あえて屋外で食事をすることに疑問を覚えたらしい。

王宮に勤める者のほとんどは大食堂を利用している。しかしそこへ行くと、ウィステリアの顔を見て眉を顰《ひそ》める者や、伝染病ではないかと疑う者が少なくないため、居心地が悪いのだ。

そのため屋敷《やしき》からランチを持参していた。

「離宮の庭園に温室があるんです。その中だと温かくて過ごしやすいんですよ」

「へえ、温室があるとは知らなかった」

「少し歩きますからね」

真冬にわざわざ外へ行く物好きなど、ウィステリアぐらいだ。おかげで静かな時間を過ごすことができる。

そんな他愛ない話をしているうちに、なんとなく二人で一緒に図書館へ向かうことになった。

ウィステリアは横目で貴公子を観察しつつ、胸中で「この人、本当に男前だわ」と感心した。

意志が強そうな切れ長の瞳は珍しい金色で、鮮やかな赤毛と相まって神秘的な魅力を感じさせる。神殿にある男神像《おがみ》もかくやと言うほど、眉目秀麗な色男だ。

しかも背が高く、ウィステリアなど彼の肩までしか届かない。

おまけにフロックコートを着ていても肉体のたくましさを感じるから、存在そのものに迫力がある。初めて彼と目が合ったときは武官かと思った。

貴族服より騎士服の方がよく似合いそうだ。

端整な容貌の持ち主なのに、男らしい精悍《せいかん》さをあわせ持つ美男子。これほどの貴公子を、一年ほど王宮に勤めていても噂話さえ聞いたことがない。

いったい何者だろうと、彼を書庫へ案内しながら疑問に思ったものである。

その疑問は、貸出許可証に記された〝シリル・アディントン〟のサインで答えを得た。

貴族名鑑にあるその名前は、筆頭貴族アディントン公爵家のご嫡男だ。

かの公爵家は、先々代国王の王妹《おうまい》殿下が降嫁した、王家の傍系である。さらに現アディントン公爵の妹君は王妃殿下だ。

つまり彼は、次代の国王陛下となる王太子殿下の従兄弟《いとこ》にあたる。

確か二年ほど国外へ留学していたはず。それで今まで見たことがなかったのかと納得した。

そんなことを考えているうちに図書館に着いたので、カウンターの司書と休憩を交代し、公爵令息から返却された本をチェックする。破損や汚れがないかをザッと確認してから、開架の図書だったので元の場所に戻してほしいと本を渡した。

彼の広い背中を見送るウィステリアは、ふとあることに気がつく。彼は自分の顔を見ても、嫌悪感を表さなかったと。

そういう男性は珍しい。目が合ったとき少し驚いたようだが、すぐに表情を消して丁寧な態度を示してくれた。今までこの顔を見た貴族男性は、ほとんどが気味の悪そうな反応をしたり、不快を表したりした。

同僚の男性司書たちもこの顔を苦手としているようで、ウィステリアが親しくしている人は誰もいない。

まあ、その方が気楽でいいのだが。

――さすが貴族の頂点に立つ名門の令息は違うわ。しかも驕《おご》ったところがないし、馴《な》れ馴《な》れしくもないし……これぞ完璧な紳士って感じ。素晴らしいわ。

高位貴族とは、かくあるべきかな。と、心の中で頷いたウィステリアは、同僚がやり残した本の補修を始めることにした。

司書の仕事の大半は、蔵書の点検と修繕、館内の環境を整えることが占めている。

書物の保管にはカビが大敵なため、餌となる埃を除去し、湿気が溜まらないよう換気を繰り返し、紙を食べる害虫よけのハーブを適宜に交換しなくてはならない。

しかし広大な離宮全体を、毎日適切な状態に維持するのは大変だった。

気づけば紙が腐ったりカビが繁殖して、本自体が脆《もろ》くなっていたりする。劣化が進むとページをめくるだけで紙が破れることもある。

そうなる前に消毒液でカビを拭き取ったり虫干しをしたりするが、傷みが激しい場合は複写して作り直さねばならない。

そして本を読む行為は、物理的な損傷にもつながっている。

今、ウィステリアが取りかかっている図書も、背表紙が半分ほど剥がれていた。本文も一部がバラバラになっている。

――かわいそうに。綺麗に直してあげるからね。

ウィステリアは本を綴《と》じている糸をすべてナイフで切り、表紙などの外装を外して本文のみをまとめる。

バラバラになったページは紙が傷んでいる箇所も多いため、補修用の薄紙を貼り合わせておく。それから切った糸を観察した。

同じ細さの麻糸を取り出し、蜜ろうを塗って針に糸を通す。紙がずれないよう、そして浮き上がらないよう、丁寧に本文をかがっていく。

――よし、本体はこれでいい。背表紙は……なんとか再利用できるかな。

タイトル部分のみを薄く削って剥がし、本の背をくるむ製本用の布に削り出したタイトルを貼れば、書架に並べてもこの本を探しやすい。

何もない背表紙に直接タイトルを記入してもいいのだが、それだと元の背表紙は永遠に失われてしまう。できる限り後世に残したい。

鋭利な小型ナイフに持ち替えて、背表紙の表面のみを、破らないよう慎重に削っていく。

しばらく集中して背表紙を綺麗に取り外したとき、ウィステリアの手元に影が落ちた。

「すまない、ちょっといいいか？」

カウンターの目の前にアディントン公爵令息が立っていた。

その美しい容貌が困り顔になっているため、もしかしたら待たせてしまったかもしれない。

「あ、申し訳ありませんっ」

慌てて立ち上がると彼がほっとした表情になる。……やはり待たせたらしい。本の補修にのめり込んでいた。

ウィステリアは集中しすぎると、周囲の声が聞こえなくなる悪癖があった。

「こちらこそ手を止めさせて済まない。少し教えてほしいことがあって」

そう言いながら一冊の蔵書を手渡してくる。外国語のタイトルが記されている本で、何枚かの紙が栞がわりに挟まれていた。

彼は栞があるページを広げて見せてくる。

「これはサファ公国の薬学辞典なんだが、文脈が少々分かりづらいところが多い。この本は信頼に値するのだろうか」

「……拝見します」

本を受け取った手が少し震えてしまったのには、理由がある。

司書の仕事の一つに、他国から輸入した書籍の翻訳があった。翻訳を仕事にする者が少ないため、語学に堪能な司書が請け負っているのだ。

身内の杜撰《ずさん》な仕事ぶりを指摘されたようで、ウィステリアは緊張を覚える。

紙が挟んであるページをチェックすると、悲しいことに誤訳が散見していた。

「申し訳ありません。これは翻訳した者のミスになります……」

翻訳者名には、ウィステリアと入れ違いで退職した男性司書の名前が記されていた。

このようなひどい翻訳ミスのまま製本されたのは、ネイティブチェックができなかったせいだろう。サファ公国語を訳せる司書が、当時は退職したその司書しかいなかったと聞く。

それだけでなく、彼は図書館での業務が嫌すぎて仕事が雑だったらしい。

語学が堪能な文官は図書館へ配置されるが、ここでの仕事は地味なうえ、異性との出会いがないので不人気なのだ。

何しろ女性司書はウィステリアしかおらず、しかも若い女性が図書館を利用する機会は少ない。

司書は知識の管理官として重職であるのに……

ウィステリアはがっくりと肩を落としつつ、公爵令息に頭を下げた。

「こちらは翻訳のやり直しになりますので、回収させていただきます」

「そうか……訳し直すとなると、時間がかかりそうだな」

無念さを滲ませる声に、ウィステリアは考え込む。

「いえ、一から訳すわけではありませんので。そこまで長くはかからないでしょう。ちょうどわたくしは翻訳作業が入っていないため、これを優先して訳すことができます。もしお急ぎでしたら製本する前の原稿をお渡しすることもできますが」

手書き原稿を見せるのは恥ずかしいけれど、自分の字はそこまで汚くはないと思うので我慢しよう。と、ウィステリアがやや照れながら申し出れば、令息はものすごく驚いた表情を見せた。

「君はサファ公国語が分かるのか？」

「話すのは苦手ですが、読み書きでしたら大丈夫です」

そう答えると彼はもっと驚いていた。

まあ、サファ公国はここから海を挟んだ大陸の中央にある小さな国なので、言語を知っている人の方が少ない。

ウィステリアは単に、サファ公国語で書かれた本を読みたくて学んだだけだ。あと、翻訳をすると特別手当がもらえるという実利もある。

今回も翻訳をすれば給金が増える、と内心で喜んでいたら、令息が顎に手を添えて考え込んだ。

「ご利用者様？　どうかなさいましたか？」

「……いや。なんでもない。では翻訳が終わったら見せてもらってもいいだろうか」

「かしこまりました。終わりましたら公爵邸へご連絡をいたします」

ウィステリアはその後すぐ司書総裁――司書を統括する図書館の責任者――に相談し、新しい翻訳版を作ることになった。

翌日、昼休憩に入ったウィステリアは離宮の温室へ向かい、ベンチに腰を下ろしてバスケットからランチを取り出した。

ここは訪れる人がめったにいないため、食堂のような常にざわざわしている空間より静かで過ごしやすい。

だが本日は珍客が訪れた。

「やあ、司書殿。隣に座っていいかな？」

ウィステリアのバスケットと似たようなものを抱えた、アディントン公爵令息である。

彼は諾否《だくひ》を聞いてきた割に、ウィステリアが返事をする前に隣へ腰を下ろしてしまう。

おかげでウィステリアは、サンドイッチを手に持ったまま固まってしまった。

彼の方はお構いなしにランチを取り出して食べ始める。

ウィステリアのサンドイッチの三倍はありそうな量を、綺麗な所作でありながら、ものすごく早く食べている。

その食べっぷりを見て、ようやく我に返ったウィステリアはそろそろと食事を再開した。

――この人、何をしにここへ来たのかしら。

アディントン公爵家といえば、領地運営に専念して出仕はしない一族だと聞いたことがある。なので官吏用の食堂を利用しづらく、ランチを持参して図書館に来るのは分かる。館内は飲食厳禁なので、こうして温室で食事をするのも分かる。

しかし自分の隣に座ることが解《げ》せない。

ウィステリアが脳内で疑問符を育てていると、サンドイッチをすべて食べ終えた令息が、バスケットから陶器のカップを二つと瓶を取り出した。

「果実水、飲まないか？」

「……いただきます」

本当に、何しに来たのかしら？　と、ウィステリアはひどく戸惑う。

カップが二個あるということは、自分とランチをしに来たのかもしれない。……いやいや、まさか、それはない。

今までこちらの顔を見ても近づいてくるような男性は、ウィステリアの実家と懇意にしたい下心があった。

しかし大貴族アディントン公爵家に、それはあり得ない。

混乱しながらも果実水をいただくと、令息がこちらへ体を向けて話しかけてくる。

「司書殿。君は語学が得意なようだが、イーリス連邦の共通語は分かるだろうか」

「はい、分かります」

即答すれば、令息がパッと表情を明るくした。

その顔がお菓子をもらって喜ぶ子どもみたいで、ウィステリアは微笑ましさから表情筋がゆるむのを感じる。

この人には、他人の警戒心をほぐすような無邪気さがあった。

彼はウィステリアの笑みを見て視線をきょろきょろとさ迷わせた後、わざとらしく咳払いをしている。

「実は君に個人的な依頼をしたい。屋敷にある蔵書の一部を翻訳してほしいんだ」

「イーリス連邦で出版された本ですか？」

「それもあるし、違う言語の本もある。語学が得意なようなので、一度うちに来てもらえないだろうか。もちろん迎えに行くし、一人が気まずいなら侍女を連れてきてくれ。報酬も支払う。金ではなく宝石やドレスの方がよければ、好きな店の品を用意しよう」

令息が真剣な顔つきで話すから、ウィステリアは宙を見つめて思案する。

たいして親しくもない男性からの個人依頼など、考えるまでもなくお断りだ。自分は皮膚病があっても女であることに変わりはないため、相手の家にノコノコと出かけて押し倒される可能性だってある。

しかしこの人は筆頭貴族の令息であるため、無下《むげ》にもできなかった。

――どうしよう。公爵邸に行っても、何事もなく帰れる気はするけど。

アディントン公爵家は、悪い噂をめったに聞いたことがない。公爵閣下の人柄も誠実との噂だ。

令息の方はとにかく美しいとの噂しか聞かないが、悪しざまに罵る者は見たことがなかった。目の前の人物からも悪意は感じられない。

グレイゲート侯爵家とは派閥が違うものの、特に対立した過去もない。

――うーん、アディントン公爵家とご縁が結べるチャンス、って考えるべきかしら。

ウィステリアは生涯独り身を予定しているので、政略結婚で家同士をつなげることができず、また夜会などの社交場に出ないため、人脈を広げることもできない。実家に貢献しない娘にとって、親孝行するいい機会だと思う。

それに報酬は宝石やドレスでもいいと言い切るぐらいだから、相場より色を付けてくれそうだ。

ウィステリアは裕福なグレイゲート家に生まれたものの、自分の資産があるわけではない。今はまだ父親が何不自由なく養ってくれるが、親の死後、家の財産はすべて兄が相続する。

そのため少しでも稼いで投資に回していきたかった。

まあ、父親のことだから娘のために生前贈与ぐらいするかもしれない。けれどそれで死ぬまで穏やかに生きていけるかは、誰にも分からないのだ。

ウィステリアは令息に深く頭を下げる。

「ご利用者様。そのご依頼、ぜひ受けさせてくださいませ」

「ありがとう！　助かるよ。どうか私のことはシリルと呼んでくれ」

「……はい、シリル様」

友人でも親戚でも婚約者でもないのに、ファーストネームを呼んでもいいのだろうか。気安すぎるのではないだろうか……

家族以外の異性と交遊する経験が少ないウィステリアは、困惑と羞恥が入り混じった気持ちで眼差しを伏せる。

落ち着かない気分でいるウィステリアへ、令息――シリルが上機嫌で話を続けた。

「司書殿。次の休みはいつだろうか。家に招待したい」

「四日後になります」

「では迎えに行こう。そのときまでに契約書を用意する。あなたの名前を教えてくれないか」

あ、と呟いたウィステリアは恥じ入ってしまう。いまだに名乗っていなかった。

「申し遅れました。ウィステリア・グレイゲートでございます」

告げた途端、シリルの美しい顔に驚愕が現れた。目玉が零れ落ちそうなほど見開かれている。どうしたのだろう。

「グレイゲート……まさか、侯爵家の？」

はい、と頷けばシリルが額を押さえた。ものすごく困っている様子に不安感が膨らんでくる。

「あの、何か問題でも？」

「……いや、それはない。ただ予想外の大貴族だったから、驚いて……」

ウィステリアは思わず吹き出してしまう。天下のアディントン公爵家が何を言うのやら。

「シリル様のご実家ほどではありませんよ」

気分がよくなったウィステリアは、残りのサンドイッチを食べて懐中時計を取り出した。そろそろ休憩が終わる時刻だ。

「わたくしはこれで失礼します。ご依頼についての詳細はグレイゲート家へお伝えくださいませ」

呆然とするシリルを置いて、ウィステリアは淑女の礼をするとその場を立ち去った。

そんな彼女の背後で、シリルが顔を赤くしていることには気づかなかった。

§

三月に入ってすぐの頃、いつも領地を飛び回っている父親、アディントン公爵が王都邸《タウンハウス》を訪れた。

今年はアディントン家の末娘、エノーラが王立貴族学院を卒業する年だ。

その後すぐ婚約者と挙式予定なので、結婚準備のため公爵もそうそうタウンハウスを留守にできない。

タイミングがいいのか悪いのかとシリルは思いつつ、晩餐で家族が集まったときに父親へ話を切り出した。

「父上、グレイゲート侯爵家の令嬢をここへ招くことになりました」

「ん？　嫁にしたいのか？」

「なぜいきなりそうなるのです!?」

「だっておまえ、今まで貴族令嬢の話題を出したことがないだろう」

その通りではあるが、まずは話を聞いてくれないだろうか。

シリルが気持ちを落ち着けようとワイングラスに口をつけたとき、妹のエノーラがおそるおそる声をかけてくる。

「シリルお兄様、グレイゲート侯爵令嬢と、ご結婚を考えていらっしゃるの……？」

ひどく不安そうな声に、どうしたのかと疑問に思ったが、とりあえず否定しておいた。

「違うよ。語学が堪能な方でね、留学先で集めた書物の翻訳を頼んだんだ」

その言葉に父親が目を剥いている。

「おまえ、グレイゲートのご令嬢にそんなことを頼んだのか？　そこまで親しかったか？」

「……いいえ、先日初めてお会いしました」

否定するシリルが気まずげに目を逸らすと、母親が興味津々の表情で口を挟む。

「グレイゲート侯爵令嬢はお一人しかいらっしゃらないわ。すでに学院をご卒業されたはずよね。どちらでお会いしたの？」

「王立図書館です」

ウィステリアと出会った経緯と、翻訳を頼んだ理由を告げておく。

屋敷に高位貴族を招く以上、当主夫妻にそのことを伝えるのがマナーだ。ウィステリアだって父親にアディントン邸へ行くことを話すだろう。

もし社交場で両家の当主が顔を合わせた際、この件を知らなかったら恥になる。

父親はウィステリアの知性に興味を示したのか、金色の瞳をきらりと光らせた。

「なかなかの才媛じゃないか。大貴族に生まれながら労働を厭《いと》わないところも素晴らしい。身分もこれ以上ないほど釣り合っている。嫁にもらえばいいじゃないか！」

そう言われると分かっていたから、ウィステリアのことを言いたくなかった。シリルは頭痛を感じながらも反論する。

「父上、彼女をそういうつもりで招いたわけではありません」

「翻訳の件はうちに招く口実ではないのか？」

「私は彼女が下位貴族の令嬢だと思って依頼したのです。まさかグレイゲート侯爵令嬢だとは思わなくて……」

「おまえ失礼だな」

「高位貴族のご令嬢が図書館で働いているなんて、誰が想像するんですか!?」

「言われてみればそうだな。どうして侯爵令嬢が働いているんだ？」

ようやくそこに思い至ったのかと、シリルはこめかみに青筋を浮かべながら大きく息を吐いた。

「顔に目立つ湿疹があるんです。……おそらくそれが原因で婚約できず、働くという選択をしたのでしょう」

言いにくそうに告げるシリルの表情は苦い。おそらくと述べたが、これは真実のことだから。

ウィステリアがグレイゲート侯爵令嬢だと知って、シリルは慌てて彼女の身辺調査をした。

王宮には三つ年下の弟が働いており、噂話を集めるのが得意なのでちょうどよかった。

弟によると、ウィステリアの勤務態度は良好なうえ、事務処理能力も高く、何より語学が堪能で、司書総裁の評価も高い有能な文官だという。

しかしその反面、顔にある湿疹のせいで、王宮の一部の人間から忌避されていた。陰口を叩かれたり、嫌がらせを受けたこともあるらしい。

幸いなことに図書館内では総裁が睨みを利《き》かせているため、職場で不当なあつかいを受けることはないようだが。

そして彼女は近年、社交場にいっさい顔を出していない。人気《ひとけ》のない温室で休憩していることを思い出せば、他人との関わりを避けているのだと察せられた。

たぶん彼女は、結婚を考えていない。

政略結婚をすれば、夫や婚家《こんか》の意思に従わなくてはならない。嫁が社交場に出ないなど許されるはずがない。

だが社交場は政治の駆け引きの場でもあり、一見優雅で華やかに見えるが、足の引っ張り合いなどの闇が深い部分もある。

それをうまく渡り歩くのが貴族なのだが……ウィステリアの皮膚病は、他人に攻撃されるネタを常に表しているようなものだ。なかなかつらいものがあるだろう。

彼女が社交を避ける、つまり結婚したくない気持ちは共感できた。

……ウィステリアが高位貴族の令嬢だと知ったとき、求婚できる相手だと心が弾んだ。しかし彼女の境遇を知れば知るほど、安易に手を伸ばしてはいけない人だと悟って落ち込んでしまった。

あれほど賢く美しい貴婦人なのに、発疹があるというだけで肩身の狭い思いをするなんて。

――理不尽すぎる。

シリルが鬱屈とした想いに、テーブルの下で両手の指を組んで苛立《いらだ》ちを抑える。

すると場違いなほど父親が嬉しそうな顔になった。

「皮膚病といっても働いているなら、たいしたものじゃないんだろう？　ちょうどいいじゃないか」

「はぁ？」

シリルの口からドスの利いた声が漏れた。病のせいで社交も婚約もできない令嬢に対して言うセリフかと。

「だってうちの嫁なら領地に引きこもっても全然構わないし、大歓迎だ！」

あっけらかんとした父親の言葉にシリルも考え込む。

アディントン公爵夫人には、当主と共に広大な領地を管理する使命がある。そのため商人を呼びつけて散財したり、友人とお茶会を開いたりと、優雅な生活を送ることはできない。嫁入り前に経済を学んでもらう必要もある。

普通の貴族令嬢には、ものすごく嫌がられる条件だった。

実際にシリルの婚約者が決まらないのも、婚約者候補たちが、田舎に引っ込んで領地に尽くす覚悟を持てず、全員逃げ出したせいだ。

――でもウィステリア嬢は司書の仕事に誇りを持っている様子だった。私と結婚するなら、今すぐとは言わないがいつかは辞めてもらうことになる。

それはどうなのかと考えていたら、母親が夫の腕を軽く叩いた。

「あなた、そうはいっても領地での社交がありますわ」

アディントン領は広すぎるほど広いので、分家や寄子《よりこ》となる貴族が、地方行政官として各地に点在している。彼らの嘆願をくみ上げ、または不正がないよう監督するのは領主夫妻の大切な仕事だ。

まあ社交といっても、アディントン一族内での交流ということになるが。

父親は妻の指摘を高笑いで一蹴した。

「はっはっはっ、公爵夫人に逆らう愚か者が領地にいるわけないだろう！　首と胴が離婚したい奴は別だがな！」

父親的には冗談《ジョーク》を言ったつもりなのだろうが、半分本気だと家族は知っているので誰も笑わなかった。

現在のアディントン当主は前公爵の三男坊で、本来なら爵位を継がない気楽な立場だった。自由気ままに育った彼は王宮騎士団に入り、当時、隣国との小競り合いが頻発していた西の国境で武勲を上げ、若くして騎士大隊の隊長まで出世した。

騎士として生涯を終えるつもりだったが、二人の兄が疫病で亡くなってしまい、急きょアディントン公爵家を継ぐ事態になった。

とはいえもともと武闘派の人なので、何か問題が起きると剣で解決しようとする。

そういう父親だから、息子たちも十二歳の頃から騎士団に放り込まれた。しかも父親が王都へやってくるたびに、朝から鍛錬に付き合わされる。嫡子のシリルは騎士になることなどできないのに……

この脳筋が、よくぞ公爵閣下としてやってこれたものだと、アディントン一族では七つの怪奇の一つとして囁かれている。まあ、公爵夫人の功績が大きいのだろうが。

頭痛がひどくなってきたシリルは、指でこめかみを押さえつつ父親に言い切った。

「とにかく、ウィステリア嬢には婚約などといった話題を持ち出さないでください。代わりの翻訳者なんて早々に見つからないんですから」

父親は不満げな表情を見せたが、とりあえず大人しくすることを約束してくれた。

それなのに晩餐を終えて食堂を退出するときは、ひどく機嫌がよさそうだったので不安感がこみ上げる。

どうか大人しくしてくれと神に祈りながら自室への廊下を歩いていたとき、珍しいことに妹が慌てた様子で後を追ってきた。

「お兄様！」

「ん？　どうしたエノーラ」

「あのっ、グレイゲート侯爵令嬢との婚約はないっておっしゃいましたが、お父様はたぶん乗り気ですわ。お兄様はどう思ってらっしゃるの……？」

ひどく不安そうに訴えてくるから、シリルは眉根を寄せた。

「ウィステリア嬢について何か知っているのか？」

「……グレイゲート侯爵家のウィステリア様といえば、よくない噂を聞きますから……」

「それはまさか彼女の皮膚病のことではないだろうな」

身体的特徴をあげつらうような無礼な妹ではないはず。とシリルがエノーラの両肩をつかめば、妹はキョトンと首を傾げた。

「いえ、皮膚病のことは初めて聞きました」

「そうか……。それで、ウィステリア嬢がなんだって？」

視線をさまよわせるエノーラは、「これは学院で囁かれているのですけど」と前置きしてから気まずそうに言葉を続ける。

「その、ウィステリア様は婚約者がいる殿方を誘惑して、その殿方を奪おうとする悪女だと――」

§

アディントン公爵邸へ行く日、昼食を済ませたウィステリアが外出用のドレスに着替え終わると、家令のウォーレスが困り顔でやってきた。

「お嬢様、お届け物でございますが……」

冬の終わりとはいえ、まだまだ寒いこの時期には大変珍しいバラの花束だ。うっすらと緑がかった白いバラは、香りは弱いものの繊細な美しさがある。

しかしウィステリアはバラを見て、天を仰いだ。

自分には花を贈ってくれるような婚約者はいない。そのため乙女心をくすぐる花束の贈り主など、一人しか心当たりがなかった。

花束にはメッセージカードが添えられており、ウィステリアは迷いながらもそれを引き抜く。

『愛しいリア　温室のバラが綺麗に咲いたので贈ります　春を待ち遠しく思う君の心を慰めてあげたい　愛を込めて　クライヴ・フリーマン』

短いメッセージを読んだウィステリアは、困惑を隠せないウォーレスに視線を向け、フッと弱々しい笑みを零した。

「花に罪はないわ。飾っておいて」

「……かしこまりました。玄関はまずいですね」

兄に知られたら捨てられるだろう。そのうえ怒り狂って暴れ出すはず。

「この部屋でいいわ」

「よろしいのですか……？」

部屋に飾ったら贈り主のことを常に思い出すのでは、とウォーレスは気を揉んでいる。

ウィステリアは、「友人からのプレゼントだもの。構わないわ」と鷹揚《おうよう》に笑った。

フリーマン伯爵家のクライヴは、一歳年下の幼馴染だ。

彼の実家の領地はグレイゲート侯爵領に接しており、互いの領都邸《マナーハウス》が近いのもあって、幼い頃から仲がよかった。家族ぐるみの付き合いがある。

しかしクライヴが婚約して以降、ウィステリアは彼と距離を取っていた。

自分が男ならば友人として付き合うことも可能だが、異性である以上、婚約者の令嬢が気にすると思って。

しかしウィステリアの気遣いはまったく通じておらず、こうして贈り物を届けてくるし、観劇や買い物に行こうと誘ってくる。

婚約者を誘いなさいと断っているけれど、彼が変わる兆《きざ》しは見えない。

このときノックの音がして、従僕が家令に何かを告げた。頷いたウォーレスが表情を真面目なものに変える。

「馬車の用意が整いました」

ウィステリアもまた真顔になって頷く。

本日、ウィステリアは表向き、数少ない友人の家へ遊びに行くことにしていた。しかしその友人宅はアディントン邸の反対方向にあるため、わざと友人宅方面へ進んでから、遠回りをしてアディントン邸へ向かう手はずになっている。

行き先を兄に詮索されたくないので。

皮膚病で婚約ができない妹を、兄は心から心配してくれる。そのいたわりの気持ちは嬉しい。

けれど兄は愛が重い分、ウィステリアが働くことに反対していた。高位貴族の令嬢に労働などふさわしくないと。一生、自分が養うから家で優雅に暮らしていればいいと。

――お兄様のことだから、翻訳の個人依頼なんて絶対に許さないわ。私を部屋に閉じ込めたりするかもしれない。

しかもシリルが婚約者のいない令息と知ったら、妹と結婚するつもりはあるのかと詰め寄りそうだ。

当然、そういった関係ではないので、シリルと会うことを認めないだろう。

それで父親には個人依頼について話した際、兄には言わないでほしいと頼んでおいた。彼が騒ぎ立てて、シリルとのことが噂になったらアディントン家に申し訳が立たない。

父親も、アディントン公爵邸へ長男が乗り込む想像をして、顔色を悪くしながら頷いてくれた。

ウィステリアがウォーレスと共に階下へ降りると、兄のヘンリーが玄関ホールで、冬眠前の熊のようにうろうろしている。

熊はウィステリアの姿を認めた途端、溌溂《はつらつ》とした表情を見せた。

「リア！　ずいぶん可愛くしたな！　デートに誘いたいぐらいだ！」

にこっと笑顔でスルーしたウィステリアは、ヘンリーのエスコートで馬車へ向かう。たいした距離ではないのだが……

「リア、早く帰ってこれたら私とチェスをしよう。新しい戦術を教えてくれ」

「昨夜の対局を見直すことも大切ですわ。それに今日は久しぶりに会う友人との語らいですもの。時を忘れるかもしれません」

訳すと、『一人で自習してて。そんなに早く帰らないから』になるが、ヘンリーは意に介さず、「リアの好きなレモンチーズケーキを買っておく」と続けている。

馬車に乗ったウィステリアは、兄に見送られてタウンハウスを出た途端、スッと笑みを消して体から力を抜いた。

騎士団に勤めるヘンリーは宿舎で生活しているのだが、休日のたびに帰宅しては妹を構ってくる。

寂しい思いをしないようにとのことらしいが、成人した妹にべったり張り付くのは、いかがなものか。

ヘンリーはすでに二十二歳。そろそろ婚約者を決めるべきである。

いや、婚約者候補はいるにはいるが、彼が妹大好き人間なのを知っているため、向こうの親が乗り気ではないのだ。

このままでは婚約の話も流れてしまうだろう。

――それにもうそろそろ騎士を辞めてほしい。名誉な仕事だけど、嫡子に何かあったらどうするのかしら……

ウィステリアが再び天を仰いだとき、馬車がぐるっと大回りして目的の屋敷に近づいた。ほどなくしてアディントン邸に到着し、御者の手を借りて馬車から降りると、わざわざシリルが出迎えてくれる。

「ウィステリア嬢。ようこそアディントンへ」

自宅だからか、シリルはシャツにウエストコート、スラックスという簡素な服装だ。けれど体格のよさと胸板の厚さが強調されて、実にたくましく感じる。

そんな男らしい美形が優雅にこちらの指先へ口づけるから、ウィステリアは頬を赤く染めてしまう。

――指が荒れているのが恥ずかしい。もっとお手入れするべきだったわ。

紙をあつかう仕事なので、年中手荒れが治らないでいる。それなのにケアを怠《おこた》っていたのは、自分に挨拶のキスをする人なんていないと、高《たか》を括《くく》っていたせいだ。油断禁物である。

家令に手土産を渡すと、シリルが「お茶は図書室に用意しよう」とさっそく屋敷の奥へ歩き出す。

ウィステリアは、まず屋敷の主《あるじ》に挨拶をすると思っていたので少し驚いた。

「シリル様。公爵閣下にご挨拶をしたいのですが」

するとと彼はにこっと人懐っこい笑みを浮かべる。

「それは気にしないでくれ。父は今、素振りをしているから」

「え？　閣下がですか？」

「うん、東方から仕入れた珍しい片刃の剣を渡しておいたからね。よけいなことを言わないようにするには、これが一番だ」

「はあ……」

さっぱり意味が分からなかったが、アディントン公爵は鍛錬の最中なので、誰とも会わないと言いたいのだろう。

広大な領地を持つ貴族は、私設の騎士団を抱えていることがほとんどなので、最高司令官となる領主の見た目が弱々しいと士気に関わる。

それで鍛えているのかとウィステリアは感動した。そこまでする領主は多くないので、素晴らしいと思う。

シリルの案内で長い廊下を進む途中、壁の一面に横長の巨大地図が飾られていた。

アディントン公爵領の全体図で、地方都市の位置や、その土地で採れる農産物、主要産業などが記されている。

領地の面積は、縮尺から計算するとグレイゲート領の五倍以上はあった。

「……大きいですね」

これはもう小さな国といっていい規模ではないか。

歴史の授業で、昔はアディントン公爵家を公国として独立させるべきと、たびたび議論が持ち上がったと習ったが、その理由も頷ける。

「まあ、大きいよな。ここまで広いと一つの家で運営するのはギリギリだ。それなのに新しい事業をやろうとするから、君のような優秀な人の助けがないと滞《とどこお》ってしまう」

「翻訳が新しい事業なのですか？」

「いや、医療専門の大学校を建てる予定なんだ」

マルサーヌ王国では、二十年前に疫病が蔓延して多くの人が命を落としている。

白眼病《はくがんびょう》という恐ろしい病は、何十年かの周期で流行を繰り返し、いまだに治療薬は開発されていない。

シリルの伯父たち——現アディントン公爵の二人の兄も白眼病で亡くなったため、アディントン家は医学の発展に力を注いでいるという。

シリルが地図の南東部分を指さす。

「ここが建設予定地。このユードレーン地方は薬草の一大産地なんだ」

ウィステリアへの依頼は、国外の医学書や専門書の翻訳だという。大学校の教授陣となる医師や薬師へ渡すものになるそうだ。

「私は父の補佐として領地運営に関わっているが、当主ほど仕事が割り振られていないんだ。

おかげで爵位を継ぐまで好きなことができる」

「壮大な計画ですね。素晴らしいです」

彼の志《こころざし》を本心から立派だと思う。

なにしろ二十年前の白眼病の流行時、ウィステリアの母方の祖父母と伯父一家も亡くなっているから。

自分の家族は無事だったものの、それから数年後、肺炎で母親を亡くしている。

なおさらシリルを応援したいと心から思った。

話しながら廊下を進むと、あまり陽が当たらない北側の部屋に案内される。そこには個人の図書室とは思えないほどの蔵書があった。

「わぁっ、すごいですね……！」

歴史資料や専門書のほか、王立図書館にはない娯楽系の大衆小説までもがずらりと並んでいる。この蔵書量は圧巻だ。

「恋愛小説とかは、曾祖母が集めたと聞いている」

「曾祖母君というと、王妹殿下ですね」

有名な方である。ウィステリアが生まれた頃にはすでに亡くなっていたが、それでも聞いたことがあった。

彼女は同盟国の王太子と婚約していたが、結婚式の直前に王太子が落馬で亡くなり、嫁ぎ先を失ってしまった。

悲しむ王女を救ったのが、当時のアディントン公爵令息だ。彼が王妹殿下との婚約を王家へ願い、彼女はアディントンへ降嫁した。

その当時、公爵令息は二度目の婚約解消をしたばかりだった。

アディントン公爵夫人は、領地にその身を捧げる覚悟でなければ務まらない。しかし婚約者は、公爵邸で領地運営の勉強を始めると、あまりの厳しさから実家に逃げ帰ってしまうという。

他国の王妃になる予定だった王女は、厳しい妃教育も修めている。才媛だったとも言われているから、公爵令息は条件で選んだというわけだ。

まあ、政略結婚とはそういうものだが。

――家のために結婚しなくてもいいわたくしは恵まれているわ。

ウィステリアは父親に感謝しつつ、書棚に並ぶ背表紙を順に眺めていく。

「あっ、すごい本がある！」

とても珍しい本を見つけた。この装丁《そうてい》は間違いなく絶版本だ。

シリルに許可をもらってから本を開いてみる。

「有名な恋愛小説だよな、それ。何がすごいんだ？」

シリルが本のタイトルを見て不思議そうにしている。

「この本、出版社によって結末が違うんです！」

「恋愛小説の結末が違うって、まったく別の話にならないか？」

「そうなんです！　この絶版本では主人公たちが亡くなって終わるのですが、出版社が倒産して別の会社から再販された際、ラストがハッピーエンドに変わっていたんです！」

しかも今は新しい出版社の版しか流通していないため、絶版本は幻となっていてウィステリアも読んだことがない。

「幸せな結末に変えたのか。そんなこと勝手にして許されるのか？」

「著者はすでに亡くなっていたから、遺族が許可したのでしょう。……あのっ、これ、後で読んでもいいですか？」

「ああ、持って帰るといい」

「ありがとうございます！」

ウィステリアの表情が、ぱあっと光り輝くような笑顔になった。するとシリルは視線をきょろきょろとさ迷わせている。何か探しものだろうか。

シリルは自身の耳たぶを指でもてあそびながら、そっぽを向いて口を開いた。

「あー、他にも読みたい本があったら、好きなだけ持ち帰っていいから」

「嬉しいです！　でも古い本は慎重にあつかうべきなので、一度に持ち出すことはやめておきます」

「司書らしい言葉だな」

ふふ、と機嫌よく微笑んだウィステリアは、パラパラとページをめくるうちに、何かが挟んであることに気づいた。

花が描かれた手のひらサイズのカードは、おそらく栞代わりにしたのだろう。かつて色鮮やかだったと思われる花は、ほとんど色褪《あ》せていた。

そのカードを見たシリルが、「先々代当主が描いた絵だ」と言いながら絵の隅にあるサインを指さす。

かすれた文字で〝バーニー・アディントン〟と記されていた。

「ひいおじいさまは描画《びょうが》をたしなまれたのですか？」

「器用な人だったと言い伝えられてるから、そうなんだろうな」

へぇ、と思いながらウィステリアは何気なくカードを裏返す。

ぎょっとしたのは、有名な妻への愛の詩が記されていたせいだ。愛妻家ならば必ず妻へ贈ると言われる、情熱的な詩の一節。

「すみませんっ、勝手に見てしまいました……」

慌てて元のページに挟んで本を閉じると、シリルが軽快に笑い出した。

「気にしないでくれ。すごく仲のいい夫婦だったらしいから、妻に宛てたラブレターがこうやってたまに見つかるんだ」

「まあ……」

条件で選んだ政略結婚なのに、との気持ちが顔に出てしまったのか、シリルが苦笑を見せた。

「意外？」

「えっと、多少は」

「たとえ政略でも、結婚する以上は伴侶を大切にするという人だったんだ。うちみたいな領地を駆け回ってばかりの家に来てくれるんだから、せめて幸せになってほしいじゃないか」

「……大変、羨ましいですね」

かつて自分に求婚してきた者たちの中に、そのような紳士は一人もいなかった。誰もがグレイゲート家から搾取することしか考えておらず、ウィステリアの容姿をあげつらう者ばかりで。

アディントンの先々代当主みたいな方がいれば、自分も婚約に乗り気になったかもしれない。

素晴らしい紳士だとウィステリアが小さく頷いたとき、不意に影が落ちて手元が暗くなる。

顔を上げると、書棚に右手を突いたシリルが身を屈《かが》めて整った顔を近づけていた。

「──羨ましいなら、私と結婚する？」

「え？」

「私も嫁いでくれた女性を生涯大切にする。幸せにすると誓うよ」

予想以上に近い位置にある金色の瞳には、こちらをからかうような感情など見当たらない。しかも彼は微笑んでいるのに、射貫いてくる眼差しは真剣で。

数秒ほど見つめ合ったウィステリアは、やがてシリルに体ごと向き合うと柔らかく微笑んだ。

「お断りします」

「えっ！」

笑顔で振られたシリルが、口を半開きにしたまま放心する。

このときタイミングよく入り口の扉がノックされ、メイドがお茶を運んできた。

第三者の足音で我に返ったシリルは、やや肩を落として「まいったな……」と苦く笑う。

それでもすぐに、「お茶にしよう」とウィステリアを窓際のテーブル席へエスコートしてくれた。

ウィステリアは微笑みながら、ドキドキと暴れまくる心臓をドレスの上からそっと手で押さえる。

——さすが高位貴族の貴公子。女性に慣れてる……！

あやうくときめいてしまったではないか。グッと拳を握り込んで爪を皮膚に食い込ませていたから、のぼせそうな気持ちはなんとか抑え込めたが。

あんな美しい顔を近づけて真摯な眼差しで射貫かれたら、世間知らずの令嬢なんていちころだろう。

思わず冗談の求婚に頷いてしまうところだった。危ない危ない。

こんな皮膚病持ちの女など、領民は忌避するに決まっている。自領の民だって、ウィステリアを見慣れていない者は、皮膚病が移らないかと怯《おび》えたりするのだ。

――けど冗談でも結婚は口にしたら駄目だと思うわ。令嬢が本気にしたら身の破滅じゃない。

もし自分が本気にしたら、彼はどうしたのだろう。

笑ってごまかすのだろうか。

それとも嘘を真《まこと》にするのだろうか……。

ありえない未来を束《つか》の間考え、ウィステリアはほろ苦い気持ちを味わうはめになった。

第二話

ウィステリアは個人依頼を受けた当初、自分が身に付けている言語なら、医療系の翻訳でも何とかなるだろうと甘く考えていた。

しかし専門分野の翻訳は素人《しろうと》では理解不能なところが多く、はっきり言ってウィステリア一人では無理だった。

シリルはそれを分かっていたらしく、ウィステリアに丸投げするのではなく、自身も医学書と医療辞典を何冊も駆使し、二人で作業を進めた。彼は医学や薬学に造詣《ぞうけい》が深く、ウィステリアがつまずいた箇所を丁寧に解説してくれる。

休みのたびにアディントン邸へ通うことになったウィステリアは、一ヶ月が経過する頃になると、シリルの家族や使用人とも打ち解けるまでになった。

四月に入った王宮は、だいぶ寒さがやわらぎ始めている。

太陽が沈む時刻もだんだん遅くなっており、ウィステリアが図書館勤務を終える時刻になっても、空はうっすらと明るかった。

退館の挨拶をしてから図書館を出たウィステリアは、ローブのフードを深くかぶって、外宮にある官吏用の馬車止めへ向かう。

二階から一階へと続く階段に近づいたとき、いきなり背後から誰かがぶつかってきて前方へと押し倒された。

危うく階段から転がり落ちそうになる。

――あっぶないぃ……っ！

床にへたり込んだまま背後を振り向くと、鬼の形相になっているエスターが仁王立ちしていた。彼女の後ろには取り巻きの令嬢たちもいる。

――階段を降りようとするときにぶつかるなんて、わたくしが転がり落ちたらメリガン公爵家といえども無傷ではいられないのに、なんてことを。

そこまで憎まれているのかとゾッとする。

エスターは蒼ざめるウィステリアに満足したのか、これ見よがしに鼻をつまんで顔をしかめた。

「まあ、嫌だわ。カビ臭さで鼻が曲がりそうよ。なんて臭い」

カビ臭さと言われてウィステリアは内心で首をひねる。が、すぐに閃《ひらめ》いた。本の匂いを指しているのだろうと。

本のカビ臭さなんて人に移るほどではないが、何を言っても彼女の怒りは収まらないと分かっているため、口を閉ざしたまま立ち上がる。

それでも非難の気持ちは抑えられなかったため、じっとエスターの瞳を咎《とが》めるように射貫いた。

ウィステリアの感情を読み取ったのか、エスターはイライラとした声で喚く。

「いつもいつも黙っていればわたくしが立ち去ると思っているのでしょう!? なんとか言ったらどうなの！ この醜女！」

取り巻きの令嬢たちも甲高い声を投げつけてきた。

「エスター様に対してなんて無礼なの！ 這いつくばって謝りなさい！」

「そうよ！ 婚約もできない行き遅れの癖に、王宮に出てきて男漁りするなんて恥ずかしくないんですの!?」

前半は正しいけど後半には心当たりがない。ウィステリアが否定するべきかと迷っていると、階下から足音がものすごい勢いで近づいてきた。

「――何をしている！」

鋭い声にウィステリアは跳び上がるほど驚いた。

振り向くと階段の下からシリルが駆け上がってくるではないか。王宮内で走るという無作法に、この場の全員が目を丸くする。

シリルはウィステリアのもとに駆けつけると彼女を背に庇《かば》い、令嬢たちを睨みつけた。

「私の友人に罵声を浴びせていたようだが、ここが王宮であることを失念しているのか？　君たちの姿は多くの人間に見られている。淑女にあるまじき姿をさらすなど、自分だけでなく家名を傷つける行為だ。恥を知れ！」

ウィステリアがシリルの脇から覗いてみると、エスターたちは蒼ざめている。怒りがこもった男性の低い声など、今まで聞いたことがないのだろう。ウィステリアは、妹への侮辱を知った兄がたまに大暴れするため、聞き慣れているが。

しかしさすがは公爵令嬢、キッとシリルを睨みつけて虚勢を張る。

「わっ、わたくしはメリガン公爵家の令嬢ですのよ！」

金切り声を上げるエスターに、ウィステリアは内心で「ああ……」と呟いてしまう。筆頭貴族に身分で張り合っても無駄なのに。

「ご丁寧な挨拶をありがとう。私はアディントン公爵家のシリル・アディントンという」

「えっ！」

令嬢たちの顔がみるみる蒼ざめていく。エスターなど顔色が真っ白になりつつあった。卒倒しそうである。

シリルがさらに何か言おうと口を開いたため、ウィステリアは彼の腕をぽんぽんと軽く叩いた。

「シリル様、今日は素敵な装いですね。これからご予定があるのでは？」

彼は金糸の刺繍をちりばめた豪奢《ごうしゃ》な夜会服を着ている。クラヴァットを留めるピンなど、見たこともないほど大きなテアブルーサファイアが付いている。

この宝石は、アディントン領のパッスナブ鉱山でしか採掘されない、最上級のサファイアである。

透明度が高く青味が濃く、比類なき美しさからロイヤルカラーに指定されている。

ちなみに〝テアブルー〟の名称は、アディントンから王家に嫁いだ令嬢テアが、初めてこのサファイアを夫となる王太子へ献上したことに由来する。

そのためテアブルーサファイアを身に着けられるのは、王家に連なる血筋だけだ。

これほどの礼装ならば、王家主催の夜会に招待されたのではないか。こんなところで油を売っている場合ではない。

ウィステリアが相手を落ち着かせようと微笑むと、シリルはようやく険しい表情をやわらげた。

彼もまた自身の腕に添えられたウィステリアの手に己の手を重ね、視線をエスターたちへ戻す。

「行きなさい。もう二度と王宮で恥ずかしい真似《まね》をしないように」

彼女らは淑女の礼もせずに涙目で逃げていく。……少しは反省してくれるといいのだが。

ウィステリアがエスターたちを見送っていたら、シリルが右手をすくい上げて指先に口づけた。

「シリル様、庇ってくださり、ありがとうございました」

「……君が女性たちに絡まれているのを見て驚いた。メリガン公爵令嬢から恨みでも買っているのか？」

「そうですね……恨みというか、憎まれているのは間違いないです。私が原因ではありませんが」

「なんだそれは」

いまいましそうに舌打ちをしている。貴公子でもそんなことをするのかと、ウィステリアは意外に思った。

「でも仕方がないんです。エスター様はわたくしに八つ当たりでもしないと、正気をたもっていられないというか……」

「何が仕方ないんだ。八つ当たりを正当化するなど淑女にあるまじき下劣な行為だ。私は許さない」

本気で怒っているらしい様子に、ウィステリアは自分の頬をそっと撫でる。彼の気持ちが面はゆく感じて、なんだか顔が熱い。

「……その、憎んでいる理由を知っているから、抗議しづらいんです。だから……」

このとき、こちらを遠巻きに観察する官吏たちの気配を感じ取った。貴族が王宮の廊下を走るという珍事に、衆目を集めてしまったようだ。

ここでシリルが、「移動しよう」とウィステリアを強引にエスコートして内宮へ向かう。

外宮と内宮の境目辺りにある、夜会に招待された客人用の控えの間に案内された。

おそらくシリルに割り当てられた部屋だろう。やはり夜会に招待されているらしい。

彼はウィステリアを長椅子《ソファ》に座らせると、ワインクーラーからボトルを持ち上げた。

「カルナワイン、飲む？」

「わぁっ、いただきます！」

ウィステリアの表情がパッと明るくなる。

近年、アディントン公爵領の北西にあるカルナ台地で、気泡を含む白ぶどう酒が開発された。

カルナワインと名づけられたそれは、劣化による微発泡状態のぶどう酒とは違い、繊細で優美な泡が弾ける素晴らしい味わいだ。

アディントン家の夜会で紹介されてからというもの、王侯貴族の間で一大ブームとなっている。

しかしカルナワインは生産量がそれほど多くないため、なかなか手に入らない希少品だ。

最近では周辺諸国でも人気が高まっているため、値段が吊り上がっていると聞く。ウィステリアも新年のお祝いに飲んだきりだ。

グラスに注いでもらったカルナワインは、シュワッと弾ける泡の刺激が楽しく、果実味が豊かで素晴らしい味だった。

「んん〜っ、美味しいです！」

頬を手で押さえつつ心の中で悶絶する。国中から注文が殺到するのも頷ける味わいだった。

「それだけ喜んでくれたら私も嬉しいよ」

シリルも自分のグラスに注いでウィステリアの隣に腰を下ろした。

家族でも婚約者でもない異性が隣に座ることに戸惑ったが、カルナワインを楽しみたいので気にするのはやめた。

「これ、シリル様が王宮に持ってきたのですか？」

「そう。新しい収穫年《ヴィンテージ》のものがようやく出荷できたからね。陛下に献上するために持ってきた」

もしかしたら、今夜の夜会はそのために開かれたものかもしれない。あいかわらず忙しそうな人だ。

以前、アディントン邸での翻訳作業の合間に彼とお茶を飲んだ際、今年からぶどう畑を増やすと漏らしていた。

国外での需要が高まりつつあるため、生産量を増やすとのこと。

事業が拡大すればますます忙しくなるだろう。早く翻訳を終えて少しでも仕事を減らしてあげたい。シリルは翻訳をするウィステリアのそばで、仕事をしながらデスクに突っ伏して寝てしまうときもあるのだから。

……そういう姿を見るたびに、この人にはそろそろ伴侶が必要なのではと心配になる。爵位を継ぐまで好きなことができるといっても、すでに領地運営の一端を担っているため大変そうだ。

——シリル様の婚約者様って決まっているのかしら。

ふとこのとき、なぜか理由も分からず胸の奥がモヤッとした。本当に意味もなく気分が悪くなったのだが、まさかこの程度のぶどう酒で酔っぱらったのだろうか。

不思議に思いながら残りの酒を飲み干すと、急に味を感じなくなった。あれほど美味しいお酒だったのに。

「……ごちそうさまでした」

夜会を控えるシリルの時間を、これ以上奪っては迷惑だろう。そう思って退出しようとしたのに、シリルが空のグラスにカルナワインを注いでしまう。

「もっと飲まないか。抜栓すると気泡が抜けるから、早めに飲んだ方がいい」

「……それなら、いただきます」

この場に残る大義名分に、ウィステリアは心が弾むのを止められなかった。気持ちがグラグラと揺れるのを奇妙に思うが、やはり酔っぱらったのだろうと結論づける。

「カルナワインが気に入ったなら、一ダース贈ろうか」

「えっと、でも」

「翻訳の報酬の一部だと思ってくれればいい」

それなら素直に受け取ってもいいかもしれない。微笑んで頷くと、シリルは脚を組んでウィステリアのグリーンアイを射貫いた。

「それで、メリガン公爵令嬢が王宮の廊下で貴族令嬢を罵倒するほどの憎しみって何？」

……話は終わってなかったらしい。

すっかり忘れていた話題にウィステリアが固まると、「ほら、話しにくいなら飲んで」と、さらにぶどう酒を注いでくる。

――お酒を飲ませたの、こういうことだったのね。

ウィステリアのあまり話したくない気配を感じ取って、アルコールで口をすべらせるように仕向けたらしい。

おまけに貴重なカルナワインを受け取ることに頷いてしまった。ここで席を立つことなど無作法だし、心情的にできない。

諦めて白状することにした。

「原因は痴情のもつれです」

「痴情のもつれ!?」

シリルが目を剥いて驚いている。まあ、婚約できない令嬢に似つかわしくない揉め事ではあるから、その気持ちは分かる。

「ええ。でも真の原因はエスター様の婚約者、フリーマン伯爵令息のクライヴにあるんです」

幼馴染のクライヴは、ウィステリアの皮膚病をまったく気にしない子どもだった。

幼い頃は湿疹が今よりずっとひどく、子ども同士が集まるお茶会で、ウィステリアは必ずのけ者にされていた。が、クライヴはちょこちょこと後をついてくるような子だった。

ウィステリアはそんなクライヴが弟のように可愛く、領地にいる間は兄も交えて三人で遊んだものである。

まあ、クライヴは末っ子気質の甘えん坊なので、可愛がってくれる年上といるのが好きというのも大きい。彼は自分が他人をリードするより、誰かが自分を導いてくれる方が好きなのだ。

そんなクライヴを見守っていたウィステリアの両親は、彼なら娘と嫌がらずに結婚してくれるのではと考え、フリーマン伯爵家へ婚約を申し込んだ。ウィステリアと婚約を結ぶなら、グレイゲート家が保有する爵位の一つをクライヴに授けると、有益な条件をつけて。

爵位も財産も長男が相続するマルサーヌ王国において、次男以下の男子は跡取り娘の婿になるか、王宮に出仕するなどして身を立てねばならない。

そしてクライヴは伯爵家の次男で、ウィステリアは兄がいる娘だ。互いに家を継ぐ立場ではないため、フリーマン伯爵家がウィステリアとの婚約に頷く可能性は低かった。

そこでグレイゲート侯はクライヴを婿養子にして、自身が持つ爵位の一つ、フォルガ子爵位を授けることを提案したのだ。

複数の爵位を保有する高位貴族は、直系男子に限って、嫡男以外にも爵位を渡し分家を作ることが許される。

クライヴは子爵になれることを喜び、彼の両親も大貴族グレイゲート家と縁続きになることに歓喜し、婚約の申し出をすぐさま了承した。

しかし両家がのんびりと婚約の条件をすり合わせている間に、エスターがクライヴを見初めてしまったのだ。

まずいことにメリガン公爵家はフリーマン伯爵家の本家となるため、メリガン家から婚約が申し込まれると、親は立場的に断ることができない。

フリーマン夫妻は迷いつつも、息子とエスターの婚約を決めた。

ウィステリアの両親はとても残念に思ったが、本家からの申し出に分家は断れないと分かっていたので、クライヴとの婚約は諦めることにした。

……との話をここまで静かに聞いていたシリルは、不快感を隠そうともせずに吐き捨てる。

「よくある話だな」

「ええ、よくあることです。婚約直前に相手に逃げられることは」

正式に婚約さえしていれば、エスターがクライヴを見初めても二人を引き裂くことはできない。

貴族の婚約は国王の承認を必要とする家同士の契約なので、そう簡単に解消できない重い意味を持つのだ。

むりやり破談にさせたら、社交界で後ろ指を指されるだけだ。

シリルはワイングラスをテーブルに置くと、突然、ウィステリアの右手を挟むように両手でつかんだ。

挨拶のキスをするときとは違う、逃がさないと言わんばかりの力強さに、ウィステリアの心臓が跳ね上がる。

「君は、フリーマン伯爵令息のことが好きだったのか？」

なぜ手を握るのだろうかとドキドキしつつ、引き抜くのは失礼かと思って、照れながらも動かなかった。

「えっと、好きというか、私の顔を気にしない唯一の子でしたから、婚約するなら彼がいいかなって思ったんです」

男女の愛は抱いていなかったが、結婚すれば親愛の情が夫婦の愛情に変化するとの予感はあった。

婚約に至らなかったのは残念だけれど、公爵令嬢の伴侶ならばクライヴの未来は明るい。大切な幼馴染なのだ。幸せになってほしい。

そう考えていたら、突然シリルが指を絡める握り方に変えてきた。

……これはいわゆる恋人つなぎというものでは？　と、ウィステリアは自分の手をまじまじと見下ろし、次いでシリルを見上げる。

小さく息を呑んだのは、彼が今まで見たことがないほど真剣な表情をしていたからだ。

「私も君の皮膚病など気にならない。湿疹があっても、君の魅力はひとかけらも損なわれることはない」

ウィステリアを射貫く金色の瞳には、初めてアディントン邸を訪れたときに、戯《たわむ》れに求婚してきたときと同じ気配があった。

こちらの心を暴くかのような深い眼差しに、ウィステリアはドキドキして心臓が口から飛び出そうな気分になる。

こういうとき、どのような反応をするべきか分からなくて、急いでもとの話題に戻すことにした。

「あのっ、それで、エスター様に憎まれている理由ですけど」

「うん」

「クライヴがエスター様に冷淡なのが原因でして……」

クライヴはエスターとの婚約後、しばらくの間はとても機嫌がよかった。

エスターはウィステリアと同じく跡取り娘ではないため、メリガン公爵はクライヴに伯爵位を譲ることを約束した。クライヴはウィステリアと結婚して子爵になるより、伯爵となる未来を素直に喜んだのだ。

けれど次第に、クライヴはプライドが高いエスターを持て余すようになった。

クライヴは物心ついた頃からずっと、家族や年上の子どもたちから可愛がられるのが当然だった。しかし婿になる彼はエスターより立場も身分も低い。

彼女のわがままをすべて受け止めてちやほやすることに、次第に耐えられなくなってきた。

二人は同い年で王立貴族学院では同じクラスだったのだが、クライヴはエスターに対してそっけなくなり、『僕が気に入らなければ婚約を解消してくれ』と堂々と告げるほどになってしまった。

それを見かねてウィステリアが注意したところ、『エスター嬢との婚約は失敗だった。リアだったらわがままを言わないし僕を大切にしてくれるのに。……そうだよ、本当ならリアと婚約するはずだったんだ！　僕はリアが好きなんだ！』と言われて途方に暮れた。

ウィステリアは何度もたしなめていたが、クライヴは聞く耳を持たない。

しかもウィステリアとクライヴが幼馴染として話すのをエスターは許せず、ウィステリアがクライヴを奪おうとしているとの中傷を流す始末。

王立貴族学院を卒業するまで、泥沼の三角関係にウィステリアは疲れはてていた。

「……クライヴがわたくしに向ける気持ちは本物でしょうが、嫌なことから逃げているだけだと思います。それにわたくしは彼に幼馴染以上の気持ちを抱いていません。気を持たせてはいけないと接触を減らしてきましたが、今でも屋敷に贈り物が届きますね……」

「貴族の礼節を理解しない男だな。しかも自分が二人の女性を苦しめていることに気づいていない。最悪だ」

腹立たしさを隠そうともしないシリルが、「そういうことか……」と低い声で続けている。

もしかしたら、ウィステリアについての中傷を耳にしたのかもしれない。

ウィステリアは困ったように微笑んだ。

「さすがにクライヴも結婚すれば落ち着くと思うので、彼がきちんとエスター様に向き合うのを待っています」

そうすればエスターがウィステリアに絡むことはなくなるはず。

「その男、いつ結婚するんだ？」

「今年の秋と聞いていますから、あと半年ほどでしょうか」

「ふむ……」

シリルが何かを考え込むようにうつむいたため、ウィステリアは視線を明後日の方角へ向け、そわそわと体を揺らした。

実は、いまだに手が恋人つなぎになっているから、落ち着かないのだ。

しかも握られている手に汗が滲んできた。恥ずかしいので、そろそろ放してくれないだろうか……。

羞恥で身を縮めていたとき、部屋の扉をノックする音が響いた。

「ユードレーン伯爵。お時間です」

誰？　と驚いて部屋の中を見回せば、顔を上げたシリルが「分かった」と返事をしたので、彼が公爵位を継ぐ前に名乗っている爵位だと察した。

「ウィステリア嬢、話を聞かせてくれてありがとう。よかったら残りのカルナワインは飲んでいってくれ」

「はい。ありがとうございます」

「屋敷まで送ってやれなくてすまない」

「いえいえ、お気になさらず」

あいかわらず紳士な人である。

ウィステリアは夜会へ向かうシリルを見送ってから、ソファにコテンッと寝そべった。

淑女にあるまじき無作法だが、心が昂《たかぶ》って姿勢よく座ってなどいられない。

――シリル様、親切すぎる。どのような令嬢が相手でも、あんなふうに親身になるの？

勘違いしちゃう……。

ウィステリアは彼に握られた手を顔の前に持ち上げる。

自分とは違う肌と体温が、指の間に隙間なくはまった感触を思い出し、ものすごくドキドキした。

「あっ、なんかすごく恥ずかしい……。そうだわ、お酒を飲もう！」

これ以上、シリルのことを考えると熱が出そうだ。冷たくて飲みやすいカルナワインの残りをいただくことにしよう。

このときウィステリアは動揺して忘れていたが、アルコールが顔に出やすい体質なのだ。

そのため顔を赤く染めて帰宅すると、兄のヘンリーが、「どこで酒を飲まされたんだぁっ!?」と暴れる事態になる。

だが今はそのようなことなど思いもせず、いい気分でぶどう酒を呷《あお》っていた。


それから一週間もたつと、王宮のいたるところで色とりどりの春の花が咲き始めた。日中の日差しの温かさに、冬から完全に脱したことを悟って官吏や使用人たちの表情も明るい。

ウィステリアはこの頃から、ドレスを若草色や淡い黄色といった明るい色のものに替えた。

今までは汚れてもいいよう、紺色や藍《あい》色のドレスばかり着ていた。おかげでヘンリーには『地味すぎる！』と、しょっちゅう文句を言われたものである。

けれどシリルを意識するようになってから、暗い色の衣装は無意識に避けるようになった。

仕事の邪魔にならないよう髪はまとめていたが、ハーフアップにしたりリボンを編み込んだりと、毎日アレンジするようになった。

皮膚病を刺激しないようすっぴんだったのを、湿疹に薬を塗ってから薄く化粧して、休憩のたびに化粧直しをするようにした。

すると鏡に映る自分は、ごく普通の容貌の令嬢に様変わりしていた。湿疹があっても、醜女と言われるほどひどくは見えない。

貴族令嬢ならば当たり前にやっていることを、今までサボっていたのだと深く反省した。

そして装いが変わると表情や雰囲気も変わるのか、同僚の司書たちから、『明るくなった』とか、『優しそうに見える』とか、声をかけられることが増えてきた。

それだけでなく、アディントン邸へ翻訳作業をしに行ったときなど、シリルは手に持っていた書類を床に落として驚いていた。

すごく可愛い、と目元を赤くして褒めてくれたから、社交辞令と分かっていても嬉しかった。しかしその後は暗い顔をしてぶつぶつと呟いていた。

『図書館は男ばかり……いや、身分に釣り合う男はいなかったはず……』

あまりにも思い詰めたような表情をしているため、病気ではないかと聞いてみた。

まったく違うと言われてしまったが、大丈夫だろうか……

様子のおかしいシリルを心配しつつも、頼まれている翻訳があと少しで終わりそうなので、とにかく作業に集中することにした。

それからさらに一週間後。遅めの昼休憩を終えて本の修繕をしていたウィステリアのもとへ、司書総裁の副官が訪れた。

総裁が呼んでいると。

珍しいこともあるものだと、不思議に思いながら執務室へ向かう。すると上司はいつもの柔和な表情を消し、苦虫を噛み潰したような顔になっている。

ものすごく嫌な予感がした。

「グレイゲート女史、君はラモーラ妃と親交があるのかね?」

国王の側妃の名前を告げられてウィステリアは困惑した。会ったこともない方なので。

「いえ、個人的なお付き合いはありません。それにグレイゲート家自体、ラモーラ様とのつながりはありません」

ラモーラ妃はウェネル侯爵家の出身で、派閥がまったく違うし交流もない。

ウィステリアの父親は司法省で大法官《だいほうかん》を拝命しているが、ウェネル一族の中に司法省で働く者はいなかったと記憶している。

そう伝えると総裁は疲れたような溜め息を漏らし、デスクの隅にあった封筒をウィステリアに差し出した。

「ラモーラ妃からお茶会の招待状が届いている」

「えぇ……？」

招待される理由が分からないため、変な声が出てしまった。

お茶会の出席者が、ウィステリアをラモーラ妃に紹介したいというなら分かる。

だが自分は側妃への紹介など誰にも頼んでいない。

――どうしてラモーラ妃が……。できるなら行きたくないんだけど。

国王には王妃以外にも何人かの側妃が存在する。

その中でラモーラ妃は傾国の美女と称されるほど美しい女性で、国王にもっとも愛されていると有名な方だ。

その分、高慢でプライドが高く自己中心的で、彼女が暮らす離宮は使用人の離職率がもっとも高いと知られている。なんて恐ろしい。

ものすごく行きたくないものの、王族からの招待状など出頭命令と同じだ。しかも招待状を開けてみると、今から一時間後に離宮へ来いとある。

――お茶会の直前に呼ぶなんて、完全なマナー違反じゃない。歓待するつもりはないと喧嘩を売っているようなものだわ。

それで総裁はこの表情なのかと納得した。

「仕方がありませんね。行ってまいります」

社交用のドレスを着ていないうえに、初対面ならば持っていくべき手土産の用意もない。

向こうはこちらに恥をかかせたいようなので、何をしても気に入らないだろう。が、その辺りは考えないようにする。

憂鬱な気分でラモーラ妃の離宮へと向かった。

ラモーラ妃の離宮では正門に妃の侍女が待っており、宮殿の最奥にある中庭へ案内される。

王宮に通って一年以上たつが、王族のプライベートスペースに立ち入ったのは初めてだ。

ここは贅を尽くした宮殿といった風情で、内装や家具がやや派手なのはラモーラ妃の好みなのだろう。

侍女に案内された中庭の四阿《あずまや》には円卓があり、すでに二人の女性が椅子に座っていた。

驚いたことに一人はメリガン公爵令嬢エスターだ。彼女はこちらと目が合った途端、ギッと親の仇《かたき》を見るような眼差しで睨んでくる。

……ものすごく嫌な予感が的中したようだ。

エスターは今、結婚準備で忙しいのでは？　と思いつつ、もう一人の女性——ラモーラ妃へ視線を移す。

つややかな栗色の髪と青い瞳が美しい、二十代後半の女性だ。豪奢な赤いドレスは胸元と肩を大胆に見せるデザインで、豊満な肢体が強調されている。

男性ならばふらふらと惹きつけられる美しさといった趣《おもむき》だ。ウィステリア的にはちょっと毒々しいので、本音ではお友だちにはなれない方だと感じてしまうが。

まあ、王妃は凛とした知的な美人であるから、まったく違う傾向の美女の方が国王的には好ましいのかもしれない。

しかしこの二人とのお茶会なんて、楽しいひとときになるなど、まったく想像できない。今からでも逃げ出したいぐらいだ。

――でも、ウェネル侯爵家とメリガン公爵家って、なんらかのつながりがあったかしら？

頭の中で貴族名鑑をめくってみても、縁戚関係はどこにも見当たらない。

もしかしたら事業による親交が両家にあるのかもしれない。社交をしない自分は噂話を聞かないので分からなかった。

ウィステリアはそっと呼吸を整えてテーブルに近づく。

「はじめまして、ラモーラ様。本日はお招きくださり、恐悦至極でございます」

「グレイゲート侯爵令嬢、お会いしたかったわ。どうぞおかけになって」

笑顔のラモーラが、空いている唯一の椅子を手のひらで示す。

ウィステリアは笑顔を顔面に固定したまま、なるべく優雅に腰を下ろした。

直後、全身に力を入れる。

――うわぁ、なんてあからさまな嫌がらせ！

椅子の脚がグラついているのだ。

おそらく脚のどれかを短くしており、少しでも身じろぎすればカタッと音が鳴るようにしたのだろう。

着席時や退席時以外に椅子を鳴らすのはマナー違反なので、地味に効くいじめだ。ラモーラ妃の恨みを買った覚えはないのだが。

それでも弱みを見せて父親の顔に泥を塗りたくないと、姿勢を正しつつ短い脚から重心を遠ざける。

侍女が淹《い》れてくれた紅茶を飲むときも、かすかな音さえ立てず、ウィステリアは完璧なマナーで笑顔も絶やさなかった。

淑女教育は幼い頃から厳しく叩き込まれたのだ。社交界から遠ざかっていても、グレイゲート侯爵令嬢としての誇りは捨てていない。

当たり障りのない会話を交わす間も、ウィステリアは付け入る隙を与えなかった。

そのせいかラモーラ妃の笑顔がなんとなく崩れ始める。あまり気が長い方ではないようだ。

「……ねえ、ウィステリア様。今日あなたをお招きしたのは、とてもいいお話があるからなの」

――来た。

背筋に冷や汗が垂れるウィステリアは、笑顔をたもったままテーブルの下で手を握り締める。

「まあ、どのようなお話でしょう」

「わたくしの従兄弟の夫人に弟がいるのだけれど、奥さまを亡くされて後添いを探しているのです。あなたにぴったりな方だと思いますの」

――まさかの、お見合い相手の紹介だった！

ウィステリアは崩れそうになる顔面をなんとか固定し、にっこりと微笑みつつ首を傾げる。

「まあ、わたくしのような病持ちにご紹介してくださるなんて、ラモーラ様はお優しいだけでなく、お心の広い方ですのね」

嫌味を込めて言ってみたのに、ラモーラは額面通りに受け取ったようで満足そうに頷いている。

「わたくしは博愛主義者ですから、あなたみたいな婚約できない令嬢でも、幸せになれるようお手伝いしますの」

ウィステリアは心の中で、ははは、と乾いた笑いを漏らした。これはいったいなんの茶番だろう。

しかしここで曖昧な態度を取るわけにはいかない。結婚すれば社交から逃げられず、社交をすれば苦痛の日々が待っている。

ウィステリアはまっすぐにラモーラの瞳を射貫いた。

「とてもありがたいですわ。でもわたくしは司書の仕事を辞めるつもりはございません。申し訳ありませんがご辞退申し上げます」

一度深く頭を下げてから顔を上げると、ラモーラは笑顔のままだったが眼差しが険しくなっている。

「ご紹介したい方は伯爵家の当主です。あなたは伯爵夫人となるのですから、働かなくてもよろしいのですよ」

「まあ、伯爵様とは。わたくしにはもったいないお話ですわね。遠くない未来にもっとふさわしい方が見つかるでしょう」

「相手は再婚になりますから、多少醜い令嬢でも構わないとおっしゃっていますの」

婉曲な言い回しが鉄板の社交において、醜いとの本音を告げてしまうあたり、ラモーラの平常心が崩れてきたようだ。

「そうするとお年が離れているのではありませんか？」

「いいえ、まだ四十五歳で若々しい方ですわ」

十九歳で初婚となる令嬢へ、二回り以上も年上の男やもめをあてがおうとするとは。

ラモーラに、ここまでされるほどの恨みを、いったいどこで買ってしまったのやら。もしかして父か兄のどちらかが、無礼を働いてしまったのだろうか。

「あの、ラモーラ様。このお話は王命なのでしょうか？」

直球で尋ねてみると、ラモーラは目を泳がせている。

「……陛下はお忙しい方よ。よほどのことがない限り、臣下の縁談にいちいち口を挟むことはないわ」

つまり独断ということだ。

それもそうだろう、グレイゲート侯爵の怒りを買い、忠誠心が低下するリスクを負うほど、国王にウィステリアの縁談を調《ととの》える理由はない。

「それでしたら、お断りいたします」

「まあ……あなた、本気なの？　妃からの厚意を退ける意味を分かっていらっしゃるのかしら」

もちろん分かっている。ラモーラに対する国王の寵愛は伊達ではなく、王妃と遜色《そんしょく》ない影響力をもたらすと。

だからこそ彼女は、グレイゲート侯爵令嬢を仕事中に呼びつけることができるのだ。

けれどこっちだって、父親は侯爵家当主で司法省の大法官《トップ》である。ウィステリアに喧嘩を売る行為は、父親を相手取ることと同義だ。

――強気でいってもいいかな。

「本日はお招きいただき、ありがとうございました」

話は済んだとばかりに席を立つと、ラモーラも慌てて立ち上がった。

「アディントン公爵令息はやめた方がいいわよ！」

思わず笑顔が崩れそうになった。シリルとの関係をなぜ知っているのかと。

ウィステリアの動揺を察したのか、ラモーラの赤い唇の端が吊り上がって魔女のような笑みが浮かぶ。

すぐさま派手な扇を広げて口元を隠したが。

「王宮の階段を駆け上がるなんて、筆頭貴族の令息にしては無作法ね。――エスター様もさぞかし驚いたでしょう」

最後のセリフを向けられたエスターは、ハンカチで目元を押さえつつ何度も頷いた。

「はい……わたくし、ウィステリア様に婚約者のクライヴについて聞きたかっただけなのに、いきなりアディントン公爵令息が割って入ってきたうえ、叱りつけてくるから怖くって……あの方があれほど高圧的な方だなんて、思いもしませんでした」

――あのときのことって、目撃した人も多いからその言葉を信じる人はいないと思うのだけど。

ウィステリアは白けた気分でうんざりしつつも、なんとなくこのお茶会の趣旨を理解した。

エスターは、目の上のたんこぶであるウィステリアに縁談を押しつけて、クライヴに近づかないよう排除したいのだ。

そしてラモーラはおそらく……シリルに嫌がらせをしたいのではないか。

彼の叔母となる王妃を、ラモーラが毛嫌いしていることは有名だ。

ラモーラは国王の寵愛が著しく、側妃の中で抜きん出ている。しかし政治的な実権からは完全に遠ざけられていた。

現国王の治世で、国政に関わっているのは王妃のみ。

これはラモーラに限らず、側妃全員に当てはまることだ。側妃たちは愛でられるだけの役目しか与えられていない。

しかも現国王は、子どもは王妃との間にしか作らないという徹底ぶり。

国の要職も、王妃の縁戚は召し抱えることがあるのに、側妃たちの一門は排除されている。

たぶんラモーラはそれが我慢ならないのだろう。王妃よりも国王の寵愛が深いとの自負があるのに、政治からはじき出されているのだから。

それで王妃の甥にあたるシリルも気に入らないのではないか。アディントンに関わるすべてが、憎しみの対象になっているのでは。

――ラモーラ様……王妃殿下に女として勝《まさ》っているのに、国政を牛耳ることができないから我慢ならないということでしょうか。

でもそれは僻《ひが》みにすぎない。

ラモーラが王妃よりも才覚ある賢女《けんじょ》ならば、国王も重用しているだろう。確か有能な人材であれば、積極的に採用する君主だと聞いたことがある。

ラモーラを政治から遠ざけるのは、国王にそう思わせるだけの何かが彼女にはあるのだ。このお茶会のように。

己の地位を利用して逆らえない立場の者を虐げる。そんな妃に権力を与えるなど、恐ろしくてできない。

ラモーラはおそらく、エスターとシリルがウィステリアを挟んで衝突した噂を聞き、好奇心から背後関係を調べたのではないか。

ウィステリアがアディントン邸へ通っていることは隠していないため、もしかしたらシリルと恋仲であるとでも勘違いしたかもしれない。

そしてエスターと利害が一致して手を組んだ……

──ということは、わたくしは完全なとばっちりじゃない。

うんざりとした気持ちでエスターへ視線を向けると、ウィステリアの感情が伝わってしまったのか、泣き真似をしていたはずのエスターが目を吊り上げた。

「クライヴだけでなくアディントン公爵令息までたぶらかすなんて、たいした悪女ですわね。ウィステリア様っ」

「わたくしはシリル様をたぶらかしてなどおりません。それは彼に聞いてもらえば分かりますわ。後日、シリル様を交えてのお茶会にご招待いたしますね」

もう戻りたくなってきたため、申し訳ないがアディントンの権威を借りることにした。

お茶会にシリルが来てくれるかは分からないが、『筆頭貴族に楯突《たてつ》くことになるぞ』とハッタリをかましたのだ。

ウィステリアの言いたいことを正確に読み取ったエスターは、椅子を後ろに倒す勢いで立ち上がった。

「なんでクライヴはあんたみたいな醜女がいいのよ!?」

叫びながら円卓を両手で叩く。

淑女にあるまじき狼藉《ろうぜき》だが、ウィステリアは彼女の悲しみと激情を理解しているので同情が湧き上がった。

エスターはクライヴが好きだからこそ、正面切って彼に本心を聞けないのだ。

クライヴがウィステリアにいまだ執着している行動を取るため、それを明確な言葉として聞いてしまったら立ち直れない。

自分以外の女に恋する男と結婚したら、夫婦生活は地獄でしかないから。

思うに、クライヴもエスターも真正直なのだ。その想いが互いに向けられていたら、輝かしい未来が待っていただろうに。

……悲しい。とウィステリアは心から思う。

政略結婚した夫妻の中には、跡取りの子どもを作った後は、それぞれ恋人との恋愛を愉しむといった仮面夫婦が少なくない。それは当人たちにとって幸せだろうが、生まれた子どもは不幸でしかない。

幸せな家庭で育ったウィステリアは、二人がうまくいってほしいと切に願っていた。

だからウィステリアはクライヴの気持ちを知ったうえで、彼にエスターを大事にしてほしいと諭すし、憎しみを向けてくるエスターを恨むことはできない。

……人生とはままならない毎日であると言い残したのは、誰だったか。

ウィステリアがそう考えながらエスターを見ていたら、興奮した彼女が八つ当たり気味にテーブルクロスを握って引っ張った。

――あっ、まずい！

ウィステリアは止めようとしたが間に合わず、円卓にある食器が派手に倒れてしまう。

「きゃあっ！」

ラモーラの手に紅茶がかかり、彼女の悲鳴を聞いた近衛騎士がすっ飛んでくる。四阿が一時騒然となった。

濡らしたハンカチを手に当てたラモーラは、しばらくして冷静さを取り戻したのか、傲然《ごうぜん》と椅子に座り直しウィステリアを睨みつけた。

「グレイゲート侯爵令嬢、側妃であるわたくしに怪我を負わせるなんて、地下牢に入れられてもおかしくない罪ですのよ。この責任は取ってくださるのよね？」

はぁっ!?　と、ウィステリアは本気で言いそうになった。紅茶がかかったのはエスターのせいではないか。

「恐れながら申し上げます。テーブルクロスを引いて御身《おんみ》を傷つけたのは、メリガン公爵令嬢ではありませんか」

尻目でエスターを観察すれば、ビクビクと体を震わせている。自分が何をやらかしたのか、さすがに理解している模様だ。王族に傷をつけたら、ラモーラの言う通り厳しい処罰を受けると。

しかしラモーラのあくどい笑みは崩れない。

「もちろんエスター様にも責任を取ってもらいます。でも今はあなたに問うているのよ？」

ラモーラの唇が、にぃっと弧を描いて嗜虐《しぎゃく》の表情になる。

「エスター様をここまで興奮させて、慰めることもせずに放置し、あなたに一片の罪もないと言うおつもり？」

言うつもりですと喉元までこみ上げたが、グッと飲み込んでおく。言いがかりであるものの、相手は王族、しかも国王の寵愛を受ける寵姫《ちょうき》というのがまずかった。

身分社会である以上、被害を受けたラモーラが許さなければ、すみませんでは済まされない。

妃に怪我をさせた以上は、誰かが責任を取らねばならないのだ。これは面子《メンツ》の問題でもある。

そしてラモーラはウィステリアを連座にしたい。

……ここは自分が負けるべきか。

「かしこまりました。自宅で謹慎いたします」

「謹慎するほどのことではないわ。わたくしの紹介する縁談を受けてくれればいいのよ」

どうやら逃がしてくれないらしい。

「いえ、ラモーラ様を傷つけながら、結婚という誉れをいただくわけにはいきません」

「あらあら。わたくしが紹介した縁談を本気で拒むつもりなの？」

ラモーラは、いたぶりやすい小動物を見つけた肉食獣みたいな目つきになっている。

とどめとばかりに、「あなたは今、罰せられていることをお忘れなのかしら？」と言い放つから、ウィステリアは視線を伏せながら素早く思考を巡らせた。

父と兄に……我が家の当主と嫡男に責任を取らせるわけにはいかない。王族を傷つけたとの罪を背負わせたら、貴族社会からはじかれる。

グレイゲート家には、切り捨ててもダメージを受けない者が自分しかいないのだ。

「――では、わたくしは領地で永遠に謹慎することをお約束します」

そう言い切れば、ラモーラだけでなくエスターも目を丸くしている。

「領地から一歩も出ず、王都や他領へ二度と足を踏み入れないと言うつもり？」

はい。と強く頷けば、唖然としていたラモーラだったが、すぐさまニンマリと唇を歪めた。

「まあまあ、そうなの。それなら仕方がないわねぇ。いい縁談だったのに。お相手にはわたくしからお断りしておくわ」

シリルに嫌がらせをしたいラモーラにとって、ウィステリアが彼のそばを離れることは目的を達したことになる。

そう思って告げたのだが正解だったようだ。

これで失職となるが、このままラモーラの持ってきた縁談を受けるよりもましだ。

——シリル様とも、もう会えない……。

脳裏に浮かぶ赤毛の青年の姿に、胸中からこみ上げるものがあった。涙腺が震えたけれど、ラモーラに弱みを見せたくないと必死の思いで涙をこらえた。


ラモーラ妃の離宮から下がったウィステリアは、大急ぎで司書総裁の執務室へ向かう。お茶会の詳細と退職する旨《むね》を伝えたところ、彼は椅子から立ち上がって吠えだした。

「これは図書館の人的資源を損なう越権行為だ！」

普段は冷静沈着な総裁の怒りように、ウィステリアはビビって後ずさってしまう。

副官が青い顔をしてウィステリアに問いかけた。

「グレイゲート女史。退職はラモーラ様が命じたのですか？」

「いいえ、王都から離れることを条件にお怒りを静めていただいたので、自動的に退職となります」

「……まずいですね。あちらが勝手に命じたとなれば総裁権限で撤回できますが、女史の方から言い出したとなると……」

渋い顔で黙り込む副官とは対照的に、総裁が「陛下に奏上する！」と息巻いている。それは大変まずいので、副官だけでなくウィステリアも止めた。

司書総裁は、文化大臣のすぐ下に位置する上級官吏の一人だ。しかしそれでも寵姫の権威にはおよばない。

それに総裁は伯爵家の出身なので、ラモーラの生家、ウェネル侯爵家から圧力をかけられると苦しいことになるだろう。

このまま図書館に留まっていると、他の司書たちにも迷惑がかかるとウィステリアは判断した。

「総裁。わたくしはなるべく早く王都から離れた方がいいと思われますので、退職の手続きをお願いします」

「しかしだな……！」

「お気持ちはとてもありがたく、心から感謝しております。――短い間ですがお世話になりました」

ウィステリアがすべてを受け入れた表情で頭を下げると、総裁もそれ以上は何も言わなかった。

ウィステリアは父親へ事《こと》の経緯を説明する手紙を出してから、大急ぎで同僚たちへ退職する旨を伝えた。

彼らは一様に驚いたが、苦虫を噛み潰したような顔の副官が付き添っているので、一介の官吏ではどうしようもないことが起きたのだろうと察した。伏魔殿たる王宮に勤めていると、そういうことは、ままあるものだ。

そのおかげでウィステリアが急いでいる理由は聞かれず、各自が抱えている仕事を中断して引き継ぎを始めてくれた。

ウィステリアは現在取りかかっている本の修繕や、事務書類の作成について同僚へ伝えていく。が、かなりの時間がかかって終業時刻を過ぎてしまった。

けれど司書たちはウィステリアの境遇に同情したのか居残ってくれたので、なんとかすべての業務の引き継ぎを終えることができた。

私物をまとめて総裁と副官に挨拶を済ませてから、名残惜しくも図書館を後にした。

ウィステリアがグレイゲート邸に着いたのは、夕食の時刻を大幅に過ぎた夜中だった。

玄関前で停まった馬車からウィステリアが降りようとすると、屋敷の中から従僕が飛び出してきた。彼の指示で、馬車はウィステリアを乗せたまま裏庭の待機所へ向かう。

これは正面玄関から家の中に入らない方がいいときの措置だ。

驚くウィステリアを、ひどく蒼ざめた家令が出迎えた。

「お帰りなさいませ、お嬢様。このたびはまことに口惜しく――」

「ウォーレス、口上はいいわ。何があったの？」

家令の手を借りて馬車を降りると裏口から屋敷に入る。

「実は、ヘンリー坊ちゃまがお嬢様の件を知って暴れているのです」

「どうしてお兄様が知ってるの!?」

父親への手紙には、兄へは自分で失職について話すと記しておいた。でないとヘンリーは興奮するだろうと。

「申し訳ありません。お嬢様からの手紙を読んで旦那様が動揺してしまい、それを坊ちゃまが見咎めて手紙を奪ったのです」

ああ、とウィステリアはめまいを感じてふらついた。

「お嬢様！」

「だい、じょうぶ……」

あの兄のことだ。妹が不本意な失職をしたことに怒りまくるのは分かりきっていた。できればぎりぎりまで隠したかった……。

しかも今回は間接的にクライヴが関わっている。非常にまずい。

彼とヘンリーも幼馴染なのだが、クライヴがエスターと婚約後もウィステリアに構うから、険悪な関係になっているのだ。

おまけにウィステリアは、シリル個人から受けている仕事のことを、兄へいまだに伝えていなかった。

ヘンリーにしてみれば、溺愛する妹が自分に黙って貴族の令息と会っていたなど、我慢ならないのだろう。

しかもシリルはクライヴ同様、今回の失職の間接的な要因となっている。

「このままではお兄様が、クライヴかシリル様のもとへ突進するかもしれないわ」

「大丈夫です。坊ちゃまの愛馬は出入りの馬喰《ばくろう》に預けました。お屋敷の周囲と門は私兵で固めております」

「ありがとう、ウォーレス。さすがだわ」

とりあえず我が家の爆弾は抑え込めそうである。ウィステリアはふらつきながらも、家令に導かれて書斎へ向かった。

その途中、玄関ホールの方角から物が割れる音が響いてくるものだから、ヘンリーの怒りっぷりを感じて恐ろしい。

「せめてアディントン邸へ通うことは話しておくべきだったかしら……」

後悔の念で呟いたが、ウォーレスは首を左右に振る。

「夜会ならともかく、婚約者でもない独身男性と会うなど、坊ちゃまは反対されたでしょう」

……それは自分も考えた。高位貴族の箱入り令嬢は、親や親戚の付き添いなしで異性と会うなんてめったにない。

ウォーレスの懸念は正しいと言える。

「そうね……じゃあ、シリル様には妹君がいらっしゃるから、彼女と会うってことにすればよかったわ」

「それはいい考えです。少々遅すぎますが」

「何もかも今さらね」

二人して頭痛を感じながら書斎へ向かう。

父親はこのような遅い時刻だというのに仕事をしていたらしく、ウィステリアの姿を見てデスクから立ち上がった。

「リア、大変だったな」

いたわりを込めて親に抱き締められると、ウィステリアの瞳からようやく涙が零れ落ちた。

「申し訳ありません、お父様……うまく立ち回れずに……」

「おまえのことだから、我が家に累《るい》がおよばないよう考えてのことだろう。分かっているよ」

どこまでも娘を信じてくれる親の愛情が嬉しくて、せつなくなる。

素直に泣かせてもらうことにした。

──本当は、図書館を辞めたくなかった。

ラモーラに責められたとき、もっと違う回避のしようがあったのではないかと、悔やんでも悔やみきれない。

司書という天職ともいえる仕事を得たと思っていたのに、自ら手放してしまった……

父親はウィステリアが落ち着いてから娘をソファに座らせ、自身も隣に腰を下ろす。

「領地で永遠に謹慎するとあったが、心配するな。すぐに出られるようにしてみせる。何人《なんぴと》たりともおまえの自由を奪うことはできない」

「でも、ラモーラ様に怪我を負わせてしまったのです。いくらグレイゲート家といえども、お父様の立場が……」

王族を傷つけた者など、よほどの正当性がなければ評判は失墜する。父親はこれから難しい立場に立たされるかもしれない。

「我々の忠誠は国と王家に捧げているが、だからといって何をされても黙って受け入れるわけではない。誇りを傷つけられれば忠誠心も薄くなっていくものだ」

不信感を隠さない父親にぎょっとする。その口から王家への不満を聞いたのは初めてだった。

「それは……、でも、陛下は関係ありませんし……」

「そうだろうか。ラモーラ妃を増長させたのは、間違いなく陛下の寵愛だ。それは陛下の責任とも言えるのではないかね？　身分が高いだけで中身を伴《ともな》わない者など、尊敬に値しない」

そう言い切る父親にウィステリアは焦ってしまう。

「お、お父様っ、どうなさったのですか!?」

これはあからさまな王家の批判で、まぎれもない不敬罪だ。

ウィステリアは思わず周囲を見回してしまう。書斎には自分たち以外はいないのに、誰かに聞かれたらと慌ててしまった。

「どうもこうも、私は娘を貶められて、このままで済ますことなどできない」

「……わたくしには、そのお気持ちだけで十分です」

ウィステリアは泣き笑いの表情になった。

自分はとても恵まれていると思うと心が熱い。

ごく普通の貴族の家ならば、皮膚病があっても親の決めた相手と結婚しなくてはいけないし、寵姫に怪我をさせたら烈火のごとく怒られ、勘当されたかもしれない。

それが当たり前の社会であるから。

父親が子どもたちを大切にしているのは知っていたが、貴族である以上、王家には逆らわないと思っていた。

これほど愛されていたことが嬉しい。

「……もう図書館で働けないのは残念ですが、これからは領地を豊かにすることを目標にしていきます。お兄様がご結婚されたら、マナーハウスから離れた土地で暮らしますね」

父親は長男のことを思い出したのか、ふっと遠くを見つめる目になった。

「領地に行くときはヘンリーに会わない方がいい。必ず引き止めてくる」

兄がウィステリアを見れば、理不尽な失職に対する怒りでさらに暴走しそうだ。

このときタイミングよく窓の外から、ヘンリーの怒声と彼をなだめる私兵たちの声が聞こえてきた。

どうやら自分の馬がないことに気づいたらしい。

……どこへ行こうとしていたのだろう。王宮に乗り込んだら謀反を疑われるので、頼むからやめてほしい。

「……明日の早朝、領地へ発《た》ちます」

「そうか。早いな……」

寂しそうに呟いた父親だったが、すぐにハッとした表情になる。

「シリル様にこの件について知らせたか？」

ウィステリアはとっさに顔を伏せた。

「まだお伝えしてないので、明日、手紙を届けさせます」

「領地へ発つ前に、お会いしなくていいのかい？」

その言葉にほんの少し心が揺れた。けれど翻訳を途中で放り投げる不義理をしてしまう以上、合わせる顔がない。

……いや、契約を反故《ほご》にする以上、自ら出向いて謝罪をする必要がある。でも今はまだ、彼と顔を合わせて表情を取り繕うほど精神が立ち直っていない。

「お会いしません……」

ほろ苦く微笑んで否定するウィステリアを、父親は無言で抱き締めてくれた。

今回のことは、ウィステリアにまったく関係のないことが原因になっている。

エスターの憎しみは彼女とクライヴが話し合って解決する問題であるし、ラモーラの嫌がらせは、王妃への不満がシリルへの八つ当たりになっただけ。

だからこそシリルは傷つくだろう。自分が近づいたことでウィステリアを巻き込んだと、己を責めるのではないか。

誠実な彼のことだから、ウィステリアの名誉と自由を回復するために動くかもしれない。けれどそれは、王家に逆らうことになるのではないか。

シリルの立場がどうなるのか、まったく予想がつかないから怖い。

――だからもう、わたくしのことなんて忘れてほしい。

領地に引きこもっていれば、やがて社交界は自分を最初からいなかったものとするだろう。

二度とシリルとは会えなくても、それでいい。

ウィステリアは胸の痛みを感じつつも、父親と今後のことを話し合った。

それから父親が侍女を呼び、ウィステリアを自室ではなく客室へ連れていきなさいと告げる。

ヘンリーがウィステリアの部屋の前でうろついているとの報告が入ったため、自室から遠い客室で休ませることにしたのだ。

書斎を出て客室へ歩きながら、ウィステリアは己の頬をそっと撫でる。湿疹で凹凸がある皮膚を顔から剥がしたくなった。

今までは皮膚病を自分の個性だと受け入れてきた。誰とも婚約できなくても、心から愛してくれる家族がいたから平気だった。

けれど今、これさえなければ誰からも蔑まれたりせず、完璧な淑女になれたはずだと、悲しい気持ちで胸が押し潰される。

——でもこの顔じゃなければ普通に婚約して、今頃はどこかの家に嫁いでいたわ。シリル様とは出会わなかった。

だからこの事態は仕方がないのだ。

自分はシリルと巡り会ったことを後悔していない。

……目を閉じれば、瞼の裏に彼と過ごした短い時間が映し出される。

図書館での翻訳は一人で作業をしていたため、シリルから依頼を受けた当初、彼とは簡素な関係になると思っていた。

しかし医療翻訳は頻繁に話し合う必要があって、予想外に濃密な時間を過ごすことになった。

彼はウィステリアが集中して翻訳ができるよう、常に体調を気遣い、適度に休憩を挟み、好みのお茶やお菓子を用意してくれた。

ウィステリアが居心地よいと感じるよう、常に心を配ってくれた。

休憩のたびに彼が話してくれる国外を旅した内容はとても面白くて、生涯、国から出ることのないウィステリアにとって、すべてが新鮮で興味深かった。

『――わたくしも外国に行ってみたいですわ』

『貴族女性が国を出ることはめったにないからなぁ。外交官や商人とか、仕事で国外へ出る夫についていくぐらいか』

『外交官は分かりますが、商売なら妻は置いていくものではありませんか？』

『夫によるかな。――私なら妻を連れていく。離れ離れになりたくないからね』

そう告げたときの彼の眼差しがいつもと違う気がして、ウィステリアはひどく胸が高鳴った記憶がある。

政略結婚をしても伴侶を大事にすると告げた彼ならば、それくらいするかもしれない。シリルの妻になった女性は幸せになるだろう。

そのときウィステリアの心の奥底で、『羨ましい』との暗い気持ちが生じた。けれど全力で知らんぷりをしておいた。

……そんなささいなことを今になって思い出す。

自分はシリルにときめくことはあっても、恋をしたわけではないと思っていた。

ただ、彼と過ごす時間が穏やかで大切で、とても得がたくて、尊いものだったから忘れられなくて。

思い返せば、それこそが幸せというものなのかもしれない。

——もう失ってしまったけれど。

不意に、叫びたいほどの激情が胸の奥底から吹き上がってきた。

仕方がないと己に言い聞かせて諦めようとする自分を、別の自分が『それは欺瞞《ぎまん》だ』と声高《こわだか》に非難してくる。

失ったかけがえのない日々を惜しむ己の心によって、本当の気持ちにようやく向き合うことができた。

恋に落ちたわけではない。

それよりも深い愛情が先に生まれていただけ。

恋情を、赤く熱く燃えさかる炎だと表現した詩人がいた。けれどウィステリアの想いは青い炎だ。赤い炎よりも高い熱を孕《はら》むのに、静謐《せいひつ》を擬態して周りに熱意を悟らせない。

エスターと同じぐらい激情を抱えながらも、それを心の奥深くで隠している。

「――お嬢様？」

廊下の真ん中で急に足を止めたウィステリアを、侍女が怪訝《けげん》そうな顔で見つめてくる。

ウィステリアはぐっと奥歯を噛み締めて、なんとか感情を押し殺した。

「なんでもないわ……」

引き返せる地点は、もうとっくに通り過ぎてしまった。自分にはシリルと永遠に別れて領地で暮らす未来しかない。

彼とアディントン邸で過ごした期間に、なぜ己の気持ちに気づかなかったのか。

領地を共に治めるという条件で妻を探すシリルなら、自分を受け入れてくれるかもしれないのに。

失ってから気づくなんて……

客室に着いたウィステリアは、一人で泣きたいのをこらえて、シリルと交わした契約書とレターセットを持ってくるよう侍女に頼む。

契約書を隅から隅まで読み返しても、翻訳を途中で放棄する際のペナルティは載っていなかった。

ありがたいと思う反面、約束を中途半端に放り投げる罪悪感がよけいに膨らんでくる。

シリルへ出す手紙には、急きょ領地へ行くことになったことと、最後まで約束を果たせないことへの謝罪と、翻訳の報酬は不要である旨を記しておいた。

直接伝えない不義理に対しての詫びも書いていたら、だんだんと文字がぼやけて読めなくなる。

瞬きをするたびにインクが滲んで、何を書いているのかも分からなくなった。

「最初から書き直しだわ……」

ほろ苦く笑うウィステリアは、その夜、一睡もできなかった。

翌朝、いつもよりかなり早い時刻に侍女が迎えにきた。ウィステリアは身支度を整えて裏口へ向かう。

すると廊下に飾ってあったはずの壷や絵画が、いくつか消えていた。

侍女に理由を聞いたところ、ウィステリアが客室に隠れたため、なかなか帰らない妹を心配したヘンリーが剣を振り回したという。

確かに壁にも傷がついていた。

「怪我人は出なかったのかしら？」

「多少はおりますが命に別状はありません。それよりもやっとヘンリー様が眠ったので、今のうちに出発しましょう」

ヘンリーはウィステリアが領地に向かうのを阻止しようと、馬車庫《ガレージ》で野宿しているという。

……怪奇小説を読んでいる気分になってきた。我が兄ながら、本気で怖い。

馬車を出せないため、侯爵邸から離れたところに辻馬車を呼んでいるという。

領地まで数名の私兵が警護しながら送るとのこと。

「ありがとう。迷惑をかけるわね」

「いいえ！　ヘンリー様のお怒りもごもっともです！　お嬢様に不当な罪をなすりつけて王都から追放するなんて……！」

涙ぐむ侍女がハンカチを出して口にくわえ、ムキィーッと怒りを表した。

今、流行している恋愛小説の一節に、こうして悔しさを表現する女性が出てくるそうで、静かなブームになっている。

……自分は真似したくないが、侍女の気持ちはありがたかった。

わたくしは人に恵まれている。と、ささいなことで幸福と幸運を実感する。

ウィステリアは私兵に守られつつ辻馬車に乗り込み、着の身着のままで出立した。荷物は後ほど送ってくれるとのこと。

こんなに慌ただしく領地に向かうとは、まるで夜逃げのようだと馬車の中で苦笑する。

いや、ぐずぐずと王都に留まって、これ以上ラモーラの関心を引きたくないし、兄に連れ戻されたくもないから、これでいい。

――それに昨夜のお父様は、国王陛下に対してなんらかの行動を取るつもりだと匂わせたわ。そんなことをすればラモーラ様が再びわたくしに敵意を向けてくる可能性が高い。我が身を守るためにも領地にいる方がいいわ。

昨夜は眠れなかったのもあって、街道を進む馬車の中でうたた寝をする。

グレイゲート領は王都から近く、馬車で半日といった距離にある。

マナーハウスに到着したのは、ぎりぎり陽が沈む前だった。

ウィステリアは王立貴族学院に入学するまで領地で過ごしていたため、懐かしさと故郷に対する愛しさで、胸の奥でくすぶる暗い気持ちが少しは晴れてきた。

領地にも早馬でウィステリアが暮らすことは伝えられている。

事情を知る使用人たちはウィステリアを慰めるようなことは言わないが、とても温かく迎えてくれた。

第三話

ウィステリアは自領に引きこもるからには、領地運営を実地で学ぶつもりだった。しかし父親から、「まずは心を休めなさい。おまえは働きすぎだ」と反対されてしまう。

そこで運び込まれた本を読んだり、領都に増えた新しい店を回ったりと、素直に休暇を楽しむことにした。

とはいえ二週間ものんびりしていれば、「そろそろ働くべきではないかしら？」と、何もしないことに罪悪感を抱き始めてしまう。

そんなウィステリアを、侍女たちは笑って諫《いさ》めてきた。

「お嬢様は真面目でございますね。休めるときに休んでおくべきでございますよ」

「でも持ち込んだ本も全部読んでしまったし……帳簿でも見ようかしら」

そう思って家令に申し出てみると、領主の書斎に鍵をかけられた。

「旦那様より、お嬢様にいっさいの仕事をさせないようにと命じられております」

「でも、お父様が不在のときは、成人した子息や子女が領主の代理を務めるものでしょう？」

「現在はお嬢様のお手を煩《わずら》わせることなど、何もございませんよ」

グレイゲート侯爵の忠実なる部下である家令は、いい笑顔で令嬢の抗議を一蹴《いっしゅう》した。解《げ》せない。

ウィステリアが不満を覚えていると、そのことを家令がタウンハウスに報告したのか、父親が書物を山のように送ってくれた。

さらに書籍商がマナーハウスを訪れ、ウィステリアの望む本を納品してくれた。

とてもありがたいことだが、それよりも外部の人間と話ができることが嬉しかった。

書籍商を含む商人は国中を回っているのもあって、様々な噂話や独自の情報を仕入れている。

そこでずっと気になっていた王都のことを、それとなく尋ねてみた。グレイゲート家と寵姫がぶつかっていないか不安だったので。

しかし書籍商はうまくとぼけて、王都で流行している菓子や服飾などに話をすり替えてしまう。

どうやら王都に関することは口止めされているようだった。

ちなみに兄は週に一回の休みの日に愛馬を飛ばして領地にやってくるが、彼もまたウィステリアの謹慎に関わる件について、頑なに口を閉ざしている。

しかもこの話をしたくて水を向けると、ものすごく不機嫌になるのだ。さらに、「……あの野郎、次は殺す……」とか物騒なことを低い声で呟いていた。

いったい誰のことを言っているのだろう。野郎ということは男性だが、今回のことで怒りを向けるべき相手は女性なのでは？

解せない。

ちなみにヘンリーの滞在時間は二時間ほどである。王都とグレイゲート領を往復するのに、休暇が一日では短すぎるのだ。

そのため連休を申請しているそうだが、なかなか許可されないと兄は泣いていた。このまま不許可が続いてほしいものである。

しかしこうして王都からの情報が遮断された状態は、父親が命じているのかもしれない。

こんなこともあった。

領地にはグレイゲート侯爵に代わって土地を管理する地方行政官がいて、そのほとんどが貴族か準貴族である。

領主の家族がマナーハウスに滞在していると、彼らは必ず挨拶にやって来るのだが、不思議なことにウィステリアがここで暮らす経緯を誰も聞こうとはしなかった。

婚約もしない貴族令嬢が田舎に引っ込むなど、暇をもてあました貴婦人たちのネタにされると思っていたのに。

さらに皆が皆、「せっかく領地に滞在されるのですから、今は何もせず遊んで暮らすべきではありませんか？」と諭してくるのだ。

……間違いなく父親が何かした。たぶん、静かに暮らしておけと言いたいのだろう。

親の過保護っぷりに脱力してしまうが、これも幸福の一つなのかもしれない。

そう開き直ったウィステリアは、父親が何か言い出すまでだらだらと過ごすことにした。


ウィステリアがグレイゲート領に移ってから一ヶ月が過ぎた。初夏の爽やかな風が吹き抜けるようになると、領地は辺り一帯が緑で覆われる。

この時期、ウィステリアは馬で駆けるのが大好きだった。領地育ちで幼い頃から馬に親しんできたおかげだ。

淑女は本来、鞍《くら》に跨《また》がらず横向きに乗馬する。しかしウィステリアは男性と同じくキュロットを穿《は》いて馬に跨り、ときには森に入って狩りを楽しんだ。

図書館勤務で唯一の不満といえば、乗馬ができないことだった。

一度司書総裁に、『馬で出勤してもいいですか？』と聞いてみたのだが、上司は何を言われたのか分からないとの顔つきになっていた。

騎士は自分の馬で移動するというのに、解せない。

まあそれはともかく、読書もいいが、あまり閉じこもっていると使用人たちが心配するので、積極的に乗馬をすることにした。

父親にねだって栗毛《くりげ》の馬を購入し、天気のいい日はランチを持って遠駆けを楽しんでいる。

その日も、散策したことがない山に行こうと朝から考えていた。

朝食を済ませて侍女に乗馬服を着ると告げたが、年配の侍女は首を左右に振った。

「もう少しすればお客様がいらっしゃいますので、今からお支度をしましょう」

冷静な侍女の言葉に、ウィステリアは目が点になってしまう。

自分にお客など来るはずがない。

数少ない友人には、領地で暮らすことを手紙で伝えてある。謹慎については記さなかったが、貴族社会に噂が流れるのは早いため、真相を知っているだろう。

自分と関わればラモーラ妃に目をつけられる恐れがあるから、領地に来ることはないはず。

だいたい、訪れるにしても先触れを出さねばマナー違反だ。

「どなたがいらっしゃるの？　そんな予定は聞いてないけど」

「シリル・アディントン様です」

反射的に椅子から立ち上がり、しかも中腰で固まってしまう。

「えっ、ちょっ、どうして、シリル様が……！」

「数日前にこちらを訪問するとのお手紙が届きましたが、旦那様がお嬢様に知らせるなと」

「なんで!?」

「アディントン公爵令息がお越しになるまでの間、お嬢様が動揺して大変なことになるからとのことです」

「そんなことないわよ！」

「今のお嬢様を見る限り、旦那様の判断は正しかったようです」

グレイゲート家に仕えて二十余年という古参の侍女が、うんうんと頷いている。

その姿にウィステリアは猛烈な腹立たしさを覚えた。

ここの使用人は主君に忠実すぎて、娘の言うことなど二の次、三の次なのだ。……いや、領地の人間にとってそれが正しいのかもしれないが、ものすごく解せない！

叫び出したい気持ちを我慢しつつ、ウィステリアは大急ぎで簡素なワンピースからドレスに着替えることにした。

「お化粧してないわ……！」

「お嬢様、落ち着かれませ。令嬢のお支度に時間がかかるのは当たり前です。待っていただければいいのです」

それでも心情的に待たせたくないと、ウィステリアが慌ただしく身なりを整えていたら、若い侍女が部屋にやってきた。

「アディントン様がお見えになりました」

あわわ、と焦りながら応接間へ向かう。

扉をノックをする自分の手は震えていた。

――どうしてここに来たの？　何をしに来たの？　……わたくしに会いに来たの？

シリルに問わねば分からない疑問が、頭の中で渦巻いて止まらない。

勇気を出して応接間に入ってみると、すぐに金色の瞳と目が合った。

シリルはずっとドアを見つめていたのか、ウィステリアの姿を認めた途端、素早くソファから立ち上がる。

……ウィステリアは領地に来てからというもの、地平線に沈む太陽を見るたびに、炎のような赤い髪を思い出していた。

思い出すたびに切なくて苦しくてつらくて泣きたくなった。

今はその気持ちに、会えて嬉しいとの歓喜が混ざって胸が潰れそうだ。

おかげで突っ立ったまま動けないでいると、シリルが赤い髪を揺らして近づいてくる。

このとき驚いたのは、彼の左頬に傷がついていたことだ。剣による傷に見えるから、もしかして野盗にでも襲われたのだろうか。

大丈夫かしらと不安に心が揺れるウィステリアへ、シリルがふわりと微笑んだ。

「久しぶりだね、ウィステリア嬢」

もう二度と会えないだろうと思っていた人に再会できて、泣き出したいほど嬉しいのに、まるで夢を見ているようで動けない。

ウィステリアが入り口で固まっていると、シリルが突然、その場に跪《ひざまず》いた。

「シリル様……？」

彼の大きな手がウィステリアの右手をすくい上げ、優雅に、宝石や美術品をあつかうかのようにうやうやしく、指先へそっと口づけた。

それはシリルに会うときは必ず受ける挨拶であるが、跪くことはこれまでなかったため、思いっきり動揺する。

しかも彼はウィステリアの手をくるりとひっくり返し、今度は手のひらにキスを落とすのだ。

――何？　これは意味があるの？

紳士が淑女へする挨拶に、指先や手の甲へのキスがあるのは知っている。だが手のひらはなんだったかと、記憶にないウィステリアは首をひねった。

ウィステリアを見上げるシリルは、悪戯《いたずら》っぽい笑みを浮かべて立ち上がる。

「あなたに会いたかった」

彼の声や表情がやたらと甘いように感じるから、ドキドキと鼓動が速くなって痛みを覚えるほどだ。

彼と見つめ合うことがそれ以上はできなくて、視線だけ横にずらす。

「シリル様も、お元気そうで……」

私も会いたかったと心の中で叫んでいるのに、恥ずかしくて声に出すことができない。社交辞令だとしても、躊躇《ちゅうちょ》なく言える彼の度胸に感心する。

「ああ。君も元気そうでよかった」

シリルは一度、ウィステリアの右手をつかむ手に力を込めてからソファまでエスコートする。そして隣に腰を下ろした。

彼はこうやって隣に座ることが多いから、まあそれはいい。ただ、手を握られたままなので動揺する。

「えっと、手を――」

「ここが王都の近くで助かったよ。うちの領地なんて六日はかかるし、一番近い端から領都まではさらに二日も必要なんだ」

……手は離さないらしい。婚約者でもない男性とベタベタしていいのかと不安になるが、シリルは解放する気がないようなので諦めることにした。

「でもこんな早い時間に着くなんて、真夜中に王都を出たのですか？」

「いや。昨日出発して夜にはこちらへ着いた」

領都の宿で一泊したと聞いて、ウィステリアは驚いてしまう。

「それでしたら、宿を使わず我が家へお越しくださいませ」

「嬉しいお誘いだけど、君と会うのに汚れた姿でいたくなかったんだ」

身綺麗にしてから来たと告げられて、ウィステリアは自分の顔が熱くなっていくのを感じる。

まるで口説かれているようなセリフに、これ以上は彼を見続けることができずうつむいた。

「わっ、わたくしも、領地を駆け回っているから、土埃ぐらい気にしませんわ」

「そうか。君は乗馬が好きなんだね」

「はい。最近、栗毛の賢い馬を買いました」

「いいね。ぜひ見せてくれ。私と一緒に遠駆けに行かないか」

ウィステリアが顔を赤くしながらも頷くと、シリルの美しい顔に蕩《とろ》けるような笑みが浮かんだ。

とても嬉しいと、表情や眼差しが言葉の代わりに告げているようで、ウィステリアは顔どころか頭の芯まで熱くなってくる。

なんだかシリルの様子が今までと違いすぎる。アディントン邸でこんなふうに甘い空気になったことはないのに、突然どうしたのだろう。

しかもこちらを見る眼差しや言葉に、胸を高鳴らせる艶が含まれているようで落ち着かない。

ウィステリアがうろたえていたら、ノックの音がして侍女がお茶を運んできた。

慌てて右手を引き抜こうとしたが、シリルががっちり握っているため動かせない。

「あのっ、シリル様、手を、離して……」

上目遣いで訴えるものの、シリルは目元を赤くして無言でウィステリアを見つめてくる。その目力に負けてウィステリアは逃げられなくなった。

しかし侍女が消えると、シリルは姿勢を正してひどく真面目な顔つきになり、深く頭を下げる。

「すまない。なんの落ち度もない君を巻き込んだ。ラモーラ様のことは完全にアディントンのミスだ」

金の瞳が一転して愁いを帯びているから、この人はやはり自身を責めてしまうのだと悲しくなった。

ウィステリアは己の右手を包む彼の両手に、そっと左手を添える。

「シリル様。勘違いしてはいけませんよ」

「うん？」

「確かにわたくしはとばっちりで被害を受けました。でもその責はすべてラモーラ様にあります。わたくしが恨むのもラモーラ様一人で、シリル様に謝罪されてもまったく嬉しくありませんし、困ります」

笑顔できっぱりと言い切れば、シリルは困惑を含んだ複雑な表情になっている。

ウィステリアの引かない雰囲気を察したのか、彼はほろ苦く微笑み、「まいったな」と呟いた。

「……グレイゲート侯爵閣下にも、似たようなことを言われた」

「父に会ったのですか？」

「もちろんだ。君からの手紙を受け取ってすぐ、グレイゲート邸へ向かった」

ウィステリアの手紙は午前の早い時刻に届けられたものの、シリルが慌ててウィステリアとの面会を申し込んだところ、彼女はすでに領地へ発った後だった。

「寛大にも侯爵閣下が会ってくださってね。……君は私に謝罪されても困るだけだろうが、貴族社会ではそうはいかない。寵姫を傷つけた令嬢は評判が地に落ちる」

言葉を区切ったシリルが、ウィステリアの両手をつかむと重ね合わせ、自らの額に押しつける。

「あなたの名誉を傷つけたことを、心から謝罪する」

まるで騎士の宣誓みたいな真摯な様子に、ウィステリアは絶句する。

「そっ、そこまで、深刻に、取るほど、では」

「私にとっては深刻なことだ。この事態を起こした者たちを決して許さない」

金の瞳が苛烈な光を帯びているから、ウィステリアは蛇に睨まれた蛙の気持ちを知ってしまう。

背中に冷や汗が垂れ落ちたけれど、シリルはすぐさま、あっけないほど元の雰囲気に戻った。

「今回の件だが、どうやらラモーラ妃がエスター嬢に近づいたらしい。外宮の廊下で私がエスター嬢を叱責したことを知って、利用できないか探ったのだろう」

エスターからそのときのことを聞き出し、ウィステリアの存在に目をつけた。……やはり恋仲とでも勘違いしたのかもしれない。

「そうですか……。そういえばエスター嬢はお茶会の後、どうなったのでしょうか？」

尋ねた途端、シリルがものすごく渋い顔になる。

「彼女は君と違って特に処罰を受けてはいない」

「そうですか……」

「ラモーラ妃はエスター嬢を君の糾弾役にでもするつもりで利用したんだろう。もう用済みだが、メリガン公爵家と対立するのは、ラモーラ妃としても得策ではないと判断したのだろう。エスター嬢は注意処分だけで済んでいる」

「ラモーラ様がやけどを負った原因は彼女にあるのに……」

こちらは領地で永遠に謹慎。なのにエスターは注意のみとは。

「ああ。ラモーラ妃の怪我はたぶん虚偽だな」

「えぇっ？」

「やけどをした当初、王宮の侍医ではなく、わざわざ彼女の生家から医者が呼ばれて治療を受けた。もうその時点で嘘くさい。紅茶は冷めてたんだろう」

ただ、ラモーラがやけどを負ったと主張しており、侍医は妃の許しがなければ体に触れることができないため、真相は不明だった。

「……本当に、お怪我をされたのかもしれません」

「それなら侍医に診《み》せるだろう。あの女のやりそうなことだ」

シリルが珍しく粗野な口調で吐き捨てると、いまだに握っているウィステリアの手を慰めるように撫でる。

「――ここに来るまでの間、私も何もしなかったわけではない。ウェネル侯爵家に圧力をかけていた」

「え！」

ラモーラの生家であるウェネル侯爵領は、国の最東端に位置している。そこでアディントンは、ウェネル領から王都へ行くには絶対に通らねばならない領地の貴族を買収し、ないに等しかった通行料を跳ね上げた。

アディントンが背後にいると分かるよう、あからさまに。

「そんなことをしたら、ウェネル領の生産物が売れなくなるのでは？」

「それが目的だからね」

何か問題でも？　と言いたげな表情でシリルが告げるから肝を冷やした。……容赦がない。

「あと、アディントン領で産出するすべての品の出荷を止めた」

「それって、困るのはシリル様ではありませんか？」

するとシリルが、「実は他国との交易は止めていないんだ」と、とてもいい笑顔で告げる。

つまり国内流通分のみをストップさせたのだ。

なぜそのようなことをと思ったとき、シリルの目的を悟った気がした。

「あの……もしかして、テアブルーサファイアも、止めたのですか……？」

おそるおそる聞いてみれば、シリルは笑顔で「もちろん」と頷いた。ウィステリアは全身に鳥肌が立つのを感じる。

マルサーヌ王国を含む大陸の諸国は、厳しい冬を越えた春から秋までの期間に、国同士の交流が盛んになる。

ちょうど今の時期、属国や友好国、果てはあまり仲のよろしくない仮想敵国からも使節団が訪れ、毎日のように晩餐会や舞踏会が開かれている。

そのため王族も新しい衣装や装飾品をあつらえる必要があり、ロイヤルカラーになっているテアブルーサファイアは、アクセサリーだけでなく夜会服やドレス、靴や手袋、小物などにちりばめられる。

その他、勲章などの記章には、小さなテアブルーサファイアが埋め込まれるのだ。

王家になくてはならない宝石である。

――テアブルーサファイアの供給を止めるなんて、王家に叛意《はんい》ありってとらえられてもおかしくないのでは？　それにアディントン領の産出品って宝石だけじゃない……！

社交場で必要不可欠なのはアルコールだ。ジュースで乾杯はできないし、食事も進まない。昔から夜会ではぶどう酒が定番だ。蒸留酒はアルコール度数が高すぎて、酒に弱い貴婦人は倒れてしまうし、薬草酒は薬に分類されるうえ、甘いので紳士には不評だ。

そして今、周辺諸国からもっとも注目されているぶどう酒は、カルナワインになる。

カルナワインの製法は秘されていないものの、開発されてから日が浅く、優秀な醸造技術者が少ないのもあって、まだアディントン領でしか造られていない。

品薄状態のため幻のワインとも言われるが、王家主催の夜会では大盤振舞される。そのことを使節団の使者たちは知っていて、楽しみにしている。

なのに王宮へ納品されないとなると――

「ものすごくまずいことになりませんか？」

「なるだろうな。陛下の面目丸潰れだ」

「駄目じゃないですか！」

「ああ。父が王宮へ呼び出された。でも出せないものは出せないんだよね」

そこで言葉を切ったシリルが、「ここまですれば陛下も、何か問題が起きていると気づいてくれたよ」と続けた。

ウェネル侯爵が通行料について陳情していたのと、ラモーラのお茶会での出来事を知った王妃が、それとなく国王へ漏らしたのもあって、アディントンが激しく怒っているとようやく悟ったのだ。

しかし王族は基本的に臣下へ謝罪しないため、ラモーラが自身の非を認めることはない。権威を守るため、できないとも言える。

そのためラモーラの怪我は、ほんの少し皮膚が赤くなったものの、痕も残らず綺麗に完治したことになった。

なので寵姫を傷つけたといっても、たいしたことではなかったとしたのだ。

「おそらくラモーラ妃の怪我が虚偽であるとバレたのだろう。陛下ならば寵姫に触れられるからね」

そしてウィステリアの謹慎も一ヶ月で解けることになった。領地へ移って一ヶ月が経過しているため、すでに自由の身になっている。

ウィステリアは喜ぶよりも放心してしまう。

「あの、なぜアディントン家がそこまで……というか父は、父は何もしていないのでしょうか？」

「いや、グレイゲート侯は職をかけて君の無実を直訴しようとした。でも一度辞表を出すと受理されてしまうから、それは止めたんだ」

「大法官の職を……」

司法省のトップがいきなり退いたら、王宮は混乱するだろう。まあ、だからこそ使える手なのだろうが、父親の覚悟を知って申し訳なさと嬉しさがこみ上げるから複雑だ。

「君は『なぜアディントンが？』と奇妙に思うだろうが、私の命に代えても、あなたの名誉を挽回してみせると決めていた」

「そ、れは……」

そんな大仰に言わないでほしいと思う反面、シリルの気持ちが嬉しくて、またまた心臓がうるさい音を立てる。

「あと、我々にとってもちょうどいい機会だったんだよ。寵姫の心ないふるまいには、王妃殿下もお心を痛めておいでだからね」

ふふっと悪辣な笑みを浮かべるシリルの顔を見て、ウィステリアはそっと視線を逸らした。

シリルは間違いなくウィステリアのために動いてくれたのだろう。ただ今回の件は、王妃殿下に敵対する寵姫を排除する好機にもなった。

アディントンならば、通行料を上げたり生産物の出荷を止めずとも、国王に直訴することなどたやすいはず。

それこそ王妃に頼んで、ラモーラについて意見してもらえば王も聞いてくれるだろう。それだけの身分がある。

けれど回りくどい方法で、アディントンの逆鱗に触れたことを示した。

つまり、この怒りを静めるにはそれ相応の対応をしてもらうぞ、と王家を脅したのだ。

――あっ。これ、わたくしが聞いちゃ駄目な話だわ。

ウィステリアは父親から言い聞かされている言葉がある。

『王家のゴタゴタには、関わらずに済むなら関わらないこと。我が身が可愛いのならば』

権力には光と闇がある。

闇に足を取られてひっそりと消えていく者など、歴史上にごまんと存在するのだ。それは王族さえ例外ではない。

今回の件で、ラモーラはなんらかの罰を受けることになったはず。

……もしかしたら国王は寵姫を切り捨てたのかもしれない。

己の思考にゾッとしたウィステリアは、慌てて深く考えることをやめた。

「シリル様、ありがとうございます、謹慎を解いてくださって」

領地での暮らしに不満はなかったけれど、嬉しいことは嬉しい。笑顔になるウィステリアだったが、シリルは表情を厳しいものに変える。

「自由の身になったが、まだしばらくは領地に留まってほしい」

「何か問題でもあるのでしょうか？」

「今王都に戻ると、ラモーラ妃とエスター嬢に何をされるか分からない」

「ラモーラ様は分かりますが、エスター様がどうしたのですか？」

「婚約が白紙になった」

「ええっ？　いったい、どうして……」

「アディントンはメリガン公爵家にも圧力をかけたからね。君の処分にエスター嬢が関わっていると、フリーマン伯爵令息が知ったようだ」

貴族令嬢を陥れるような悪女とは結婚できないと、クライヴがエスターの有責で婚約を解消しようとした。

当然、メリガン家はクライヴの言い分を認めず、彼が一方的にエスターを捨てたと主張する。

揉めに揉めて婚約は解消となり、二人は悪い噂に巻き込まれている状況だった。

「それでエスター様がわたくしを恨んでいると……」

「ああ。今は王都に戻るのはまずい」

「かしこまりました。ずっとこの地で暮らすつもりでしたから、構いませんわ」

ほっとした様子のシリルは、話している間中、ずっと握っていたウィステリアの両手をようやく離した。

ウィステリアは消えていく温もりが寂しいと思いつつも、自分の手汗が気になっていたから、ほっとした。

「それよりも今日は君に提案がある。皮膚病の臨床試験をしないか」

皮膚病と聞いて、ウィステリアは自分の頬を撫でる。

「臨床試験、ですか……」

「皮膚病を研究している医師が大学校に来てくれることになってね。君の話をしたら、新しい治療法を試したいと言うんだ」

「えっと、何か痛いことをするとか……？」

「そういうのはいっさいないと約束する。新しい薬を試したい」

ウィステリアは宙を見つめて考える。

自分の体で試すのは少し不安だが、これだけ世話になっているシリルの頼みを、無下に退けたくないという気持ちの方が大きい。

治るかどうか分からないが、やれるだけやってみたい。

「分かりました。協力します」

「ありがとう。君の善意と勇気を心から尊敬する」

……彼の言葉はときどき大げさだ。でも嬉しくてくすぐったい。

ウィステリアは心を熱くしながら、照れた表情にならないよう微笑んだ。

シリルはウィステリアから臨床試験の承諾を得ると、一度王都へ戻り、一人の中年の医師を連れてきた。

シリルが「オイゲン先生」と呼ぶその人は、マルサーヌ王国からだいぶ離れた西の国の出身だという。

かの国では医学の研究が進んでいる。シリルは留学中にオイゲンと出会い、医学の知識と経験値を評価してスカウトしたそうだ。

オイゲンも、シリルが提示する報酬の高さに釣られてやってきたとのこと。

彼はウィステリアの皮膚病を診て、新薬となる軟膏《なんこう》を処方するとともに、皮膚病を引き起こす特定の原因物質があるかもしれないと調べることにした。

この検査は長期的なものになるため、オイゲンはウィステリアとシリルに説明をすると、一度王都へ帰っていった。

検査報告はシリルが担当し、オイゲンも二週間に一度は診察をしにグレイゲート領を訪れる。

そしてシリルはこの地に留まるため、グレイゲート侯爵の許しを得て、マナーハウスで暮らすことになった。

客人が逗留《とうりゅう》するのは珍しいことではないとはいえ、ウィステリアにとっては、家族が誰もいない状況で客人の長期滞在は初めてだから、緊張する。

まあ、領主の家族が暮らすエリアと客人の部屋は、屋敷の端と端ぐらい離れている。そのうえ階も異なるので、シリルの気配を気にすることはない。

それでも彼がマナーハウスにいると考えるだけで、ウィステリアは頭の中がぽわぽわして何も考えられなくなった。

地に足がつかない感覚で浮かれるウィステリアだったが、シリルと応接室でお茶を飲んでいるとき、大変なことを思い出して悲鳴に近い声を上げた。

「忘れてました！　もうすぐ兄が来ます！」

あの重度のシスコンが、ウィステリアが一人で暮らす屋敷に未婚の男性を泊めるなど、使用人がいるとはいえ許すはずはない。

彼が休みの日にマナーハウスに顔を出したら、間違いなく血の雨が降る。

「シリル様、逃げてください！　ここにいたら殺されるかもしれません！」

泣きそうな顔で訴えるウィステリアへ、シリルは落ち着くようにと彼女の背中を撫でて、優しい声を出した。

「ヘンリー卿のことだよね。大丈夫、彼には納得していただいたから」

「何をですか？」

「私がここに滞在することだよ。快く承諾してくださった」

「え……っ、ど、どうやって兄を？」

あの妹大好きな兄が、筆頭貴族の令息だからといって引き下がるとは思えない。

だがシリルの方はあっけらかんとしている。

「グレイゲート侯からヘンリー卿の為人《ひととなり》を聞いたんだけど、ああいう脳筋はあつかいやすい……いや、分かりやすいから対処できたよ」

今、あつかいやすいって言った。

「えっと、のうきんってなんでしょうか？」

「ああ。『脳みそまで筋肉』の略だよ」

「のうみそまできんにく……」

思わず復唱してしまった。

シリルいわく、鍛えすぎて脳まで筋肉と化し、力こそ至上とする考えになりがちな人を指すらしい。

それは言い得て妙だと思ったが……

「確かに兄は単純だと思いますけど、兄妹愛が激しい人なので、あつかいやすいとは思えません」

「大丈夫だ。うちにも脳筋がいるから対処方法は学んでいる」

「公爵家に、ですか……？」

誰だろう？　もしかして私兵や使用人のことだろうか。

ウィステリアが小さく悩んでいる間も、シリルは上機嫌で話を続けている。

「侯爵閣下に臨床試験のことを相談したら、君が受け入れてもヘンリー卿を納得させないと、領地へ行くことさえ難しいと言われてね。彼に許しを請《こ》い願ったら、決闘することになった」

「どうしてそうなるんですかっ!?」

泣きそうどころか本気で視界が潤んできた。シリルが素早くハンカチで目元を抑えてくれたが、えぐえぐと変な声が漏れてしまう。

「すまない、驚かせて。ああ、泣かないでくれ」

「だって、けっとう……ぶじ、だった、ですか……っ」

「うん、勝ったよ」

「勝った!?　兄は現役の騎士ですよ！」

「ああいうパワー系は慣れているんだ。幼い頃からしごかれていたのもあって」

「……アディントン公爵令息なのに？」

「私も騎士だったから」

「初めて聞きました……」

シリルによると、父親は騎士大隊の隊長を務めた剣豪で、二人の息子も騎士にするべく子どもの頃から剣術を仕込み、騎士団へ放り込んだという。

「さすがに私は留学前に騎士団を退《しりぞ》いたけど、弟はいまだに騎士をやってるよ」

筆頭貴族の嫡男が騎士だったなんて、意外すぎてちょっと信じられない。しかし彼のやたらとたくましい肉体を見る限り、元騎士というのも本当かもしれない。

そういえばヘンリーが以前、あの野郎とか殺すとか、物騒なことを呟いていた。あれはシリルを指していたのかもしれない。

　このとき彼の端整な顔を見てハッとする。

「もっ、もしかして、頬についている傷は……」

「これか。ヘンリー卿につけられた」

　左頬を指先で触りながら軽く笑っているが、兄が本気で殺そうとしたのを感じ取って身震いする。

「そんな顔をしないで。ヘンリー卿はうちの父親と同じく力でゴリ押しするタイプだから、私としてはやりやすかったよ」

　決闘を見守る騎士たちの目の前でヘンリーを地面に叩きつけたところ、彼はシリルのグレイゲート領行きを素直に受け入れたという。

　——素直にというか、呪詛《じゅそ》を吐いていたんじゃないかしら。

　ウィステリアはそう思ったものの、「お強いのですね」と頷くことしかできなかった。

第四話

オイゲンによると、最近の研究で判明した皮膚病を引き起こす原因物質には、ダニや埃、動物の毛、花粉、食品など、様々なものがあるという。

邸内を隅々まで掃除するのはもちろんのことだが、シリルは動物の毛対策として、ウィステリアに馬との接触を禁止した。

それを告げたとき、最愛の女性は絶望の顔つきでエメラルドの瞳を潤ませていた。

「乗馬が、できない……！」

「あ、いや、やはり動物の毛は後回しにしようか」

すぐさまシリルが甘いことを言い出したので、ウィステリアはパァッと明るい表情になる。

だがシリルの背後にいたオイゲンに止められた。

「シリル様。どうせいつかは検査するのです。早めに終わらせてしまえばウィステリア様もその分、早く馬と触れ合えるのですよ」

との言い分にウィステリアも諦めたようで、愛馬としばし別れることになった。同時に食べ物の制限も始まったせいで、彼女の表情はだんだんと暗くなっていった。

臨床試験が始まって三週間ほどが経過した今日、シリルは一度王都にいるオイゲンのもとへ報告書を届け、用事を済ませてからグレイゲート領へ戻ってきた。

旅の埃を落としてから急いで応接間へ向かう。

この屋敷の女主人になっているウィステリアとは、食事以外だと応接間でしか会えない。互いに未婚の男女なので、部屋へ行くことができないのだ。

「リア。帰ったよ」

シリルはグレイゲート領に滞在して一週間ほど経過した頃、ウィステリアへ『君を愛称で呼ぶことを許してほしい』と願っていた。ウィステリアは照れながらもそれを受け入れてくれたから、心が弾んで浮かれたものだ。

あの頃の自分たちは、今よりもよほどいい雰囲気だった……。

シリルが広い応接間を見回すと、ウィステリアは窓際に立って外の風景を眺めている。彼女の頭上には、どんよりとした雨雲が渦巻いているようだった。

「お帰りなさいませ、シリル様……」

振り返ったウィステリアの表情はものすごく暗い。たぶん、遠くの放牧地にいる馬を見ていたのだろう。

乗ることはおろか厩舎に近づくことさえ禁止されているため、愛馬欠乏症になったウィステリアは以前、『心の中に寒風が吹き荒れています』と告げた。

今は初夏であるが。

ウィステリアのうつろな瞳と目が合ったシリルは、彼女の羨ましそうな、かつ覇気のない眼差しに目を逸らした。

王都へ往復してきたため、こちらが馬に乗っていたことを彼女は知っている。

シリルは気まずげにソファへ座ると、侍女が出してくれたティーカップへ手を伸ばした。

「わたくし、今週からお茶の除去を始めたのです……」

シリルは持ち上げたティーカップをそっとソーサーに戻した。

「そうか。茶葉が原因でないといいな」

緩慢に頷くウィステリアの視線は、自分用に用意されたティーカップへ注がれている。

シリルがそちらに目を向けると、湯気が立つ透明な液体が満たされていた。

白湯《さゆ》である。

……なんとも言えない表情になったシリルは、やがて立ち上がると窓に近づいてウィステリアを見つめた。

「リア。お土産があるんだ。君の気晴らしになるといいのだが、どうか受け取ってほしい」

懐《ふところ》にしまえる小さな箱を取り出し、ウィステリアに向けて蓋を開く。

アディントンお抱えの細工師に頼んだピアスだった。

繊細な花の形の金細工を見たウィステリアの表情は、みるみる明るくなる。

「なんて綺麗！　素敵……」

その様子を見守るシリルは、無気力になりつつあるウィステリアが笑顔になったことで、心の底からホッとする。

ウィステリアは愛馬や好きな食べ物が制限されるにつれて、表情だけでなく全身から生気が失われていった。

その気持ちはシリルや使用人も痛いほど分かるため、なんとか慰めようと試みるものの、娯楽の少ない田舎ではなかなか難しい。

そこでシリルは王都へ戻った際、グレイゲート侯爵と相談して、いくつか楽器を持ち込むことにした。

淑女教育の一環で音楽をたしなむウィステリアは、弦楽器が得意だという。

グレイゲート侯爵からウィステリアが愛用する楽器を預かり、現在は馬車でこちらへ輸送中である。

それだけでなく、シリルは彼女の好みに合いそうな装飾品を作らせた。

自分的には指輪を渡したかったが、妹と母親から全力で止められてしまった。求婚していないなら早すぎると。

それならばと、ピアスに自分の髪色と同じルビーを使うことにした。

「すごく嬉しいです。ありがとうございます、シリル様」

輝くような笑顔でウィステリアがピアスへ指を伸ばしたとき、ハッとした顔つきになると急にぼろぼろ泣き出した。

「どっ、どうした⁉　泣くほど気に入らなかったのかっ？」

猛烈に焦るシリルが背を屈め、うつむくウィステリアの顔を覗き込む。ハンカチで涙を拭いてもウィステリアはなかなか泣き止まない。

うろたえるシリルは、無意識に彼女の周りを犬のようにぐるぐる回ってしまう。

ウィステリアはしばらく泣いてからようやく口を開いた。

「オイゲン先生から、皮膚が金属に反応することもあるって、言われて……金属類は、身に着けることができないんです……！」

「ああ、金属ね。人によってはかぶれるんだよ。でもリアはかぶれたことはないだろう？」

「はい……。でも、今はやめた方がいいと……」

めそめそするウィステリアは、初めて図書館で会ったときの毅然とした姿とは全然違って子どもっぽい。

こういうとき、まだ彼女が十代の若い女性であると実感する。

シリルは苦笑しつつ彼女のほっそりした手を取り、ピアスが入った箱を手のひらに載せた。

「ではこれは、制限だらけのつらい日々を乗り越えたご褒美に取っておこう。実はピアスだけではなく、ネックレスとかブレスレットとか、いろいろ用意したんだ」

「そんなに、たくさん……」

「もうすぐリュートも届くから、私のために弾いてくれないか？」

「リュート！　はいっ、喜んで！」

ぱぁっとウィステリアが瞳を輝かせる。

シリルは少しでも気晴らしになればいいと、やっと元気になったウィステリアを見て胸を撫で下ろした。


ウィステリアの涙ぐましい努力の甲斐あって、彼女の皮膚病の原因となる物質は、大陸中で使われている油が原因ではないかとの結論が出た。

世界樹と呼ばれる巨木の木の実から得られる油は、二十年ほど前から知られるようになった比較的新しい食材だ。

バターよりも簡単に作れて、しかも安く、味に癖がないのもあって使いやすいため、あっという間に大衆に広がった。

当初は平民しか使っていなかったが、安さと安定した供給が続くことから下級貴族へ広まり、今では王宮でも常用されている。

マルサーヌ王国だけでなく、大陸中の食卓になくてはならない食品の一つだ。

ウィステリアはこれを原因として皮膚病を起こす、特殊な体質であるとのことだった。

そこでシリルは、他国で生産される上質な果物油を取り寄せ、ウィステリアの食事にはこのオイルを使うことになった。

さらにオイゲンが処方した薬をこまめに塗り、肌が乾燥しないよう丁寧な保湿を継続するうちに、ウィステリアの皮膚病はみるみる改善された。

まだ完治したとは言えないが、症状は劇的に軽くなったので、化粧をすると顔に発疹があるなんてまったく分からない。

そして皮膚病がなくなったウィステリアはとても美しかった。

シリルは彼女が美人であると、出会ったときから見抜いている。だが女性の美しさを損ねる湿疹がなければ、これほどの美女になるとは思いもしなかった。

この結果を聞いたグレイゲート侯とヘンリーが領地に駆けつけ、淑女らしくドレスを着て化粧をしたウィステリアを見て、たいそう喜んだのだった。

ウィステリアの湿疹がほぼなくなった頃、季節は太陽が照りつける真夏になった。

明日、グレイゲート領にオイゲンが訪れ、彼の診察をもって臨床試験は終了となる予定だ。

世界樹の油以外は原因物質にならないようなので、問題なく終わるだろうとシリルは思っている。

この頃、シリルがグレイゲート領で滞在するようになって三ヶ月が過ぎていた。

「シリル様、もう馬に近づいてもいいのですよね？　乗馬がしたいです！」

ウィステリアの主張に、シリルも頑張ったご褒美を上げるべきだと頷いた。

とはいえ暑い時期なので、短時間との条件をつけて二人で出かけることにする。

ウィステリアと話し合った結果、領都からもっとも近い森の中を散策し、清浄な空気を楽しんでから、遠回りしてマナーハウスへ戻ることにした。

その途中のことだった。

「あっ、シリル様、その小川を越えないでください。領境《りょうざかい》になります」

ひょいっと跳び越えられる幅の小川が、隣の領地との境界線になっているという。

シリルは脳内で王国地図を思い浮かべ、ほんの少し不快な気分を覚えた。

この小川の向こう側はフリーマン伯爵家の領地だ。つまりウィステリアの幼馴染であるクライヴの故郷。

この辺りは二度と来ない方がいいな、とシリルが考えたとき、かけられるはずのない声が響いた。

「――ウィステリアッ！」

「もしかしてクライヴ？」

森の中でも木々が少ない辺りを通っていたのがまずかった。クライヴが慌てたように馬で駆けてくる。

シリルは思わず舌打ちしてしまう。

いったいなんの因果なのか。久しぶりにウィステリアと出かけた途端、もっとも会いたくない人物と遭遇するなんて。こちらを監視していたのではと疑ってしまう。

シリルはすぐさま無表情になると、馬首をめぐらせてクライヴに向き合った。

「フリーマン伯爵令息。その小川を越えないでいただきたい。領地の侵犯になります」

えっ、と驚きの声を上げたのはクライヴではなく、ウィステリアの方だった。

「シリル様。うちはそこまで厳しい制限を設けてはおりませんよ」

領地が接している貴族同士の仲が険悪だと、領境に私兵を立たせて互いを牽制する場合もある。

しかしグレイゲート侯爵家とフリーマン伯爵家の間には、特に問題はない。

そう告げるウィステリアに、シリルは冷静な視線を向けた。

「グレイゲート侯爵閣下は、君の謹慎の件でひどくお怒りだ。原因となった者たちをいまだに許していない」

ウィステリアはハッとした表情になって視線をさまよわせている。たぶん父親の怒りを思い出したのだろう。

ウィステリアの謹慎はラモーラの奸計《かんけい》に陥ったことによる。シリルもまた間接的な要因になっているが、それでも大元《おおもと》の原因はエスターだ。

そしてエスターをそこまで追い詰めたのが、目の前にいるクライヴだった。

ウィステリアを目の敵にするエスターが、根拠のない中傷を流していたと、アディントンでは調べがついている。

さらにラモーラのお茶会に参加し、ウィステリアを連座にした。

優しいウィステリアはクライヴに対して恨みなど覚えていないかもしれないが、彼女の周りにいる者たちは違う。

グレイゲート侯爵もヘンリー卿も、アディントンでさえ、クライヴがウィステリアを積極的に巻き込んだと見ていた。

ごく普通の女性は、婚約者が他の女性に熱を上げていたら、不愉快に決まっている。婚約者だけでなく、婚約者が入れ込んでいる女性も恨めしく思うだろう。

そんな簡単なことも理解しようとせず、男として無責任にエスターを蔑《ないがし》ろにし続け、ウィステリアに色目を使い、最悪の事態を引き起こした。

それだけでなく、エスターの有責で婚約を白紙にしようとした。自分のことしか考えていない、度しがたいほどの愚か者だ。

メリガン公爵が怒り心頭に発するのもよく分かる。まあ、娘を止められなかった時点で公爵に同情はしないが。

「君はヘンリー卿とも幼馴染らしいが、彼は君が婚約後も妹に付きまとうことで、君とは絶縁したと聞いている。グレイゲート家で君に肩入れする者は誰もいない。その意味ぐらい理解できないのか？」

クライヴは言い返す言葉がないのか唇を噛み締めている。しかしすぐさま睨みつけてきた。

「部外者は口を挟まないでください。だいたい、あなたは何者なんですかっ？」

「アディントン公爵家のシリル・アディントンだ」

「えっ！」

まさか筆頭貴族が出てくるとは思いもしなかったのだろう。目を剥いたクライヴがシリルとウィステリアを交互に見ている。

「そもそも、フリーマン伯爵令息は王都の自宅で謹慎中と聞いている。なのになぜここにいる」

「クライヴも謹慎しているの？　どうして？」

ウィステリアが首を傾げ、シリルは肩をすくめた。

「そりゃあ、一方的に婚約を白紙にして、本家であるメリガン公爵家に泥を塗ったんだ。公爵閣下は彼を絶対に許さないだろう。フリーマン伯爵夫妻は家を守るためにも、ご子息を表舞台に出すわけにはいかない。貴族籍から抜かないのは温情だな」

クライヴが渋い顔でうつむいた。さすがに自分が何をしでかしたかぐらい、分かっているようだ。

気づくのが遅すぎる。

「でもっ、エスターは僕の大切なリアを傷つけたんだ！　あんな悪女と結婚したら僕の人生は破滅する！」

「誇り高き公爵令嬢を、君の言う悪女とやらに堕としたのは君のせいだ。エスター嬢と正式に婚約していた以上、その責任は必ず取らねばならない」

吐き捨てるように言ってやれば、クライヴが絶望の顔つきになる。だがすぐに視線をウィステリアへ向けた。

おおかた彼女が領地にいるから、自分も領地で謹慎するとでも告げたのだろう。ウィステリアへ求婚するために。

親も許さざるを得ないはず。本家から切り捨てられてもおかしくない状況を打破するには、グレイゲート侯爵家と縁続きになるしか方法はないのだ。

実際にこの男は、何度かグレイゲート家のマナーハウスを訪れている。ただし門をくぐることは許されず、手紙や贈り物もすべて突き返されているが。

そのことをクライヴも思い出したのか悲痛な声を上げた。

「僕はエスターとの婚約なんて、本当は納得していなかったんだ！　親が勝手に承諾しただけだ！　僕はリアが好きなのに！　――リア、どうして会ってくれないんだ!?　しかも手紙さえ受け取ってくれないなんて……せめて読んでくれれば僕の気持ちが分かるはずだ！」

「手紙？　クライヴから？」

ウィステリアが首をひねっているため、その様子で彼女の指示ではないと悟ったらしい。

クライヴがこちらを睨みつけてくる。

「あなたがやったのですか!?　僕とリアを引き裂こうと！」

「引き裂くも何も、君と彼女の間に引き裂くようなものなど何もない。それと、よそ者の私にグレイゲート邸の使用人を動かせるわけがないだろう。侯爵閣下のご指示に決まっている」

グレイゲート領では、グレイゲート侯爵の意思のみが尊重される。そんな当たり前のことさえ分からないとは、よほど頭に血が上っているらしい。

「閣下は君を許すことはないとおっしゃっている。だから屋敷に近づくこともできないだけだ。いいかげん現実を見ろ」

シリルはウィステリアの前に馬で立ち塞がり、クライヴの視線から彼女を隠した。

しかしクライヴは声をさえぎることはできないとばかりに、悲鳴に近い大声を上げた。

「リア！　僕と結婚してくれ！」

§

クライヴの姿がシリルで見えなくなった途端、求婚の言葉が飛んできた。ウィステリアは目を丸くして思わず体を横に倒し、シリルの脇からクライヴを見る。

目が合った彼は嬉しそうな表情になるが、ウィステリアは真顔で言い放った。

「お断りするわ」

瞬時にクライヴが愕然とする。

貴族は感情を表に出さない教育を受けるものなのに、ここまで表情を変えて大丈夫だろうかと心配になった。

「どうして……。僕たちは一度将来を誓い合ったじゃないか！」

「婚約は成立しなかったわ」

「どうしてそんな意地悪を言うんだ！　君は僕の言うことならなんでも聞いてくれたじゃないか！　エスターのような高慢な女と一緒になったら、わがままに振り回されて僕の人生は終わりなんだよ!?　リアはそれでいいの!?　あの女が邪魔しなければ、今頃僕たちは結婚していたのに！」

ウィステリアは馬を動かしてシリルの背後から出ると、クライヴをまっすぐに射貫いた。

「求婚をお断りする理由は三つあります。まずは一つ目、あなたは政略結婚の相手としてふさわしくない」

「え!?」

ものすごく驚いているから、ウィステリアは内心で、「そこがもっとも重要でしょう」と突っ込んでしまう。

貴族の令息や令嬢の結婚は、父親が決めるものだ。

恋愛なら身分違いのお相手とか、政敵となる一族の人ともできるけれど、結婚は家にとってふさわしい相手を親が選ぶ。

好きな相手と結ばれるなんて、そのほとんどが幼い頃に婚約を結んだ相手と、時間をかけて愛を育んだだけ。

それか愛し合う男女の双方の親が、二人の結婚に利益を見出したときだろう。

「わたくしの父があなたを許していない以上、あなたとの結婚はあり得ないわ。まずは父を説得しないと」

「でもっ、侯爵は君に甘いじゃないか！　君が僕と結婚したいって強く頼めば、考えを変えてくれるはずだ！」

「それこそありえないわ。わたくしはあなたと結婚する気がまったくないもの。これが二つ目の理由」

「そんな……」

蒼白になったクライヴの上体がグラグラと揺れて、馬から落ちそうだ。落ちると痛いどころか怪我をするから、踏ん張ってほしい。

ウィステリアはそんなことを考えつつ、「三つ目」と言葉を続ける。

大きく息を吸い込み、羞恥を押し殺して声を放った。

「わたくしには好きな人がいるの。結婚するならその人がいい」

さすがに本人の前でこれを言うのは恥ずかしく、視線を明後日の方角に向ける。だがなんとなくシリルの眼差しを強烈に感じるため、落ち着かなくて頬を撫でた。

皮膚のなめらかさを感じるたびに、凹凸《おうとつ》が綺麗に消えていると感動する。胸が弾んで表情がゆるむ。

ウィステリアが、恋する乙女の、実に可愛らしい顔つきになる。

クライヴは、自分ではない男を想って愛らしい表情になるウィステリアを見て、ようやく彼女と結婚できないことを悟った。

「リア……君のことが好きなんだ……」

「ありがとう。でもわたくしは、あなたのエスター様に向ける態度がずっと嫌いだった。だからあなたを好きになることは決してないわ」

平気で婚約者を蔑ろにして、愛と尊厳を踏みにじる。それがウィステリアを想うあまりだと言われても、不快感しか覚えない。

「ぼくは、君を好きになってはいけなかったのか……？」

「人を好きになるのは自由よ。でもあなたはエスター様がどう思うか、考えたことなんてなかったでしょう？」

「あの女が横入りしてきたんだ……分家の僕に選択肢なんてなかった」

悔しそうに拳を握り締めるクライヴに、ウィステリアは深く頷く。

「そのとおりね。でもあなたは忘れているけど、エスター様と婚約した当初、伯爵になれるってとても喜んでいたわ。なのにあなたは自ら、その未来を捨てた」

「…………」

「それに何もかも思い通りになる人生なんて不可能よ。ままならない世の中で、わたくしたちは最善と思う道を模索《もさく》する」

自分だってシリルが好きでも、父親が他の男のもとに嫁げと言ったら従うしかない。だからこそ彼と共に在《あ》る今をとても大切にしている。

「でもクライヴ、あなたはどう？　フリーマン伯爵令息として、メリガン公爵家との縁を強固にするという大役がありながら逃げ出した。今後、フリーマン伯爵家は社交界での地位を落とすでしょう。あなたは貴族の令息として何も成《な》していない」

厳しいことを告げている自覚はあるが、自分以外の人間が言ってもクライヴは聞く耳を持たないだろう。

貴族とは王家のため領民のため、社会的責任や義務を背負う立場にある。生まれ落ちたそのときから、身分にふさわしいふるまいが課されているのだ。

彼には理解できなかったようだが、幸いなことにまだ若い。これからいくらでも人生を挽回できるはず。頑張ってほしい。

背筋を丸めてうなだれるクライヴだったが、しばらくして顔を上げると泣きそうな表情でウィステリアを見つめた。

「……リア、皮膚病は治ったの？」

「そうなの！　シリル様のおかげよ！」

嬉しそうにはにかむウィステリアがシリルへ視線を向けると、なぜか彼は美しい顔を青くしていた。

えっ、どうしたの？　と目を丸くしたが、クライヴの言葉に視線を彼へ戻す。

「君に初めて会ったときから、湿疹があってもすごく可愛い子だって気づいていた。優しくて心が清らかで、僕の目に狂いはなかった……本当に、綺麗になったね……」

クライヴの瞳から雫が零れ落ちる。彼は袖口で乱暴に目をぬぐうと、この場からトボトボと去っていった。

――さようなら、クライヴ。

ウィステリアは彼のしおれた姿が消えるまで見送り、ふぅーっと大きく息を吐いた。人とぶつかったことがない箱入り娘には、たったこれだけで疲れてしまう。

「シリル様、お待たせしました。……あの、先ほどからどうなさいました？」

あいかわらず顔色の悪いシリルが、絶望の眼差しを向けてくる。やがて彼は馬から降りると、ウィステリアに手を差し出して彼女も下馬させた。

本当にどうしたんだろうと不思議に思いながら、ウィステリアは馬を休憩させようと思いつき、小川のそばの木に手綱をくくりつける。

するとシリルがウィステリアの両手を握り締めた。

「リア、好きな、人が、いるって……」

「あっ、はい！」

「……それって、誰？」

「えっ!?」

ウィステリアは心の中で、「こんなにも鈍い人だったかしら？」と端整な顔をまじまじと見つめてしまう。

グレイゲート領で臨床試験を始めてから今日まで、家族以外に会った貴族男性はシリルだけだ。

しかも領地に来る前だって、親しくしていたのはシリルしかいない。

分かりそうなものなのに……

ウィステリアがぽかんとして何も言えないでいると、焦れた表情を見せるシリルが突然、その場に跪いた。

彼はウィステリアの手の甲にキスすると、ひっくり返して手のひらにも唇で触れる。

「えっと、なぜ手のひらに口づけるのですか？」

「……手のひらへのキスは求婚の意味がある」

「えぇっ!?」

シリルはグレイゲート領に来た初日にも同じことをしている。つまり彼はあのときも求婚するつもりがあったのだ。

じゃあなぜ、プロポーズしてくれなかったのかと混乱するウィステリアへ、シリルが懺悔《ざんげ》するかのように手の甲へ額をつける。

「君を愛している」

絶句するウィステリアへ、シリルは立て続けに愛の言葉を語り続けた。

「君に好きな男がいてもこの気持ちを諦めることはできない。君が受け入れてくれるまで待つつもりだ。それまでどうかそばにいることを許してくれないか」

「……あのぅ」

「うん」

「好きな人って、シリル様のことですけど」

「え!?」

驚愕の顔つきになったシリルが、ものすごい勢いで立ち上がった。

勢いがよすぎて頭突きされるかと思ったウィステリアは、仰け反って数歩後ずさる。

逃がさないとばかりにシリルが両肩をつかんできた。

「そうなのかっ⁉」

「えっと、シリル様以外の貴族男性に出会う機会なんて、なかったと思いますけど」

「……それもそうだ……でも私は一度君にふられている。だから他に想う相手がいるのかと」

「んんっ？」

驚きすぎて変な声が漏れた。

「シリル様をふるなんてありえないですわ。というか求婚されてないんですから、ふることもできませんよ」

するとシリルが恨みがましい表情になる。

「私はちゃんと求婚したぞ。君が初めて王都の屋敷を訪れた日に告げただろう」

「嘘」

「嘘じゃないっ」

シリルが眦《まなじり》を吊り上げたので、ウィステリアは必死に過去の記憶を探ってみる。

自分は記憶力がいいので、そのような大切なことは忘れていないはず……と思ったとき、ある一場面を思い出した。

図書室で王妹殿下の蔵書を手に取ったとき、夫君からの愛の詩を見てしまい、政略結婚で嫁いだ王女が夫に愛されていたことを知って羨んだ。

あのときにシリルが――

「えぇーっ！『私と結婚する？』って軽い言葉は本気だったんですか!?」

「なっ！軽くないし本気に決まってるだろう！冗談で求婚なんてしない！勘違いする令嬢が出てくるじゃないか！」

「そ、そりゃあ、わたくしが本気にしたらどうするのかなって、考えましたけど……」

そこでウィステリアは激しく混乱する。

今の自分たちは親密と言える間柄であるものの、当時はまだほんの数回しか会っていなかった。

いったい自分のどこを気に入ったのだろう。

「あ、家柄がよかったのでしょうか？」

「うん？」

「シリル様が私を望む理由が思いつかなくて。やっぱり家柄ですか？」

そう言うとシリルの気分がトーンダウンしたのか、やや冷静な表情になってウィステリアの両肩を解放した。

「本音を言えば、最初は能力の高さに惹かれた。記憶力のよさが半端なく、その若さでいくつもの言語を習得しているなんて素晴らしい。君がただ王立貴族学院に惰性で通っていたのではなく、真剣に学び、努力し続けた証だ。これほど有能な貴族令嬢なんて君しかいない」

貴族は王立貴族学院を卒業することが義務付けられている。

しかし多くの令嬢は卒業後に婚約者と結婚するため、花嫁修業のコースを履修するものだ。

けれどウィステリアは結婚できないと思っていたので、貴族令息と同じレベルの勉強を修めていた。

つまりシリルは曾祖父のように、条件で自分を選んだわけだ。領地運営のパートナーとして、実務能力を期待されて。

……それを悲しいと思うのか？

答えはノーだ。政略結婚なんてそんなものといえばそれまでだが、シリルはあのとき『嫁いでくれた女性を生涯大切にする。幸せにすると誓う』と告げた。

なんといってもシリルは皮膚病を直してくれた恩人だ。今の自分を見た父親もシリルに感謝していたし、兄でさえシリルの功績を渋々ながら認めていた。

そして今まで男性に交じって努力し、働いてきた己の生き様が認められたようで、ウィステリアは胸の奥底から感情の奔流が押し上げてくるのを感じる。

「ふふ、ありがとうございます」

「でも今は違う」

「え?」

「貴女《あなた》のすべてが好きだ。皮膚病があっても毅然と顔を上げて生きる強さや、集中するとそばにいる私の存在さえ忘れるところや、大好きな馬に乗れなくて落ち込んでいるところや、へこんでいるときは涙もろいところも、あなたが見せる一挙手一投足のすべてが愛おしい」

「…………」

真剣な顔つきで瞳を射貫きながら告げるものだから、ウィステリアは目を逸らすこともできず、真正面からシリルの告白を受け止めてしまった。

心臓がありえないほど速く打って、破裂するかもしれない。

しかも顔が猛烈に熱い。真っ赤になっているだろうから恥ずかしい。

そこへシリルが、とどめを刺すように畳みかけてくる。

「あと、出会ったばかりの頃から笑顔がすごく可愛くて、ずっと私に笑いかけてほしいと思っていた。皮膚病があってもなくても、君の美しさと気高さは損なわれることなどない」

ここでシリルは、襟元から首にかかっているチェーンを引き出した。ペンダントトップには金の指輪がぶら下がっている。

「臨床試験の最中に金細工を用意しただろう。あのときは早すぎるからと渡せなかったが、婚約指輪も用意していた。――侯爵閣下の許しももらっている」

シリルいわく、謹慎の件でグレイゲート侯爵へ謝罪したとき、必ずウィステリアの名誉を回復してみせると誓ったうえで、彼女との婚約を申し込んだ。

アディントン公爵からも許しをもらっていると告げれば、侯爵はこう告げた。

『アディントンとの縁談はありがたいし、反対するつもりはない。しかし今はまだあの子も悲しんでいる。今後、ラモーラ様の怒りを買う可能性も高いので、この話は少し待っていただきたい』

そしてウィステリアの気持ちを尊重してほしいと、できれば彼女の方からシリルを受け入れるまで待ってほしいとも続けた。

そのためシリルは臨床試験をするという口実を作って、領地で暮らす許可をグレイゲート侯爵からもぎ取ったのだ。

「……全然、気づきませんでした」

ウィステリアは自分が領地でのんびりしている間に、父親とシリルがそんなことを決めていたと知り、恥じ入ってしまう。

――だからシリル様、こっちに来てすぐ手のひらにキスしたのね！

臨床試験のために領地に留まったのではなく、ウィステリアの心を射止めるために、領地へ滞在する口実を作ったとは。

――そこまでして、わたくしを。

好きな相手から熱烈に求められる喜びと羞恥で、ウィステリアは両手で己の頬を包み、身悶えたい気持ちを必死に押し殺す。でないと変な動きをしそうだ。

するとシリルがウィステリアの左手をつかみ、優しく引き寄せて手袋を脱がせた。再び跪くと、薬指の爪の先に指輪を添える。

「あなたが私と共に生きてくれるならば、私はすべてを擲《なげう》ってでもあなたを幸せにしてみせる。……どうか受け入れてくれないか。私の妻として」

金のリングには大粒のルビーが填められ、その脇を小粒のダイヤモンドが飾っている。彼の瞳と髪の色を表す、素晴らしいデザインだ。

シリルの色彩はアディントンの家系によく現れる色で、父親のアディントン公爵も赤毛に金の瞳を持っている。

この色合いを身にまとうことは、アディントンに生涯を捧げるのと同意だ。

ウィステリアの脳裏に、王都のアディントン邸にあった巨大地図が思い浮かぶ。

彼と結婚したら、小国ともいえるほどの広大な領地と、そこに生きる領民の生活を支えるのだ。

己の命が尽きるまで。

――ああ、シリル様の婚約者が決まらない理由がよく分かる。一介の貴族令嬢が背負うには重すぎるんだわ。

ウィステリアが視線を指輪からシリルに向ければ、精悍で美しい顔は無表情になっている。

だが、緊張を押し殺していると、ウィステリアには感じられた。

家族でもないのに彼の感情がなんとなく察せられるのは、それだけ近くにいたせいだろう。

この三ヶ月の間、好きなものを遠ざけなければならない日々に、自分が音を上げそうになっても、シリルは一番近くで励まし続けてくれた。

その間はアディントン公爵の補佐を休み、この地で大学校の準備を進めていたから、不便なことなど山のようにあったはず。

でもそれを決してウィステリアには見せなかった。

彼の貴重な時間を、すべてウィステリアに捧げてくれたのだ。

その行動を支える想いと覚悟がどれほどのものか、少しでも考えれば、彼と添い遂げることに不安などない。

「――シリル様」

「うん……」

「わたくしも、あなたを愛しています」

「う、んっ」

「どうかおそばにいさせてください。あなたの妻として、永遠を誓います」

「ああ、ウィステリア……ッ！」

シリルが感極まった様子で、ウィステリアの左薬指に指輪をはめる。

立ち上がって細い体をぎゅっと抱き締めた。

ウィステリアも彼の大きな体を抱き締め返し、初めて感じる家族以外の異性の温もりにときめく。

シリルの体は予想以上に分厚くてたくましくて、身を寄せ合っていると彼の肉体に閉じ込められるようだった。

どうか離さないでと祈りながら、彼がまとうスパイシーな香りを吸い込んでうっとりする。

愛する人との抱擁に喜んでいると、シリルがつむじに唇を落としてきた。そのまま前髪の生え際へ、額へと唇がすべり落ちる。

だんだんと下がってくる唇がどこを目指しているか、さすがに気がついてウィステリアは瞼を強く閉じた。

力を入れすぎて皺が寄った眉間にシリルが口づけてくる。しかもそこを指先でほぐされた。

……恥ずかしい。

眉間に力を入れては駄目と言いたいのだろうが、異性に顔を触られて体が熱くなってくる。

ウィステリアは心の中で、「わあああぁっ！」と焦りまくっていた。

シリルに触れられるのは嫌じゃないし嬉しいのだが、猛烈に恥ずかしくて、照れる。

「ふふ、真っ赤だ」

閉じていた目をおそるおそる開けば、真っ先にとらえたのは美しい金色の瞳だった。

優しい光を帯びているが、その近さに心臓が止まりそうで直視できない。再び目を固く閉じてしまう。

今度は瞼にそっと口づけられる。肌にシリルの温もりが触れるたびに、どんどん心臓の鼓動が速くなって倒れそうな気分だった。

でもシリルにみっともない姿を見せたくなくて、頑張って踏みとどまる。

好きな人の前では、可愛い女の子でいたい。

そんなことを考えつつ踏ん張っていたら、鼻の頭に口づけられる。

「いい？」

吐息がかかるほど近くで色っぽく囁かれ、ウィステリアは緊張感から、本気で心臓を吐き出しそうになった。

「そっ、そういうことっ、聞いちゃ駄目です！」

「なぜ？」

くすくすと小さく笑うシリルの余裕が恨めしい。

――こっちはいっぱいいっぱいなのに！

「だって、初めてだからっ、決められないです！　シリル様が決めてください！」

「男に決定権を渡していいのか？」

自分から「キスしてもいいですよ」なんてことを言えないため、ウィステリアは目をつぶったまま首をぶんぶんと縦に振る。

シリルの口元に興奮と愉悦の笑みが浮かんだ。

「君がそう言うのなら、私の好きにさせてもらおう」

シリルが心から嬉しそうに囁いた直後、唇が重ねられる。

――あ、キス、してる……。

軽く触れ合った柔らかくて温かい感触に、バクバクと跳ねていた心臓が少し落ち着いた。

ちゅっ、と音を立てて温もりが離れていくと、すぐに上唇、下唇と啄《ついば》むように何度も吸いついてくる。

やがて唇全体を重ね合わせて動かなくなった。しかもウィステリアを抱き締める腕に力が込められ、隙間なく密着する。

キスという行為がなんであるかを、ウィステリアはシリルとの口づけで理解した。

手を握ることだって相手と肌が触れ合う行為なのに、唇という皮膚の接触は、そこに込める気持ちが違うと。

とても大事なものを差し出していると感じた。自分は彼のものになるんだと悟って、それがものすごく嬉しい。

このとき、ぺろっと唇を舐められて驚く。

口づけに〝舐める〟という行為も含まれていると知らなかったため、反射的に顎を引いて離れてしまう。

上目遣いでシリルを見上げれば、間近にある瞳に彼の感情がなんとなく滲んでいる気がした。

とても喜んでいる高揚感の中に、一匙《ひとさじ》の獰猛《どうもう》さが混じっているのではないかと。

恐いような気がするのに、精神が昂ってそわそわする。心が彼に吸い寄せられて、体だけでなく魂まで囚われる想像が思い浮かぶ。

このときのウィステリアは、まるでのぼせたみたいに頬を染めて瞳を潤ませていた。

愛に心を溶かす女の目を見て、シリルがごくりと喉を鳴らす。一匙の獰猛さが、二匙《ふた》、三匙《み》と嵩増《かさま》ししていく。

シリルが大きな手のひらで、ウィステリアのうなじを優しく、けれど拘束するようにガッチリとつかんだ。

ウィステリアの頭部が仰け反って自然と開いた唇へ、覆うように口づける。

「はぅ……っ」

ウィステリアが噛みつかれたと思った直後、ぬるついた舌がすべり込み、縦横無尽に蠢《うごめ》いた。

口の中で初めて感じる硬さと熱さに、心がすくんで身震いする。

それを逃亡の意思だと勘違いしたのか、シリルの空いた腕がウィステリアの肢体に巻きつき、自由を奪った。

逃げるつもりはないけれど逃げられない状況に、ウィステリアの頭に血が上る。

「んぁ……、はぁっ……」

しかも顔を傾けて唇を隙間なく重ねるから、呼吸がうまくできなくて息苦しい。めまいを感じて頭が朦朧《もうろう》としてくる。

広い背中を弱々しく叩けば、シリルもようやくウィステリアの様子に気づいたのか唇を解放してくれた。

「すまん。こういうときは鼻で息をするんだ」

「は、い……」

肩で息をするウィステリアがぼんやりと頷く。

シリルが額を合わせて懇願の声を漏らした。

「もう一度、キスしていいか……？」

甘えるような、縋るような声で囁くから、ウィステリアは胸が高鳴ってきゅんきゅんしっぱなしだ。

いつも泰然とした高位貴族らしい年上の彼なのに、こうやってウィステリアにねだる姿は、なんだか可愛い。

母性本能が働いたのか、もっと自分に甘えてほしいと、彼の望みを叶えたいと、自らシリルに口づけた。

間髪を容れず彼の肉厚の舌が忍び込んでくる。ウィステリアの戸惑う舌を搦《から》め捕《と》り、舌同士をねっとりとすり合わせた。

ウィステリアはそれだけで、口いっぱいに唾液があふれて溺れそうになる。

ぴちゃ、くちゅ、と恥ずかしい水音が自分の中から聞こえて、聴覚が焼き切れそうな気分だった。平衡感覚が乱れ、シリルに寄りかかる。

ウィステリアが全身を預けたことで気をよくしたシリルは、より濃密に、より巧妙に舌を絡ませた。

まるで男の味を覚えさせ、忘れないよう植えつけているみたいに。

「んふっ……はぁう……んっ、んぅ……あ、ん……」

シリルは、初めての口づけに余裕がないウィステリアを観察し、呼吸が苦しそうになるたびに唇を離して息継ぎさせてくれる。

こくんっ、とウィステリアが交じり合う体液を飲み干せば、鳩尾《みぞおち》辺りが温かくなって心が逸《はや》るような気分になった。

すぐに唇を奪われ、幾度も貪《むさぼ》られる。

何もかもが初めてのウィステリアにとって、この口づけが長いのか短いのか、普通なのか淫らなのかも分からない。

ただシリルに望まれるがまま舌を絡ませ、頬の内側が痺れるような気持ちよさにのめり込む。

そのうち口内をくまなく舐め尽くす舌が、飴玉みたいな甘さをもたらした。だからウィステリアもまた、己の舌を巻きつかせて吸いつく。

そうするとさらに甘く感じ、渇望が濃くなっていく。無意識に、このまま離れたくないと彼に全身で縋りついた。

ウィステリアは自覚がないものの、豊満な肉体を持っている。それを体の前面で感じ取ったシリルが、唇を離して天を仰いだ。

「はあっ、……このまま続けるとまずい」

苦しそうな何かを耐える声に、ウィステリアは思わず彼の頬に手を伸ばした。ゆっくりと自分へ向けられた眼差しが艶めいているから、どうしようもなくドキドキする。

「何が、まずいの……？」

ウィステリアがひどく無防備であどけない表情を見せると、シリルが再び頭を仰け反らせて呻《うめ》く。

「自分が暴走しそうだ。君を傷つけたくない」

「……シリル様」

「ん？」

「あなたになら、何をされてもいいのに……」

意図せず瞳を甘く蕩けさせて囁けば、シリルが興奮を抑えきれない表情で硬直する。

「……リア。そういうことは、あまり、こういうときに、言わない方がいい」

ウィステリアは首をこてんっと傾げて、「そういうことって……？」と舌足らずな口調で呟く。

シリルの体が軽く前後にブレた。

「……私は自制心が強い方だと思っている。でも、愛する女性に……その、そんなことを言われたら、耐えられなくなる」

ものすごく渋い顔つきになっているのに、不機嫌そうな気配はなく、それどころか頬が上気して色っぽいから、見ているだけでウィステリアの思考が熱く煮え滾《たぎ》っていく。

常識とか慎みとかをかなぐり捨てて、高位貴族の令嬢として完璧に仕上げた淑女の仮面が剥がれ落ちる。

……自分は恋に溺れるような女だと思わなかった。

恋愛にのめり込んで身の破滅をする貴族の噂を聞くと、なぜそこまで夢中になれるのか、なぜ己と家の体面を傷つけないよう立ち回れないのか、今まで理解不能だった。

けれど恋とは、理性で制御できない火柱だからこそ焼け焦げるのだと、身をもって悟る。

ウィステリアはかつて自分の想いを青い炎だと思った。静謐を擬態して、激情を内包していると。

それにふさわしいほど、シリルへの気持ちが燃え上がって心が熱い。

だから彼が何を自制しているかよく分からないけれど、思ったことを素直に口に出してみた。

「耐えないでください。わたくしを、あなたの好きにして」

そう告げた途端、シリルが限界まで目を見開いた。何か言いたいのか口を開いたり閉じたりしているが、結局何も言わずに唇を引き結ぶ。

そのうち肩を落としてウィステリアを抱き締めた。先ほどのきつい抱擁とは違い、脱力して寄りかかるような力加減で。

「シリル様？」

「……言質《げんち》は取ったから」

ウィステリアは、これまた彼の言っていることがよく分からなかったものの、頷いておいた。おそらく「あなたの好きにして」という言葉についてだろう。

シリルの丸まった背中をよしよしと撫でておくと、彼は肺の中が空になるほどの大きな息を吐き出す。

そして体を起こし、ウィステリアの瞳をまっすぐに射貫いた。

「今夜、君の部屋に行く。鍵は閉めないこと。いいね？」

異論は認めないとばかりにシリルが強く言い切ったため、ウィステリアは自室に異性が来ることの意味を考える。

数秒後、自分を抱きにくるのだと悟り、しかもそのことを誘い出した己の発言を理解して、ウィステリアはみるみる顔を真っ赤にした。

その様子を見下ろすシリルが苦笑する。

「自分が何を言ったのか、分かっていなかっただろ」

「えぇっと、そこまで、思い至らなかったと、言うか……」

何をされてもいい、とか、あなたの好きにして、との言葉に偽りはない。だがウィステリア的に許したのはキスと抱擁までだった。

なぜならそれ以上の知識がないから。

貴族令嬢が受ける閨《ねや》教育とは、「夫となる方にお任せすること」しか伝えないのが主流だ。女性同士のお茶会でもその手の話題は「はしたないこと」に含まれるため、勉強好きのウィステリアでさえ無知のままだった。

箱入り令嬢の中には、ぶっつけ本番の初夜で混乱し、実家へ逃げ帰ったという笑えない話もあったりする。

貴族の中には母親がきちんと教育する家もあるが、残念なことにグレイゲート家は夫人が早逝《そうせい》したうえ、ウィステリアが結婚より労働を選んだため、父親は「結婚しないなら知識を授けなくてもいいか」との考えに落ち着いてしまった。

おかげでウィステリアの頭からは閨のことが抜け落ちており、シリルとここまで濃厚に触れ合っておきながら、彼の懊悩《おうのう》を本気で理解できないでいた。

「あのぅ、シリル様」

「何？　今さら撤回は受けつけないけど」

ふてくされた顔つきで横を向いて話す彼からは、ウィステリアに拒絶されたくないとの気持ちが感じられる。

だからウィステリアは、やっぱり彼を可愛く思うのだ。

少し気分がほっこりした。

「撤回なんてしません。わたくしの部屋は家族棟の二階、南端にあります。お茶をご用意してお待ちしていますわ」

「たぶん、お茶は飲む余裕なんてないぞ」

「そっ、そういうものですか……」

知識ゼロなので、何をどうしたらいいか想像もできなくてうろたえる。

もじもじと居心地が悪そうにするウィステリアを、シリルが笑いながらそっと抱き締めた。

「大丈夫、怖いことは何もしない。――君は私を受け入れてくれればいい」

耳元で囁く声がとても優しかったから、安心したウィステリアは小さく頷くと、嬉しそうにシリルを抱き締め返した。

その夜の晩餐はウィステリア一人だった。シリルは明日、グレイゲート領へ来るオイゲンに渡す臨床試験の報告書をまとめるという。

それでも屋敷に入る前、出迎えた使用人に気づかれないよう小声で、「眠らず待っているように」と悪戯っぽく囁いてきた。

それを思い出すだけで落ち着かなくなるウィステリアは、夜になって侍女が退室し一人になると、部屋の中をぐるぐると回ってしまう。

――お茶は飲まないらしいから用意しなかったけど、本当にいらないのかしら？　という か閨って何をするの？　シリル様は受け入れるだけでいいっておっしゃったけど、もともと受け入れているし……さっぱり分からないわ。

精神的な受容ではなく肉体での交わりを意味するなんて、ウィステリアには想像できないでいる。

困ったウィステリアはマナーハウス内の図書室に行き、閨の描写を求めて巷《ちまた》で有名な恋愛小説を読んでみた。

しかし、そのほとんどはヒロインが男性と寝室に入ると、すぐ翌朝になって小鳥がチュンチュン囀《さえず》っていた。

寝室に入ってからの内容が知りたいのに……

しかたなく母親の遺品でもある、いわゆる『結婚する貴族女性が知っておいた方がいい知識』を記した書物も読んでみた。

幸いにも閨についで記したページがあったのだが、『高貴な女性は貞淑であることが大前提だが、奔放さを忘れてはならない』とか、『ときには娼婦になるべし』とか、抽象的な内容しかなかった。

よけいに分からなくなる。

――わたくしはシリル様お一人に仕えるから、たくさんの殿方の相手をする娼婦にはなれないんだけど……あっ、もしかしてシリル様の専用娼婦になれってことかしら!? そうよね!?

このときノックの音がしたため、ウィステリアは急いでドアに駆けつける。シリルの声で名前を呼ばれ、ウィステリアはパッと表情を明るくした。

ドアを開けると、素早く中に入ったシリルが内鍵をかけてウィステリアを抱き締める。

「リア、会いたかった」

「はいっ。シリル様、わたくし娼婦になります！」

「なっ……！」

シリルがその場に膝から崩れ落ちた。呆然とウィステリアを見上げる彼の顔は真っ青である。

それもそうだろう。緊張しつつ愛しい女のもとへ人目を忍んで会いに来たら、娼婦になる宣言をされたのだから。

「リ、ア……なにを、いって……」

かくかくしかじかとウィステリアが説明すると、真顔になったシリルが、「その本って、どれ？」と顔を近づけて迫ってきた。

シリルに本を渡すと、彼はものすごい勢いでページをめくって中を検《あらた》め、やがて重いため息を吐き出した。

「確かに間違ったことは言ってないけど、具体性を欠いている。初心者向けじゃない」

「上級者向けということでしょうか？」

「………」

このときのシリルの表情は、甘いと思って食べた果物が、まだ熟しておらず酸っぱかった、とでも言いたげな変な顔だった。

「そうじゃない。――リア」

「はい」

「君に教えるのは私だ。本など必要ない。分からないことは私に聞きなさい」

シリルがウィステリアの手を取って真剣な眼差しで見つめるから、ウィステリアは頬を染めて頷いた。

「わたくし、何も知らないから……いっぱい教えてください」

ウィステリアがはにかんで告げると、シリルは我慢できないといった様子で肢体をかき抱く。

頼りがいのある首筋にウィステリアが腕を回した途端、縦抱きで持ち上げられた。

ウィステリアの室内履きがパタパタと床に落ちる。

「シリル様、重くないですか？」

「軽いほどだ。これからも寝室に入るときは私に運ばせてくれ」

結婚後の未来を示唆されて　喜ぶウィステリアは花が咲いたような美しい笑みを浮かべた。

そのまま隣の寝室へと運ばれ、ベッドにそっと下ろされる。すぐに靴を脱いだシリルが乗り上がって寄り添った。

彼はウィステリアのハニーブロンドをひと房すくい上げて、うやうやしく唇を落とす。

「いい香りがするね。これは私が贈った精油？」

「はい。湯浴みしたときにバラの精油を使いました」

ウィステリアは特定の油に反応する体質だったため、香りを楽しむ精油でも肌がかぶれないか何度もチェックし、皮膚に悪影響がないものだけを使用している。

シリルが取り寄せたアディントン領の精油は極上の品ばかりで、中でもバラの香りをウィステリアはとても気に入っていた。

「私の故郷の香りを身にまとっていると、今すぐ君をアディントンにさらってしまいたくなる」

「今すぐは無理ですけど、必ずお嫁に行きますから、連れて行ってください」

「ああ。君はもう私のものだ」

シリルが嬉しそうに微笑みながら、ウィステリアのガウンをそっと脱がせる。

その下には、夏にふさわしい薄手の寝衣のみしか着ていない。ウィステリアの頬がじわじわとバラ色に染まる。

ドレスを着て待つべきかと思ったが、恋愛小説だとヒロインは事前に湯浴みをしていることが多いので、自分もまた綺麗にしておこうと風呂で全身を磨いておいた。

羞恥を押し殺して彼と見つめ合えば、彼の瞳に自分を求める渇望を感じ取り、胸の高鳴りが止まらなくなる。

「……シリル様も」

「ん？」

「シリル様も、わたくしのものです……」

声に愛を込めて囁けば、よく言えましたと言いたげにシリルが微笑む。その満たされた表情がウィステリアには嬉しくて、自然に前のめりになって彼に寄り添う。

示し合わせたわけでもないのに、同じタイミングで瞼を閉じた。

そっと唇を重ね、柔らかく食《は》まれる。触れ合うところから彼の温もりや優しさが浸透するようだった。

心だけでなく肉体も昂り、シリルにぎゅっと縋りつく。

ウィステリアが口づけに陶酔していると、いつの間にか胸元のリボンを解かれていた。彼の大きな手のひらがウィステリアの肩を撫でたとき、寝衣がはだけて腰の辺りでくしゃくしゃになっているのに気づいた。

ウィステリアは慌てて両腕で胸を隠す。

「あ……っ、服って、脱がないといけないんですか……？」

「もちろん。私も脱ぐ」

シリルはさすがに、他家のマナーハウスを寝巻でうろつくことはできなかったのか普段着だ。

話しながらためらいなくクラヴァットを外し、ウエストコートを床に放り投げてシャツを脱ぐ。

その筋肉質で見事な肉体が露わになると、ウィステリアは呆然と見つめてしまう。

分厚く隆起した胸板に、筋が浮かび上がるたくましい腕。騎士だったとの言葉が頷ける男らしい体つきだ。

異性の肉体に興味なんかなかったのに、ドキドキしながら見入ってしまう。

まるでこの体で君を抱くのだと言いたげで、零れ落ちる色香にウィステリアはたまらなくなる。

のぼせたかのように頭が熱くなって、もう耐えられないと両手で顔を隠した。

全裸になったシリルが、ちょうどいいとばかりにウィステリアをベッドに横たえる。寝衣と下着を素早く剥ぎ取った。

裸体を彼の眼前にさらすウィステリアは、完全にパニックに陥っている。

体を隠したいのに、真っ赤になっているに違いない顔から手を離せない。混乱しすぎて、アワアワと身じろぎするぐらいが精一杯だった。

うろたえるウィステリアは、生まれたままの姿にシリルから贈られた指輪のみをはめている姿だ。

シリルはウィステリアの魅力的な肢体をじっくり観賞すると、白魚のような左薬指を優しく撫でる。

「君を飾るのが私の指輪だけなんて、実にそそるな」

その言葉にウィステリアは少し冷静になった。彼にお礼を言ってなかったことを思い出して。

勇気を出して指の間から彼を見上げる。

「あっ、ありがとうございます、この指輪……すごく、綺麗で、帰ってから、ずっと見ていたの……」

シリルと自分の未来をつなぐ指輪は、ルビーの色がやけに濃く、しかも透明度が高くて美しい。

見ているると石の中に吸い込まれそうな気がするほどで。

まさか〝聖なる血《ホーリーブラッド》〟と呼ばれる最高品質の希少なルビーではないかと、恐ろしい想像をして冷や汗をかいた。

が、そんなはずはないと否定しておく。これほど大きなホーリーブラッドなら、小さな城が買えるほどの価格になるから。

そんなどうでもいいことを考えてしまうのは、羞恥が限界点を突破しそうで、視界がぐるぐると回っているせいだった。

とうとう、「ふえぇ」と情けない声が漏れる。

指の間から見上げるシリルが小さく笑った。

「可愛いな。でもリアの顔が見えないと寂しい」

寂しいどころか実に楽しそうな声を放ち、ウィステリアの両手首を優しくつかんで持ち上げる。

「わあぁっ、待って……！」

「このまま待っていたら朝になりそうだから、駄目」

両腕を頭上でひとまとめにされてしまう。あまりの恥ずかしさに抗《あらが》っても、シリルは片方の手でこちらの動きを軽々と封じている。

素肌を見せつける姿勢に、ウィステリアは反射的に目を閉じた。

シリルは悠然と美しい体を見下ろす。

デコルテの開いたドレスを着たら実に映えそうな、重量感のある乳房が横に流れることなく、紡錘《ぼうすい》形のまま揺れている。

胸の豊かさと反比例してウエストは細く、まろやかな臀部《でんぶ》の曲線はとても色っぽい。

そしてメリハリのある引き締まった両脚は、シリル好みの脚線美を誇っていた。

さらにウィステリアの大事な秘部を守る金色の薄生えからは、男を煽る女の香りがふわりと立ち上っている。

ウィステリアは気づいていないが、シリルの官能の気配に引きずられて、固く閉ざされた蕾《つぼみ》がほころびかけているのだ。

むしゃぶりつきたくなるほど蠱惑《こわく》的な体が、ランプの光に照らされて煌々《こうこう》と輝いている。

初めての行為ならば、女性は明かりを消してほしいと願うものだろうに、ウィステリアは余裕がないのでそれには思い至らない。

おかげでシリルは、心ゆくまで極上の肉体を隅々まで視姦し続けた。

「美味しそうな体だ」

「さっ、最近、有名な恋愛小説でもっ、男の人がヒロインのことを『頭から食べてしまいたい』って言ってました……！」

　ぷはっとシリルが吹き出した。

「そうだな。男は女の人を性的に食べちゃうから」

「性的に、食べる……？」

「こういうふうに」

　シリルが大きく口を開き、肉感的な乳房の頂きにかぶりつく。

「ひゃあっ！」

　ぬるついた舌が柔肉ごと乳首に絡みつき、甘くしごかれる。

　ざらつく舌の感触と、初めて覚える淫らな刺激に、ウィステリアは思わず目を開けて自分の胸を見下ろした。

　じゅっ、じゅるっ、と卑猥な音を立ててシリルが乳房をしゃぶっている。

　まさしく食べるといった表現がふさわしいと、こうやって彼に美味しくいただかれるのだと、ウィステリアは理解できた。

　顔を伏せる彼は、長い睫毛《まつげ》が美しい顔に影を落としている。どの角度から見ても完璧に整った美貌の持ち主。

　これほどの美男子が淫らな行為をする様に、その相手が自分ということに、恥ずかしくて顔を背けたいのに目が離せない。

このときシリルが顔を上げた。数拍の間、互いの視線が絡まり合って離れないでいる。

すると彼は目を合わせたまま、ちゅぽっ、といやらしい音を響かせて胸の尖りを解放した。

ニヤリと不敵に微笑み、ウィステリアの動揺する瞳を射貫きながら、舌先で乳首を舐め回す。

しかも待ちぼうけを食らう、もう一つの膨らみを空いた手で揉みしだいた。

とんでもなく卑猥な光景に、ウィステリアの体温が勢いよく上昇する。

顔どころか耳や首筋まで赤く染まり、失神しそうなほどの衝撃にめまいを覚えた。

「うぅ……恥ずかしい、です……」

目を細めるシリルが、強めに乳房へ吸いついてから顔を上げる。

「君の全身を触って舐めるんだ。ここで気絶しないでくれよ」

「全身って、どこまで……？」

クスクスと楽しそうに笑うシリルが、手のひらでくびれた腰をスゥッと撫で下ろす。

「あっ」

「どこまでって、全部だよ。こうやって——」

甘く囁きながら、シリルが手のひらを白い腹部に添える。そのまま下へ、不浄の場所へと下ろすから、ウィステリアは焦って身をよじった。

「そこっ、駄目……！」

「君の恥ずかしがるところも全部、余すところなく食べるから」

シリルは金の草叢《くさむら》を通り過ぎて、むっちりとした太ももを撫で回す。体を起こして足首まで一気にすべり下ろした。

くすぐったさにも似た甘い刺激に、ウィステリアは色っぽく体をくねらせる。

「あぁんっ」

「いい声だ」

上機嫌なシリルの声に視線を向けた途端、ウィステリアは息を呑んで官能を吹っ飛ばした。

密着していたから、シリルが服を脱いでも下半身は見ていなかった。しかし彼が体を起こせば、その全体が視野に飛び込んでくる。

天を向いてそびえ勃《た》つ、長くて太くて赤黒い肉塊に視線が吸い寄せられた。

ウィステリアは数秒後、顔を青くさせてゆっくりと目を逸らす。それでも尻目でチラチラと確認してしまう。

シリルが妖艶な笑みを浮かべながら、ウィステリアに覆いかぶさった。

「気になる？」

「うぁ……、だって、それ、なんですか……」

先端から蜜を垂らす極太の肉棒は、自分にはない器官だ。

だからウィステリアは聞きながらも、あれが男性器なのだろうと分かっていた。分かっていたのに聞いてしまったのは、なんだか嫌な予感がして否定してほしかったから。

シリルはウィステリアが怯えて混乱している隙に、太ももをつかんで両脚を左右に大きく広げてしまう。

「うきゃあぁっ！」

誰かに見せるものではない秘所が、はしたないほど全開になる。

ウィステリアは腕が自由になったので、慌てふためきながらそこを両手で隠した。

シリルは開かれた脚の付け根へにじり寄ると、右手でウィステリアの両腕を拘束し、怒張した陽根を下腹部に乗せた。

「何って、これで君を可愛がるんだよ」

ウィステリアの臍《へそ》の下あたりを指先で軽く撫でる。

「あっ！」

「ここまで、君の腹の中にこれを挿《い》れる。何度も」

シリルは自分の分身に手のひらを添えて、軽い力で白い肌に押し込んだ。その動作でウィステリアも、閨事がどのような行為かようやく理解する。

恐れから一気に脈拍が速くなる気がした。

「入るんですか……？」

「最初は痛いだろうから、ちゃんとほぐすよ」

「ほぐす……？」

「そう。こんなふうに」

体を引いたシリルが、秘裂の奥に隠れる縮こまった蜜芯を指の腹でそっと撫でる。

「あ……っ」

形容しがたい刺激がほとばしって、背筋がゾクッと震えた。その感覚にウィステリアはうろたえる。

そんなところを触られて気持ち悪いと思うはずが、それ以上にお腹の奥が甘く疼《うず》いたのだ。生娘《きむすめ》なりに、女の本能が嫌じゃないと主張している。

自分がとても淫らな生き物のような気がして、愕然とする。

このときシリルの指が敏感な陰核を押し潰した。

「ひゃんっ！」

鋭い刺激にウィステリアの腰が跳ね上がり、放心しかけていた意識が強制的に戻される。

「リア、ぼんやりしないで、私を見て」

シリルは拘束していた両腕を解放し、ウィステリアの左手をすくい上げる。再び彼女と目を合わせながら薬指の付け根に口づけ、ぱくっとその指を咥《くわ》えた。

「ふぁっ」

爪の生え際や、指の股まで執拗にしゃぶられる。

指を這い回る舌の熱さと感触、何より視覚による効果で、ウィステリアの羞恥心が破裂しそうだった。

しかも蜜芯を人差し指と親指で優しくこねられる。ときにはつまんで、ときにはクリクリと撫で回し、淫らな刺激を植えつけてくるのだ。

ウィステリアはシリルを見つめる余裕がかき消え、腰を妖しく揺らめかせながら身悶える。

「んあぁ……ひぅっ、あん……っ」

ふと気づけば、ぬめりのある液体が陰核にまぶされている。

「ふぁっ、なんかっ、ぬるぬるしてるっ」

「だいぶ濡れてきた。このまま私の指で感じてくれ」

「やぁ、しゃべらない、で……」

指を咥えたまま話されると卑猥な振動がよく伝わるから、穴があったら入りたい心地になる。

逃げようと指を引いたせいか、それともシリルが満足したのか、ウィステリアの指がじゅるりと吐き出された。

唇と指の間に光る筋が伸びる。

想像したこともない卑猥な光景に、ウィステリアはあわてて左手をシーツの中に隠した。

ホッとしたのも束の間、蜜芯を指先で弾かれてお腹の奥がどんどん熱くなる。そのうえ脚の間に湿った感触があった。

——濡れてるって、私が濡れてるってことなの……!?

もしかして粗相をしたのかと肝を冷やすが、彼の指先がぬめっているのを感じ取って、粘ついた液体であることを悟る。

いったいなんなの？　と混乱するウィステリアをよそに、シリルが硬くなりつつある芯を二本の指でつまむ。そのたびに、ぬるんっと逃げられている。

どんどんウィステリアの下腹へ甘い疼きが溜まり、がけっぷちに追い詰められる気分になった。

心臓が暴れすぎて死んでしまいそう。

「こんな、こと……っ」

「ん？」

「閨って、こんなこと、するの……？」

「まだまだこんなもんじゃないぞ。——続けていいか？」

鼓膜をくすぐる男らしい声には、色香がたっぷりと絡められているせいか、胸が高鳴って仕方がない。

大切な人からそんな声で求められたら、心が屈服してしまう。

しかもこの先が怖いと思うのに、シリルに与えられた未知なる刺激が忘れがたくて、己の中で貪欲さを増していくようだった。

いやらしさに恥じ入るけれど、ここでやめたくない。

「……続けてください」

口角を吊り上げるシリルがウィステリアの唇に軽く吸いつく。

「いい子だ」

シリルは悪戯っぽく笑いながら、ウィステリアの汗で張りついた前髪を横に流してくれる。優しい手つきにウィステリアが息を吐き出したとき、いい感じに体から力が抜けたのを狙って、シリルが中指を蜜壷にずぶっと沈めた。

「きゃあぅっ！　なっ、何……っ!?」

奇妙な圧迫感と内臓を直接触られるショックに驚き、ウィステリアは身をよじって逃げようとする。

直後、腹側にある肉襞《にくひだ》を指の腹でこすられ、ほとばしる甘い感覚に、ぶわっと鳥肌が立った。

「ひゃうぅ……っ」

腰が砕けたのか体を起こすことができない。シーツに背中をこすりつけて善《よ》がってしまう。

「リア、痛い？」

「……痛くは、ないです……でもっ、怖い……！」

狭い溝《みぞ》にむりやり指を突っ込んでいる想像が頭に浮かぶ。これで痛いとは思わないのだから不思議だ。

「大丈夫。閨では誰もがやってることだから」

「……本当に？」

いい笑顔でシリルが頷くから、ウィステリアはへにゃんっと情けない表情になる。

誰もがということは、自分の知る夫婦だけでなく、両親さえもということだ。

ウィステリアは父親を思い浮かべた際、なぜ閨の知識を事前に教えてくれなかったのかと、心の中で八つ当たりする。

――こんなにも大変だったなんて！　言ってくれなきゃ心の準備ができないじゃない！

実際に父親から教えられたらウィステリアは逃げ出すに違いないし、父親も娘には絶対この手の話題は振らない。

それを分かっていながら、ウィステリアは気を紛らわせたくて父親を責めていた。

けれどシリルが指全体を使って膣道をこすり始めた途端、名状しがたい甘い刺激に思考が分散してしまう。

「んはぁっ、あぁ……、あぅ、んっ、んんー……」

意識をかき混ぜられるような感覚に、ウィステリアはイヤイヤと頭を振る。初めての不可思議な知覚に振り回されて、涙が零れ落ちるのを止められない。

「痛いのか？」

シリルの慌てた声に視線を彼へ向ける。

ぼやけた視界に、焦りの表情を浮かべる彼が映った。

「ちがぅ……へんな、かんじが、する……」

えぐえぐと涙声を漏らせば、シリルが顔中に口づけて慰めてくれる。

「それこそが快楽、または快感ってものだよ。閨ではたくさん感じるものだ」

「これが……」

つまりこれは〝気持ちいい〟という感覚なのだ。

そのことを脳が理解した瞬間、秘部で感じる重くてじんじんとした刺激が、四肢へ糸のように伸びていく。

「あっ、あぁ……っ」

びくびくとウィステリアの腰が跳ね上がる。初めて知る快楽というものが手足の爪の先まで伝わって、指がおかしなリズムで弾んでは震えた。

呼吸まで乱れてうまく息が吸えないでいるのに、シリルは根元まで飲み込ませた指を鉤状《かぎじょう》に曲げて、媚肉をこそげるように刺激してくる。

自分の中から体液が漏れるのを感じた。

「やだぁ……でちゃう……」

「ああ、すごいな。――ほら」

シリルが一度指を引き抜き、ウィステリアの目の前で手をかざしてくる。

中指はランプの明かりを浴びて淫らに光り、指先から粘度の高い液がしたたり落ちて、ツゥーッと糸状に伸びていた。

これが自分の中からあふれたのだと自覚して、ウィステリアの瞳が羞恥で潤む。

「見せないで、恥ずかしい……」

「でも男にとっては嬉しいことだぞ」

「……そうなの？」

「ああ。私で悦んでくれたってことだからな」

シリルが弾んだ声で告げながら、再び指を蜜口に飲み込ませる。

「あっ、なんか、いっぱい……」

指が二本に増えている。

しかも蜜を練るようにかき混ぜる動きをするから、グプグプと、聴覚が麻痺しそうなほど卑猥な音が響いた。

自分が奏でるいやらしい音に、脳髄が沸騰しそうだ。

しかも彼は膣襞をまんべんなくこすりつつ、最奥を突き上げては小刻みに動かしてくる。

それはとても気持ちよくて、恥ずかしいのにやめてほしくない気分になった。

「んぅー……はぁっ、ふぅ、んん……、そんな……ふぁぁ……っ」

ウィステリアは皺ひとつなかったシーツを、くしゃくしゃにつかんで耐えようとする。

彼の指が長いせいか、動かすたびに指の腹だけでなく関節も膣襞に当たる。その都度、快楽を感じて体がおかしなリズムで震えた。

下腹の奥がきゅうきゅうと縮こまる感覚まであり、シリルが熱っぽいため息を漏らす。

「締まってきた。気持ちいいの？　リア」

「あぁん……、わから、ないぃ……っ」

本当は気持ちいいのに素直に認めることができないでいる。

これほどの快感がこの世にあるのかと衝撃が大きすぎて、この気持ちよさに溺れてしまったら生きていけなくなりそうで、怖くて。

「私のリアは頑固なところもあるよな」

シリルが喉を震わせて笑いながら、手首を右へ左へと回転し、膣内を隅々までまさぐってくる。

どんどん局部が濡れて、ウィステリアはとうとう尻に垂れる感覚まで拾った。

「はぁっ、あぅ……んぁ、ああ……」

しかも彼は指の動きを止めないまま、胸の谷間に顔を埋めてくる。

シリルは柔肉の心地よさを顔面で堪能しつつ、ちゅううっ、と皮膚へきつめに吸いついた。

かすかな痛みを感じたウィステリアは、喘ぎながら彼を見下ろす。

「なにか、した……？」

「君は私のものだって印をつけた。これがあると男は安心するんだよ」

ウィステリアが自分の胸元へ視線を下ろすと、皮膚病が綺麗に治った肌に赤い鬱血痕《うっけつこん》が浮かんでいる。

湿疹とは違う痣《あざ》のような印だ。これもまた指輪のように自分とシリルをつなぐものなのかと、感動する。

「じゃあ、もっと、つけて……」

「おおせのままに」

うやうやしく応えるシリルが、柔肌のいたるところに吸いついた。雪原のごとく純白の肌に、まるで皮膚病が再発したような斑点がちりばめられる。

満足するまで所有印を捺《お》しまくったシリルは、やがてぷっくりと勃ち上がった乳首に吸いついた。

もう一方の乳房は根元から揉みしだき、一緒に可愛がる。

「あぁぁ……っ」

しかも同時に、蜜孔を嬲《なぶ》る指を三本に増やして、狭いナカをむりやり広げてくる。たっぷり濡れているせいか痛くはないものの、お腹がはちきれそうだ。

「そんなに、だめぇ……」

閨の知識もない生娘が飲み込むには重すぎる快楽に、ウィステリアはあられもなく善がることしかできない。

このとき彼の指の先がある一点をかすめた。ウィステリアが一オクターブほど高い悲鳴を上げて仰け反る。

「いやぁっ！　なにっ、怖いっ」

「大丈夫。ここが好《い》いところだ」

ウィステリアが派手に反応する箇所を、シリルが集中的にこすってくる。

おかげでわけが分からない快感に翻弄されて、自我が崩れるようだった。

気持ちよさと恐れで必死に逃れようとするのに、シリルが〝好いところ〟とやらを連続して攻めるから、足腰に力が入らない。

「あっ、あぁっ！　それっ、だめになる……っ！」

体の奥底から疼きが膨らんでせり上がってくる。これが爆発したら内側から自分がバラバラになりそうだ。

怖い。けれど気持ちいい。

やめてほしい。でもこのまま続けて。

そんなぐちゃぐちゃな感情が頭の中で渦巻き、涙が噴き零れる。わななきながらシリルの手管に蹂躙《じゅうりん》され続ける。

そのうち体がびくびくと、奇妙な動きで跳ね上がった。眉を寄せて肩で息をしながら呻く。

「シリルさま……くるしいの……」

好いところを攻められても極めることができない。それに気づいたシリルが、上体を倒して濡れそぼつ蜜口に顔を寄せた。ウィステリアの興奮を養分にして育った蜜芯に狙いを定める。

彼の指技に惑乱するウィステリアは、その動きに気づくのが遅れた。痺れと疼きが生じる局部に、突然、指とは違う生温かい感触が這いずり回って悲鳴を上げる。

「ひうぅっ！」

慌てて視線を下げると、シリルが脚の付け根に顔を埋めている。

一瞬、何が起きたのかウィステリアには理解できなかった。

不浄の場所に顔を近づけるなんて、いくら湯浴みで綺麗にしたとはいえ、ウィステリアの常識ではありえないから。

「やぁっ、やめてぇ……、きゃあぁぁっ！」

蜜芯を吸われ、舌先で押し潰され、歯で甘噛みされる。

ウィステリアは目を開いているのに、視界に火花が散って景色が歪み、何も見えない。自分が何を泣き喚いているのかも、分からない。

頭が吹き飛びそうなほどの気持ちよさだった。

「んあっ、あぅ……だめぇ……やだぁ……あぅっ、あぁん……っ！」

蜜芯を容赦なく嬲られて、好いところを執拗にこすられて、乳房ごと胸の突起を甘くつままれて。

許容量をはるかに超える快感を注がれたウィステリアは、やがて思考が弾け、視野に白い光が明滅《めいめつ》する。

「あ……ぁ……」

激しく胸を上下させて乱れた呼吸を繰り返し、ぐったりとベッドに沈み込んだ。あまりにも気《け》だるくて指さえ動かせない。

そのまま絶頂の余韻でぼんやりしていたが、不意に「何かが足りない」と思った。お腹の中にぽっかりと空いた空洞があって、そこがひどく切ないと感じるのだ。

本当は空洞じゃないのに何かが足りなくて、悲しいから蜜という涙を零しているみたいで。

そんなことを考えるたびに空洞が収縮し、飢餓感が高まっていく。

「ああ、そんなに赤くなって可愛い……感じ切った声も興奮する……」

ウィステリアが放心しているそばで、シリルは何やら感極まった声を漏らしている。

ウィステリアがとろんとした目を向けると、彼が両脚を限界まで開き、股座《またぐら》に硬いものを押し当ててくる。

「あ……」

「挿れるよ」

シリルは指を入れたときとは打って変わって、ゆっくりと慎重に、ウィステリアの表情を見極めながら腰を進めていく。

「あ……んっ、……はっ、あ……あぁ……っ」

長大な屹立《きつりつ》をすべて蜜壷に収めたとき、ウィステリアはお腹の最奥を突き上げる圧《あつ》で唇を引き結び、呼吸を止めてしまう。

「んんぅ……っ」

「リア、呼吸をしろ。息を止めるな」

シリルに唇を舐められると、優しい感触で口が開いたウィステリアは、はぁっ、と息を吐くことができた。

同時に無駄な力《りき》みが抜けて、全身のこわばりもほぐれる。やっと冷静さが戻り、自分の下腹部に意識を向けた。

腹部がかすかに盛り上がっている。

――本当にお腹の中に挿れるんだわ。

恋愛小説では閨のことを〝交わる〟と書いているが、それは比喩ではなかったのだと知った。

「痛くない？」

睫毛が触れ合いそうなほど近くで、シリルが真剣な眼差しを向けてくる。

そういえば彼は、『最初は痛い』と言っていた。

「……おなか、はれつしそうだけど、いたくない……」

「よかった。大切な君に痛い思いをさせたくなかったから」

柔らかく微笑んだシリルがウィステリアを抱き締めて口づける。

舌先で唇の合わせ目をそっと舐め拡《ひろ》げ、舌を忍び入れて口中をゆっくりと撫で回した。

優しく丁寧なキスは慰撫《いぶ》を感じさせるから、ウィステリアの心もだんだんと落ち着いてくる。

だから自分もシリルの真似をして舌を絡ませ、口内を味わいながら舌同士をすり合わせた。

自然に流れ込んでくる相手の唾液を、迷うことなく飲み下す。

――シリル様とのキス、気持ちいい。

だんだんと貪るような濃厚な口づけに変えて、気が済むまで舌を絡ませ合う。

キスをしているとなぜかお腹が疼いて、彼を飲み込んでいるナカがきゅんきゅんする。

媚肉がウィステリアの意思とは関係なく蠢き、陽根を強く抱き締めた。

「ハッ、締まる……っ」

唇を離したシリルが、ものすごく色っぽい表情と声で呻く。

「シリルさまは、いたくないの……？」

「まさか。気持ちいいとしか感じない」

そこで体を起こしたシリルが、枕をいくつも重ねてウィステリアの後頭部の下に置く。ウィステリアは首を起こす体勢になり、目線は自然と結合部へ向けられた。

はしたないほど大股を開いた局部に、彼の股間が密着して色の違う下草が絡まっている。直視できないほどの淫猥さだった。

ウィステリアは視線だけ横にずらす。

「リア、目を逸らさないで」

シリルが注意深く腰を引く。てらてらと体液で光る漲《みなぎ》りが抜き出された。

「んっ、んっ……」

彼が離れていくのが寂しいのか、自分のナカが引き止めようと絡みついているのを感じる。そのため媚肉全体が強くこすれて、途切れない快感に脚が跳ね上がった。

「はうぅ……っ」

「ほら、ちゃんと見てて」

いつの間にか目を閉じていたらしく、シリルが頬を撫でて優しく叱ってくる。

瞼を持ち上げると、陽根は亀頭のくびれ辺りまで抜かれて動きを止めていた。

彼の一物が大きそうだとは思っていたが、実際につながっているところを見ると、あんな巨根が自分の中に入っていたのかとドキドキする。

「なんで、そんなに、みせたいの……？」

「今夜の記憶を体に刻み込むのもいいけど、目で見た方が忘れにくいからね」

ウィステリアの脳に、初夜を永遠に残したい。

心も体もシリルのものにしたい。

そんな独占欲を思い知って、ウィステリアは甘くときめいて息苦しいほどだった。

だからすごく恥ずかしいけれど、シリルに向けていた視線を秘所へ戻す。

すぐに彼が腰を突き出し、ウィステリアを焦らす速度で屹立を咥えさせる。じゅぷじゅぷと蜜が泡立つ淫らな音を響かせて。

「はあぁぁ……っ」

ウィステリアは抜き出されるより、挿れられるときの方が快楽が大きい。とっさに頭の下にある枕をつかんで気持ちよさに耐えながら、身をくねらせる。

「こら、逃げようとしない」

苦笑するシリルがくびれた細腰を両手でわしづかみ、ウィステリアを動けなくした状態でゆるやかな抜き差しを続ける。

大きな彼のものが膣道をこするたびに、甘い刺激が幾度も刻み込まれた。

「くふぅ……っ、ふぁ……あぁんっ、あぁ……やらぁ、そんなに……」

単調なリズムで腰を振るシリルだが、ときおり体をひねって雁首がえぐる膣襞の箇所を変えてくる。

不意打ちの快感にウィステリアは啼《な》きながら下腹を波打たせ、陽根を締めつけた。

「クッ……ぁ……」

額に汗を浮かべるシリルの動きが一瞬止まる。だがすぐに呼吸を整え、一物を膣孔に収めた状態で腰を卑猥に回した。

「はうぅぅっ」

すみずみまで媚肉をこすられて、ウィステリアはあまりの気持ちよさに甲高い声を止められない。

頭がおかしくなりそうで、涙だけでなく涎と蜜を垂らして身悶えては枕をかきむしる。

「あっあっ……シリル、さま……」

「気持ちよさそうだね、リア。私もすごく気持ちいい。──夢みたいだ、君を抱けるなんて。この地に来てからずっと君のそばにいるから、気配を感じるたびに勃ちそうになった」

シリルが何かを言ってるが、快楽で意識が朦朧としているウィステリアにはよく分からない。

ただ、彼が自分を求めていることだけはなんとなく感じられて、すごく嬉しかった。

──あなたに出会えて、あなたを好きになって、よかった。

ウィステリアは両手をシリルへ伸ばす。

抱き締めてほしいと眼差しで訴えれば、シリルはすぐさま覆いかぶさってくれた。

彼の腕がウィステリアの背中と後頭部へ回され、男の腕の中にガッチリ捕らえられる。間近で見る彼の瞳には、興奮と劣情が猛々しいほど現れていた。

ウィステリアは自分相手に盛《さか》ってくれるシリルの激情が嬉しくて、彼への気持ちが膨らんで胸が張り裂けそうだ。

体だけでなく、心までシリルに従属する。

あなたなしでは生きていけないと。

「シリルさま……」

自ら口づけを捧げ、彼にされたように舌先で唇をちょろっと舐める。ここを開けてわたくしを迎え入れてと、可愛らしくおねだりする。

余裕のないシリルに深いキスを返されて、唇を塞がれた状態で男の腰が打ちつけられた。

「んあぁっ、あぅ……んっ、ん……、くぅぅ……っ、んくっ……」

だんだんと激しく速くなる抽挿に、ウィステリアは嬌声を彼の口内へ吹き込んで乱れる。

隙間なく埋められた肉の槍で蜜孔がこすられ、快感がほとばしるたびに、身体が己の意思を離れて震えた。

シリルとの境界線が溶けて流れ落ち、一つになるような幻覚が浮かぶ。

喜びと恐れで心がぐちゃぐちゃになるウィステリアは、彼のたくましい体にしがみついた。

シリルはウィステリアの唇を解放すると、耳たぶを舐めながらかすれた声で囁く。

「ウィステリア、愛している。もっと私の手で感じてくれ」

言うやいなや、腰を動かしたまま右手を下肢へ伸ばし、ぐっしょりと濡れた草叢をかきわけて蜜芯を撫で回した。

「はあぁぁっ！」

甘くて鋭い刺激に媚肉がざわめき、飲み込んだ屹立を、ぎゅうぅーっと強く締めつける。

呻くシリルがさらに腰を激しく打ちつけてきた。何度も子宮口を小突かれ、そのたびに蜜がかき出されてシーツに液溜まりをつくる。

体中に汗をかいているせいか、昼間のような暑さを感じた。

自分の熱でのぼせそうだ。

あまりにも気持ちよくて感じすぎて、声が嗄《か》れるほど喘いでいるせいで息が苦しい。でもやっぱり気持ちよくて、このままシリルと触れ合っていたい。

もう彼に与えられる快楽しか感じ取れなくなったとき、唐突にお腹に溜め込んだ疼きが破裂した。

「……あっ、あぁ――……っ！」

頭の中が真っ白になり、意識も弾けて思考が止まる。

それなのに膣襞は剛直を思いっきり抱き締め、本能で男から精を搾ろうと淫らにしごき上げた。

歯を食いしばって快感に耐えるシリルだったが、耐えられなくなったのか数度ウィステリアに腰を打ちつけ、射液をナカに勢いよく放つ。

ウィステリアは頭の中が甘く蕩けるほどの気持ちよさに陶酔していた。

しばらくたってようやく熱が引いてくると、閨とは子どもを作る行為でもあると思い至る。

肩で息をしつつ下腹部に意識を向ければ、体の奥で彼の一物がときどき跳ね上がっている。

そしてお腹の奥に熱いものが注がれたと感じる。

――これってもしかして……

勉強用に読んだ恋愛小説で、ヒロインの相手役男性が告げたセリフを思い出した。

「シリルさま……」

「はぁっ、……ん？　どうした？」

「これって、子種を蒔《ま》いたのですか？」

ほんの少し前まで生娘だったウィステリアから、どぎつい言葉を言われたシリルが硬直する。

「……そんな言葉をどこで覚えたんだ？」

「えっと、図書室にある恋愛小説です」

ヒロインと閨を共にした男性が、彼女へ『君の中に私の子種を蒔いた。子どもができているかもしれない』と告げるシーンがあったのだ。

読んだときは何かの比喩表現かなと思っていたが、もしかしたら今この瞬間のことを指しているのではと考えた。

かくかくしかじかと説明すれば、シリルがなんとも言えない表情になる。

「リア、さっきも言ったはずだ。君に教えるのは私だから、本など必要ないと」

「でも分からないことは私に聞きなさいって、シリル様はおっしゃいましたわ」

「………」

シリルが虚無の顔に変わった。

しばらくして横を向き、ふぅーっとわざとらしく息を吐き出すと、いきなり結合部に体重をかけてくる。

密着する亀頭が子宮口を押し上げ、甘い苦痛に責められるウィステリアは悲鳴を上げた。

「あぁ――……っ」

「その知識は間違っていないけど、忘れた方がいい。物語とはいえ男のセリフを君が口にすると妬《や》けてしまう」

可愛い恋人の口から、男が使う下品な言葉など言わせたくないし、聞きたくもない。

シリルがウィステリアの疑問をうやむやにすべく腰を振ると、かき出された白濁がぼたぼたと垂れ落ちた。

二人の草叢が蜜とは違う白い粘液で汚れていく。

「あっ、ああん……まって……わたくし、もぅ……っ」

その夜、ウィステリアは精も根も尽きるまでシリルに啼かされ、とうとう気を失うはめになった。

翌朝、いつもの時刻に起こしに来た侍女が、「ノックをしてもお嬢様が気づかれない」と家令を呼びに行く事態になった。

早起きのウィステリアが寝坊することは珍しい。

そこで心配した家令は外から鍵を開け、大切なお嬢様がシリルと一緒に眠っているのを見つけてしまい、屋敷中が大騒ぎになるのだった。

第五話

シリルと閨を共にした翌朝は大変なことになった。

彼はもともと、夜中のうちに自分の客室へ戻るつもりだったらしい。

しかしウィステリアが失神するまで貪っていたら、本人もいつの間にか眠ってしまったという。

おかげでウィステリアはシリル共々、家令に説教されるという恥ずかしい思いをすることになった。

家令は使用人ではあるものの、代々グレイゲート家に仕える男爵家当主で、歴《れっき》とした貴族でもある。

大法官として王都で暮らす父親の代わりに、物心ついた頃から常にそばにいてくれる人で、二人目の父親と言ってもおかしくない。

ウィステリアも彼には頭が上がらないでいる。

その家令が目の前でブチ切れていた。

「いいですかお嬢様ぁ！　旦那様とアディントン公爵閣下が結婚を許したとしても！　まだ正式に婚約してないのです！　こんなことがバレたら！　お嬢様はふしだらな令嬢との烙印を捺されるのですよ！　旦那様の権威にも傷がつくでしょう！　ここは王都にも近いので噂はあっという間に広がります！　そしてシリル様！　噂が広がってもアディントンは社交をしないから構わないとかっ、今考えましたね！」

「よく分かったたな」

「感心している場合じゃありませんっ！　両家の一族が肩身の狭い思いをするのですぅぅ！　お二人が社交界に出る機会だってあるのですよぉぉっ！　高位貴族としての慎みというものがあぁぁっ！」

最後の方はヒートアップしすぎて叫び声になっていた。その辺りで運よくオイゲンが到着したため、家令から逃れることができたのは幸いだった。

そして当然のように、「結婚するまでは接触禁止です！」とウィステリアは告げられた。すぐさまシリルが抗議し、交渉の結果、口づけの権利だけはもぎ取っていた。

しかしウィステリアはその間、「そういう交渉はわたくしのいないところでやってほしい」と照れまくっていた……

後でシリルは、「あの家令、なんで私の考えていたことが分かるんだ？」と不思議がっていたが、ウィステリアとしては、筆頭貴族の令息に説教できる家令の胆力の強さが不思議だ。

それはともかく、ウィステリアがシリルの求婚を受け入れたことが、父親とアディントン公爵へ伝えられ、両家の間で二人の婚約が正式に結ばれることになった。

貴族同士が婚約を交わす場合、たいてい格下の家が格上の家へ馳《は》せ参じるものである。

このときアディントン公爵は領地に戻っていたため、グレイゲート侯爵は娘と共にアディントン領へ向かうつもりでいた。

するとその前に公爵閣下が、自ら馬でグレイゲート領まで駆けつけてきたのだ。

わずかな護衛と従僕を従えて土埃にまみれた公爵閣下は、最初「身なりのいい盗賊が来た！」とグレイゲート家の私兵が警戒するほど薄汚れた一行だった。

五日はかかる道中を急ぐあまり、野宿をしつつ三日でたどりついたという。

「久しぶりだなシリル！　やっとグレイゲート侯爵令嬢を口説き落としたのか！　遅すぎるがよくやった！　これは土産だ！」

と、道中の食料にした獣の毛皮を父親から手渡され、シリルはこめかみに青筋を浮かべていた。

父親を厩舎の裏に引きずっていくと、「高位貴族同士が婚約を交わそうという神聖な場に、野蛮人になって現れるとは何事か!?」と烈火のごとく怒っている。

声が丸聞こえだ……

グレイゲート側は度肝を抜かれたものの、後から馬車で到着した夫人はそこまでアグレッシブではなく、ごく普通の貴婦人なので胸を撫で下ろした。

普通、夫妻は二人一緒に行動するものだが、公爵閣下は嫡子の婚約がよほど嬉しかったのか、「馬車でちんたら移動するのは我慢できなかった」らしい。

シリルは父親を丸洗いするよう従僕に指示し、きちんと野蛮人から貴族に戻してグレイゲート家に紹介した。その後、「私は妻を置いて先に行くような薄情な男じゃないから」とウィステリアに力説していた。

なかなか変わった当主のようだが、とても気さくな人柄なので、ウィステリアは心から安心した。想像していた人物像からは、かなりかけ離れていたが。

アディントン公爵といえば、王族に次いで尊い、貴族社会で頂点に立つ方だ。

さらに王妃殿下の実兄で、国王陛下の義兄に当たる。

ウィステリアの謹慎の際には、ラモーラをなんとかしろと王家を脅迫……いや、嘆願する権力を持つ方でもある。

なんとなく他人にも自分にも厳しい威圧感のある方を想像していたが、まったく違っていた。

そんな公爵閣下を支える夫人は親しみやすい方だったので、ウィステリアは嫁いでもうまくやっていけそうな予感に、心より安堵した。

両家の父親同士の話し合いで、グレイゲートが花嫁に持たせる持参財の内容が決まった。

ウィステリアの持参財はグレイゲート領の一部、つまり土地だ。

マルサーヌ王国では、王家から賜った領地の割譲《かつじょう》は、分家創設以外にも持参財にするならば許される。

ただ、領地面積が小さくなれば税収も減るし、花婿側にとっては自領から離れた飛び地になるため、持参財として土地を持たせる父親はほとんどいない。

だがグレイゲート侯爵は、亡き妻が相続していた土地を娘のために持たせてくれた。大変嬉しい親心である。

ただ、アディントンは領地が増えてもあまり喜ばないようで、『持参財の土地はリアが管理するといいよ』とシリルに言われてしまった。まあ、飛び地だから気持ちは分かる。

その後、国王陛下から婚約の承認もいただき、ウィステリアとシリルは国が認めた婚約者同士になった。

貴族の婚約が無事に締結された場合、婚約者たちは夜会などに出席して、社交界に認知してもらうのが一般的な流れになる。

しかしウィステリアは、寵姫を傷つけたうえで謹慎という不名誉を負っている。

すでに謹慎も解けてラモーラの傷は跡形なく完治した——ということになっている——が、まだあの件からそれほど月日がたっていない。

ラモーラやその実家のウェネル侯爵家、メリガン公爵家を刺激しないよう、アディントン公爵家で小規模のお披露目パーティーを開くことになった。親しい友人や両家の派閥の人間しか呼ばないため、ウィステリアが悪意にさらされることはない。

ウィステリアは友人のほか、図書館の司書総裁や彼の副官、お世話になった方々を呼ぶことにした。

招待状の返信では、皆が皆、ウィステリアの謹慎が解けて自由の身になったことを喜んでくれた。

図書館を退職したときは絶望していたが、今は新しい幸福を得て祝福をもらうことが嬉しい。

身一つで王都を去らねばならなかったときより、ずっと幸せだ。

何より王都へ行けば、シリルと会える機会が増える。ウィステリアはそれを心待ちにしていた。

というのも臨床試験が終わったため、シリルがグレイゲート領に滞在する理由がなくなってしまったのだ。

婚約を正式に交わした後、彼はアディントン公爵に引きずられるようにして王都へ帰っていった。

現在のシリルは父親の補佐に戻り、大学校の開校のために奔走しているという。

やはりグレイゲート領でウィステリアに付きっきりだったため、スケジュールが押しているらしい。

それでも時間を作ってはグレイゲート領を訪れ、短い逢瀬を楽しんでから王都へ戻っていく。彼がマナーハウスを去るたびに、ウィステリアはしばらく顔を見ることができない寂しさで泣きそうになった。

——わたくしが王都にいれば、もっとお会いできる時間も増えるのに。

そのことを父親にも告げてみたのだが、移住を許してはくれなかった。さらにシリルからも、領地へ会いに行くから大人しくしていてほしいと言われてしまった。

誰も彼もウィステリアが王都へ戻ることを喜ばない。

結婚準備は王都にいた方が都合がいいのに、ドレスメーカーのデザイナーさえ、わざわざ時間と費用をかけて、王都からグレイゲート領へやって来るのだ。宝石商も同じく。

……たぶん、領地にいた方が安全なのだろう。

ラモーラとエスターが、ここまで警戒するほどのことをやらかすとは思えない。けれど家族やシリルに心配をかけたくない想いから、大人しく領地にこもっていた。

そうこうするうちに九月となり、真夏の暑さがだいぶやわらいで、風に涼しさを感じる季節になった。

アディントン邸でお披露目パーティーが開かれる前日、ウィステリアは数ヶ月ぶりにタウンハウスへ戻る許しを得た。

令嬢の帰還に、屋敷の使用人たちは勢ぞろいで出迎えてくれた。

「お帰りなさいませ、お嬢様」

こちらの家令であるウォーレスがうやうやしく頭を下げる。ウィステリアは彼と出迎えた使用人たちをねぎらい、周囲を見回して首をひねった。

「お兄様は騎士団かしら？」

あの兄ならば、自分が王都へ戻る日に合わせて休みを取りそうなものなのに。まあ、いない方が静かで安全だが。

父親に挨拶すべく書斎へ向かうと、先導する家令が笑顔で理由を教えてくれた。

「坊ちゃまでしたら、婚約者様のもとへ行っております」

「お兄様、本当に婚約されたの!?」

ウィステリアの婚約が決まったことで、父親は嫡男もそろそろ結婚させたいと、婚約者候補の父親と話し合ったそうだ。

ヘンリーの婚約者候補となっていたのは、母方の遠縁にあたるベアトリス・ダーリング伯爵令嬢だ。

この家は武門の家系で、伯爵当主は近衛騎士団の副団長を拝命している。

ヘンリーの上司にあたる第一騎士団長から、ダーリング伯爵令嬢との縁談がグレイゲート家に持ち込まれたのだ。

……しかしヘンリーの妹愛《シスコン》が強すぎて、ダーリング伯爵は『妻よりも妹君を大切にしそうだから、娘が幸せになれるかどうか……』と不安に思ったようで話が止まっていた。

もう本当に申し訳ない。

「ダーリング伯爵、よくお兄様を受け入れてくださったわね」

「やはりお嬢様の婚約が決め手だったのでしょう。向こうにとっても利《り》はありますから」

頷きながら話す家令に、ウィステリアもうんうんと頷き返す。

ウィステリアという小姑が消えるだけでなく、ダーリング家は筆頭貴族と縁戚になれるのだ。ヘンリーと結婚したベアトリスは、アディントン公爵家嫡男の義姉という立場になる。

それでダーリング伯も婚約を許したのかと、ウィステリアは心からホッとする。

何しろベアトリスはヘンリーを、『熊さんみたいに可愛い人』と好意的に評してくれる唯一の女性なのだ。

武門の家に育ったせいか、筋肉質でがっしりとした体形の男が好きという、多くの貴族女性とは違う好みを持つ方だった。

「ベアトリス様には感謝しかないわ。貴族令嬢ってたいてい優男風の令息がお好みなのに、お兄様を見初めてくださった奇特な……いえ、素晴らしい方ですもの」

「お嬢様、その本音はなるべく口にしないでくださいませ」

「なによ。ウォーレスだってそう思ってるでしょ」

家令はいい笑顔で、「ハハハッ、滅相もございません」と一笑《いっしょう》に付《ふ》すと書斎のドアをノックした。

入室の許可をもらってからドアを開けると、父親はウィステリアを見て破顔する。

「よく帰ってきたね、リア。こんなに早くこの屋敷でおまえの顔を見られるとは、シリル様に感謝せねば」

そう言いながら娘を抱き締めて頬に口づける。ウィステリアもまた抱擁と挨拶のキスを返し、微笑んだ。

「ただいま帰りましたわ。――それよりお父様！　お兄様のご婚約、おめでとうございます！」

「ああ、今まで破談にせず、よくぞ待っていてくださった。ベアトリス嬢は素晴らしい方だ」

「わたくし、ベアトリス様とお会いしたことはありませんの。明日のパーティーにはお兄様といらっしゃるかしら？」

そこで父親は顔を逸らした。

「う、む……たぶん、お見えになるだろう」

「お父様？」

どうかしたのかと父親の顔を覗き込めば、彼はフッと遠い目になった。

「婚約を結ぶためにダーリング伯がベアトリス嬢を連れてわが家へ来てくださったのだが、ヘンリーはおまえがいかに可愛いかをずっと語っていたから、その場で婚約破棄されるかと思ったよ……」

力なく笑う父親と凍りついた娘へ、珍しく家令が口を挟んできた。

「あのときは旦那様もダーリング伯も、お顔が真っ青になられておりました」

「ウォーレス、おまえだって似たようなもんだろう」

「私はお客様の前で表情を変えたりはいたしません」

「いやいや、ティーカップを出すとき、お茶がかなり揺れていたぞ。動揺しまくってたじゃないか」

「わざとお茶を零して話を中断した方がいいかと、かなり迷っていましたので」

婚約を結ぶ場で兄が妹への愛を語る……婚約者を放って他の女に目を向けるなんて、まるでクライヴのようではないか。

ウィステリアの背中に、ドッと冷や汗が噴き出てきた。

──ああ……、どうして私の周りには愚かな殿方がいるのかしら。みんなシリル様を見習ってほしい。

愛する人の誠実さを思い出し、一刻も早く会いたくなってきた。

そして翌日。

お披露目パーティーは夜会ではなく日中に開催する午餐会だ。

そのためウィステリアの身支度は早朝から始まり、侍女たちの手によって完璧な淑女に整えられた。

特に侍女たちが力を入れたのが化粧である。

今までは皮膚病を刺激しないよう、ノーメイクか薄化粧しか選べなかった。しかしやっと、自分たちが仕えるお嬢様を好きなだけ飾り立てることができるのだ。

しかも今日は婚約を披露する一大イベント。

必要以上に気合いを入れた彼女らは、張り切ってお嬢様に似合うメイクを施した。

ウィステリアは鬼気迫る勢いの侍女たちに大人しく身を任せ、仕上げにシリルから贈られた深紅と薄紅色のドレスを身にまとう。

彼の髪の色を表すドレスは、明るい時間に着るには少し派手な色合いだ。しかし今のウィステリアには、妖艶で深みのある色に負けないほどの美貌と華やかさがある。

鏡には、大輪のバラとなった絶世の美女が映っていた。

「お嬢様！　お綺麗です！」

感動で瞳を潤ませる侍女たちと同じぐらい、ウィステリアも喜んでいる。

「すごいわ。わたくしじゃないみたい」

「何をおっしゃいます！　お嬢様と奥様はそっくりなんですから！　これがお嬢様の本来のお姿なんです！」

「あら？　わたくしってお母様に似てる？」

幼い頃は父親に似ているとよく言われたが、皮膚病になってからは容姿について触れられることがなくなり、そのまま父親似だと思っていた。

「成長と共に奥様にとても似てまいりましたよ」

そう言われてウィステリアはデスクに目を向ける。母親の小さな肖像画を見れば、確かに鏡に映る自分の顔と似ている気がした。

「そうなのね……お母様の若いときって、こういう顔をしていたんだわ」

ウィステリアの呟きに古参の侍女たちが涙ぐんでいる。

女主人を病で亡くし、娘は皮膚病で結婚を諦めたうえ、領地で謹慎という不運続きで、グレイゲート家には明るい話題が少なかった。

しかしここで、いきなり飛び込んできたお嬢様の婚約という慶事に、使用人たちは地に足がつかないでいる。

ウィステリアが使用人たちの気持ちをありがたく受け止めていると、侍女頭が呼びに行った父親が部屋まで迎えにきた。

「これは予想以上だな！　とても美しいよ、リア。……ブリジットの若い頃にそっくりだ」

彼もまた娘の姿に亡き妻を重ね、ことのほか喜んでいる。娘に甘く理解のある父親だが、貴族令嬢が未婚のまま働くことはほとんどないため、その行く末を心配していたのだろう。

貴族社会は結婚しない者に対して視線が厳しい。子孫を残し、爵位や財産を継承する結婚は貴族の義務であるから。

様々な事情で結婚しない貴族も増えつつあるが、まだまだ少数派だ。

どれほど案じていたのか、父親の喜びようで察する自分は親不孝者かもしれない。それなのに今まで静かに見守ってくれた度量の広さに、ウィステリアは心から感謝する。

父親にエスコートされてエントランスホールへ向かい、馬車に乗り込んだ。


アディントン邸にたどりつくと、窓から見える光景にウィステリアは目をみはる。

「えっ。なんかすごいことになってるわ」

なんと使用人一同が嫡男の婚約者を迎えるべく、馬車止まりから玄関扉までずらりと二列に並んで花道を用意しているのだ。しかも何人かは籠を持っている。

「うちはここまで使用人はいないな。さすがアディントンだ」

父親が感心したように呟く。

ウィステリアが父親に支えられて馬車から降りると、わぁっと歓声が上がった。

「ウィステリア様、ようこそいらっしゃいました！」

「グレイゲート侯爵閣下、おめでとうございます！」

「シリル様にとうとう奥様が！」

「アディントン公爵家万歳！」

などなど、口々に祝いの言葉を贈られる。

さらに使用人たちは籠から花びらをつかみ、グレイゲート親子が進むたびにフラワーシャワーで歓迎してくれた。

……昨日、自分の家に帰ったときも使用人たちが迎えてくれたが、屋敷の中で待っていたし、ここまで派手ではなかった。いったい、これは誰の指示なのか。

そしてまだ結婚したわけではないのに、フィーバーっぷりがすごい。まあ、結婚するのは確定しているが……

ウィステリアは降り注ぐ大量の花びらを浴びながら、淑女の笑みを浮かべつつ小声で父親に問いかけた。

「婚約しただけでも、これほど祝福するものなんですか？」

少し顔を伏せて話さないと、花弁が口の中に入りそうになる。

「いや、初めて見るな……シリル様の案だろうか」

「絶っ対に違うと思います」

シリルと自分の価値観は似ている方だ。

彼がウィステリアに向ける愛情は疑いようもないが、こういう方面に弾ける人ではない。常識人なので。

父親と共に花びらだらけになって玄関へ着くと、アディントン家の面々が迎えてくれた。

満面の笑みを浮かべた公爵当主に、冷静な笑顔の夫人、真顔のシリル、呆然とした表情の妹君、そして初めて会う笑いをこらえている令息はシリルの弟君だろう。

公爵閣下は両手に花びらを持っていたようで、ウィステリアたちが近づくと自らフラワーシャワーで歓迎してくれた。

「ようこそアディントンへ！　お待ちしていましたぞ！」

ウィステリアは父親が口上を述べるのを聞きながら、ちらりと愛しい婚約者を盗み見る。無表情を崩さない彼を認めただけで、心労を垣間見た気がした。

――シリル様、おいたわしい。この出迎えって公爵閣下の発案なのね。

家族に価値観がぶっ飛んだ人がいると、ごく普通の人間は対応に苦慮する。ウィステリアもシスコンの兄がいるから、とてもよく分かる。

シリルにシンパシーを覚えて握手したくなるほどだ。

もちろんまずは公爵夫妻とシリルの弟妹《ていまい》へ挨拶した。

ウィステリアに素早く近づいたシリルは、頭や肩に乗った花びらを、せっせとつまんで落としてくれた。

「こんな出迎えですまない。驚いただろう」

「ホホホ……とても歓迎されていると感じて嬉しいですわ」

めちゃくちゃ驚きました、との本音は公爵の前では言いにくいので、微笑んでごまかしておく。

シリルは疲れたような笑みを浮かべていた。

彼にエスコートされて屋敷に足を踏み入れたとき、ふと振り向けば使用人たちが箒《ほうき》で大量の花びらを掃除している。

……フラワーシャワーのために何百本の花を消費したのかと、想像するだけで空恐ろしくなった。

ぎゅっとシリルのジャケットを握ると、彼がこちらを見て目元を赤く染めつつ微笑む。

「とても綺麗だ。これほど美しい淑女と婚約できるなんて、私は果報者だな」

心から嬉しそうに囁くので、ウィステリアも胸が高鳴って浮かれて、足がもつれそうになる。恥ずかしい。

「シリル様も素敵です……」

シリルのジャケットは黒の生地に金糸で刺繍を施しており、カフスなどのアクセサリーにはエメラルドを使っている。

彼が王宮の夜会に出席するとき、使用していた宝石はテアブルーサファイアだった。しかし今はウィステリアの瞳の色しか使っていない。

ロイヤルカラーよりも君の色の方が重要だと言われているみたいで、嬉しくて照れくさくて落ち着かない。

自分はもうシリルのものだが、彼もまたウィステリアのものなのだ。それを実感して心臓がどくどくと速い鼓動を打ち始める。

ウィステリアが頬を染めて可憐に微笑むと、シリルはエスコートしている彼女の手を持ち上げて指先に口づけた。

そして形のいい唇をウィステリアの耳に寄せて囁く。

「本当は唇にキスしたいけど、綺麗なお化粧が崩れそうだから我慢するよ」

崩れるほど激しい口づけをしたいのかと、ウィステリアの頬がさらに赤く染まる。

互いに相手しか目に入らない気分で見つめ合っていると、背後を歩くシリルの弟がわざとらしく咳をした。

シリルは弟へギロッと攻撃的な視線を向けているが、我に返ったウィステリアは弟君に心から感謝した。やっぱり恥ずかしい。

シリルに案内されたのは、この屋敷でもっとも広い大広間、通称アディントン・ホールだ。

隣のボールルームに通じる大扉を開放しているため、巨大空間になったホールは最奥が遠い。

端から端まで歩いたらいい運動になるだろう。

さらに広間にはたくさんの料理や飲み物が運び込まれており、後は招待客の到着を待つばかりの状態だった。

ウィステリアは、ありがたくも申し訳ない気持ちが胸に湧き上がってくる。

「シリル様、何から何まで任せてしまってすみません……」

ウィステリアは招待する側なので主催者の一人でもあるのに、パーティーの準備はすべてアディントンが引き受けてくれたのだ。

せめて費用は折半したいと父親が申し出たそうだが、公爵閣下は、『うちが全部やるから！ウィステリア嬢をシリルの隣に立たせてくれれば、それでいいから！』と断ったらしい。

シリルもまたにこっといい笑顔になる。

「アディントンは君をもらい受ける側だからね。これぐらい当然だよ」

シリルが言い切ったので、ウィステリアは微笑んで甘えておく。

話しながら大広間を進むと、二階まで吹き抜けの天井に目が向いた。天井一面に創世神話の一節が描かれている。

神々が混沌《こんとん》の大地に降り立ち、泥人形をこねて人を造る有名な場面だ。

ウィステリアは首を直角に曲げてフレスコ画に見入る。

壮大な物語を生き生きと描いた天井画は、人物の体の線が肉感的で、どことなく見たことがあるタッチだと感じた。

これはまさか――

「……もしかして、イグ・レーポの作品？」

二百年以上前に活躍した外国の芸術家だ。晩年はマルサーヌ王国を安住の地と定め、王家がその身を庇護《ひご》していた歴史がある。

ウィステリアが自信なさげに呟くと、シリルが感心した表情を見せた。

「よく分かるな。その通りだ」

「本当ですか⁉　わたくし、王都の美術館でレーポの企画展に行ったことがあって、それ以来、大好きなんです！」

さすがにフレスコ画は展示されていなかったため、この作品は初めて見る。もうこのホールそのものが美術館と言ってもいいのではないだろうか。

シリルは嬉しそうなウィステリアを見て、「じゃあこれも教えておかないと」と言いながら天井へ人差し指を向ける。

「右隅に赤毛の男がいるだろう。見える？」

「えぇっと、……はい、いますね。創世神話に赤毛の神様っていましたっけ？」

ほとんどが金髪碧眼だったはず。

「あれ、実は七代目のアディントン公爵なんだ」

「えっ!? なっ、な、なぜそんなことに……っ！」

七代目公爵は元王子殿下だった。

彼がまだ王宮で暮らしていた頃にレーポと出会い、その才能に惚れて後援者の一人に名を連ねたという。

その後、王子殿下がアディントンの後継ぎ娘と結婚して公爵となった際、このホールを改築してフレスコ画の作成をレーポに依頼した。

「それでご自分を神話の中に入れちゃったんですか!?」

シリルが笑って頷くから、ウィステリアは呆然と天井画を見上げてしまう。

王子殿下だった公爵が登場するフレスコ画……ここはその方がもっとも愛した場所なのだと理解する。

アディントン・ホールとは、間違いなく夜会で使うような高貴な広間なのだ。

昼間のパーティーは夜に開催するものより格が落ちるため、今日は本来ならこの大広間を開放するほどではないのに。

「……シリル様、違うホールを使うべきだったのでは……」

「とんでもない。君は遠くない未来、この屋敷の女主人になる人だ。そのお披露目にふさわしい場所だよ」

そうだろうかとウィステリアは怖気《おじけ》づいてしまうが、シリルがそう言うのなら、そうかもしれない。

自分はとても大切にされる存在なのだ。

うぬぼれではなくそう思うことができて、嬉しかった。


お披露目パーティーが開催される時刻が近づくにつれて、徐々に招待客が訪れ始めた。

ウィステリアはシリルの隣に立ち、玄関ホールで彼らを出迎える。

婚約者や夫君と一緒にやって来た友人たちは、結婚はしないと言っていたウィステリアが次期公爵夫人になることにはしゃぎ、湿疹が消えたことを喜んでくれた。

司書総裁や副官など、懐かしい面々に会えたのも嬉しい。

やがてベアトリス・ダーリング伯爵令嬢が、ヘンリーにエスコートされて玄関ホールに足を踏み入れた。

初めて会う義姉になる方は、ゆるく波打つベージュブロンドに青い瞳が美しい令嬢だ。兄にはもったいないほど可愛い方で、真似したくなるほど姿勢がいい。背はウィステリアよりも低いようだが、背筋がピンと伸びて立ち姿が綺麗だった。

このときヘンリーがウィステリアの姿を認め、「リアー！」と叫びながら婚約者を置いて走り出そうとする。

その瞬間、ベアトリスがヒールの踵《かかと》を、ヘンリーの脚の甲に思いっきり落とした。

「――ッ！」

ヘンリーはさすがに歯を食いしばって絶叫を押し殺している。が、涙目だ。

二人を見ていたシリルは目を丸くし、ウィステリアは悲鳴を上げそうになるのをこらえ、急いで扇を広げて口元を隠した。

笑顔を崩さずに足を踏みつけたベアトリスが、顔が青白いヘンリーを引きずるようにして歩み寄ってくる。

「アディントン公爵令息、並びにウィステリア様。このたびはご婚約、まことにおめでとうございます」

優雅にカーテシーをするベアトリスに対し、よほど婚約者の一撃が痛かったのか、ヘンリーはぎくしゃくした動きで頭を下げる。

「リア、とても、美しいな……」

「……ありがとうございます」

足は大丈夫ですか？　とはさすがにこの場で聞けないため、にっこりと微笑んでおく。

ヘンリーは眩《まぶ》しそうに妹の笑顔を見つめ、次いでシリルへ厳しい視線を向けた。うっすらと涙目なので迫力はないが。

「これほど美しい妹を嫁に出さねばならないとは、卿《サー》に私のつらさが分かるか？」

「さっぱり分かりませんね」

笑顔でスルーしたシリルにヘンリーが青筋を浮かべている。すかさずそばに控える家令が大広間へと案内した。

ヘンリーは名残惜しそうにウィステリアを振り返るが、「いててつ、ベアトリス、つねらないでくれ……」と情けない声を漏らしながら、大人しく奥へ進んでいった。

二人の姿が消えると、シリルはそっとウィステリアに顔を寄せる。

「まるで猛獣使いだな。あのヘンリー卿を大人しくさせるなんて」

「そういえばベアトリス様って、武門の家系のお生まれですわ」

「ダーリング伯爵家といえば、騎士になったご子息が四人いるはずだ。その中で育てられたなら、たくましい女性になるだろう」

「兄には、あれぐらい強い女性がお似合いかもしれません」

身勝手な男を増長させないためにも、貞淑を求められる女だって自己主張するべきかもしれない。

エスターもクライヴがふらふらと離れていくたびに、「あなたの婚約者は私よ！」と叱咤《しった》してもよかったのではないか。いつか自分のもとに帰ってくれるはずと泣きながら願っても、自己中心的な男は己のことしか考えないのだから。

ふとこのとき、エスターの名前からあることを思い出す。

謹慎が解けた後もウィステリアが領地に留まっていたのは、ラモーラだけでなくエスターを警戒していたからだ。

今でもこちらに恨みを向けているかは知らないが、もう警戒しなくていいのだろうか。

シリルに聞きたかったけれど、招待客を迎えている最中なので長い会話はしにくい。あとで聞かねばと思いつつ、今は淑女の笑みを絶やさないようにした。

やがて招待客全員が揃って、お披露目パーティーが始まった。

アディントン公爵とグレイゲート侯爵が順に挨拶をしてから、ウィステリアはシリルと共にファーストダンスを踊る。

彼とのダンスは初めてではない。

グレイゲート領で臨床試験の最中、乗馬ができないウィステリアは気晴らしにしょっちゅうシリルとダンスを踊っていた。

そのためファーストダンスも楽勝と考えていたのだが、それは衆人環視がない場所限定だったと思い知る。

領地では見物客がいなかったから、四方八方から視線を向けられると、身がすくんで足がもつれそうになる。

シリルは体幹を鍛えているのか、安定性が抜群にいいので、たまによろけるウィステリアを笑いながら軽々とリードしてくれた。

「緊張してるね？」

「仕方ないです……わたくし、デビュタントの頃にちょこっと社交をしたぐらいで、人前で踊ったことがほとんどないんです」

「結婚してもあまり踊ることはないから安心してくれ。それに君ほどの美女が夜会に出ると、ダンスの申し込みが絶えないいんだ。私が嫉妬でおかしくなるかもしれない」

「まあ。人妻と踊って何が楽しいのでしょう？」

本気で分からないウィステリアは首を傾げるが、シリルは笑顔で何も言わなかった。不倫目的で近づく男もいるということを、ウィステリアの耳に入れたくなくて。

目を合わせながら広いボールルームをリズミカルに回っていると、視界の端に、アディントン邸の家令が公爵閣下に近づいていくのが見えた。家令が主人に何事かを囁き、閣下がすぐさまグレイゲート侯爵へ同じように囁く。

父親二人は招待客に気づかれないよう、そっとボールルームから出て行った。

——どうしたのかしら？

ファーストダンスは、お披露目をする婚約者たちを紹介する意味があるため、双方の父親が席を外すのはマナー的によろしくない。

まあ今日は昼の祝宴なので、そこまで厳格ではないが。

「リア、君の婚約者を忘れないでくれ」

よそ見をしていたらシリルがすねていた。すぐに彼と見つめ合って楽しく囁きながら、婚約者同士の仲睦まじいダンスを披露する。

踊り終わると招待客の拍手に包まれた。

それから歓談の時間となり、始終なごやかな雰囲気でお披露目パーティーを終えたのだった。


招待客をすべて見送り、屋敷の門を閉じたときはすでに陽が落ちていた。

ウィステリアは数年ぶりの社交でさすがに疲れてしまい、応接間のソファに力なく座り込んでしまう。

「お疲れ様、リア」

シリルが微笑みながらウィステリアの足元に跪くと、ヒールを脱がそうとしてくれる。

「シリル様、そんなこと、なさらなくても……」

「脚が浮腫《むく》んでいると靴がきついだろう？　室内履きに替えるといい。使用人はこの部屋に入れないから気にしないでくれ」

確かに靴が痛いと感じていたから、とてもありがたい。本来なら婚約者の家でだらけた格好などできないが、シリル以外に見る人がいないなら甘えたい。

大人しく、足にぴったりはまって取れない靴を脱がせてもらうことにした。

彼はウィステリアの左足からヒールを脱がすと、絹の薄い靴下の上から、くるぶしの少し上を親指の腹でぎゅっと押す。

痛みにも似た痺れを感じた直後、その痺れが心地よさに変わってウィステリアは大きく息を吐いた。

シリルは続いてふくらはぎ全体も揉みほぐしてくれる。どうやらマッサージをしてくれるらしい。

婚約者にしてもらうことに躊躇するけれど、脚が軽くなっていく気持ちよさに抗えなかった。

愛する人の手が脚に触れているというのに、性的な雰囲気はなくて、ただ安心感をもたらしてくれる。

ウィステリアの緊張と疲労がゆるゆるとほぐれていった。

なんとなく体も温まってくるようで、眠気まで感じてしまう。何度か瞬《まばた》きをして睡魔を追い払った。

その気配を感じたのか、シリルはウィステリアの右脚もマッサージしながら悪戯っぽく囁く。

「眠い？」

「……ごめんなさい。こんなときに」

「人に注目されるのは疲れるからな。今日はこのまま泊まっていきなさい」

「そんな、これ以上、アディントンの皆さまに甘えるわけには……」

「いや、今日からこの屋敷に滞在してもらうことになったから、ちょうどいいんだ」

「えっ」

どういうことだろう、パーティー終了後は父親と共にグレイゲート邸へ帰るはずなのに。

そういえば父親はファーストダンスの後から姿が見えなくなった。招待客への挨拶回りは済んでいたようだが、婚約者の父親は最後まで残っているのが当たり前のはず。

――アディントン公爵は戻ってきたけど、どうしたのかしら？

不思議に思ってシリルを見下ろせば、彼は両脚のマッサージを終えて立ち上がり、ウィステリアの足元に室内履きを用意してくれた。

ソファの隣に座ったシリルは、真剣な眼差しを向けてくる。

「リア、話がある」

「あ、はいっ」

「侯爵閣下には、君の身柄をうちで預かることの許しをもらっている。少し早いが嫁いできたと考えてくれればいい」

結婚前に婚約者の屋敷で暮らす令嬢は、多くはないが少ないというほどでもない。婚家が事業をやっており、それについて学ばねばならない等、様々な理由で。

特にアディントンでは、夫人は領主の補佐だけでなく、当主不在のときは全権を預かる代理人にもなる。

そのため高度な判断力が求められるというから、アディントンについて学ぶのだろうと察した。

あらかじめ言ってくれればいいのにと思ったものの、学ぶことは好きなので問題はない。

「かしこまりました。アディントンの役に立つよう、勉強させていただきます」

するとシリルが気まずそうな顔つきになった。

「あー、いや、そうじゃないんだ」

「というと？」

「確かにアディントンのことを学んでくれたら嬉しいけど、今はまだ婚約中だろ。結婚してからで十分だ」

「でも、結婚してからより、婚約中に学び始める方がいいですよね」

「……うん、まあ、そうなんだけど」

即断即決のシリルにしては、言うか言うまいか迷っている様子が珍しい。本当にどうしたのだろう。

彼の端整な顔をじっと見つめていたら、シリルは腹を括ったのか、ウィステリアの瞳から目を逸らさずに口を開いた。

「落ち着いて聞いてほしい。グレイゲート領で、白眼病の患者が見つかったようだ」

ウィステリアの喉から、ひゅっと悲鳴になりきれない、かすれた音が漏れる。

白眼病は猛烈な頭痛を引き起こし、水も飲めずに苦しんだあげく死亡する怖ろしい病気だ。助かっても目が白く濁って失明することから、白眼病と呼ばれていた。

二十年前に大陸中で大流行したとき、シリルの伯父たちや、ウィステリアの祖父母と伯父一家の命も奪われている。

ウィステリアは思わず立ち上がろうとしたが、シリルに両肩を押さえられて座り直すことになった。

「離してください。領地に行かなければ」

「君が行ってどうなる。何もできないだろう」

ウィステリアは悔しさから、ぐっと奥歯を噛み締める。まったくもってその通りだが、だからといって大人しくしていることはできない。

「まだ結婚していない以上、わたくしはグレイゲートの領主一族で、領民を守る義務があります。何もしないなんて許されません」

「大丈夫、閣下がすでに向かわれている」

「父は大法官なのです。王都を離れて職務をおろそかにすることはできません。兄も国に仕える騎士で同様です。こういう場合は成人した子女がいれば、令嬢でも領主に代わって責任を負うのが貴族の役目ではありませんか」

「君が動くのは危険なんだ。――心配するな、閣下は仕事を調整して休暇を取っている。それに白眼病の治療薬は完成しているんだ」

薬を持った医師の一団がすでに領地入りしているはず、とシリルが続けたため、ウィステリアは目をみはった。

治療薬が完成したなんて話は聞いたことがない。そんなものがあったら王国中で噂になる。ウィステリアは長らく領地に引っ込んでいたが、噂があれば、出入りの商人がきっと話題にしていただろう。

「……シリル様、それは本当ですか？」

「ああ。完成させたのはオイゲン先生を含む新薬の開発チームだ」

オイゲンの名前を出されて、ウィステリアも冷静になってきた。自分の頬をそっと撫でてなめらかな皮膚を確認すると、心も落ち着いてくる。

かの医師への信頼感から、シリルの言葉を一時的な慰めだとは疑わなかった。

「そうですか……取り乱してしまい、申し訳ありません」

大きく息を吐いてからウィステリアは微笑んだ。

「その治療薬にはシリル様も関わっていらっしゃるのですよね。おめでとうございます」

「うん。アディントンが出資している病院で完成したんだ」

そこで一度、口を閉じたシリルは厳しい表情になった。

「でも王家にはまだ知らせていない。このことを知るのは開発関係者以外では、私と父、そして君と閣下だけだ」

シリルの話す内容に、だんだんと心臓の拍動が乱れてくる。これほど重要なことを、真っ先に伝えるべき王家に知らせないなんておかしい。

「……なぜ、なんです？」

シリルは若干ためらいながらも、「今回の白眼病の発生に、ラモーラ妃が関わっている可能性が高いからだ」ときっぱり言い切った。

ウィステリアの顔色がどんどん蒼ざめていく。呆然としてうつむくと、シリルが頭部を優しく撫でてくれた。

「順を追って話そう。その前に湯浴みをしておいで。疲れただろう」

そんな場合じゃない、今すぐ話してほしい……と思ったが、パーティー用の豪奢なドレスは、着慣れていないのもあって少し苦しい。

汗もかいたため下着が肌に張りつき、気持ち悪い。

シリルが侍女を呼んで、客室まで案内するよう申しつけてくれた。

風呂を使って髪も洗い、寝衣に着替えるとガウンを羽織る。

部屋で温かい紅茶と軽食をいただいて人心地がついた頃、罪悪感がこみ上げてきた。

――わたくしだけが、こんなにのんびりしていて許されるのかしら。

窓の外へ視線を向けると、広大な庭が月の光に照らされている。

父親は領地に向かったとのことだが、護衛を伴ったとしても大丈夫なのだろうか。今日は闇《やみ》夜《よ》よりうんと明るいものの、月明かりを頼りに夜間の街道を進むのは、やはり危険を伴うだろう。

そして領地に入ればさらに危険性は増していく。

――白眼病患者が出た辺りの領民はどうなっているの……？

かつて王国内で病が広がったときは、その土地を封鎖して領民の移動を禁止したという。閉じ込められた領民は満足な治療を受けられず、その多くが亡くなったと授業で習った。

自分が守るべき領民をそのようなつらい目に遭《あ》わせたとあっては、領地を守り、豊かにしてきた先祖へ顔向けできない。

何より領民たちに申し訳ない……

泣きそうな想いで夜空に浮かぶ月を見上げていたら、ノックの音を聞き逃した。

「――リア、すまないが勝手に入るぞ」

ハッとして振り向くと、開いたドアからシリルが覗いている。ウィステリアは慌ててソファから立ち上がった。

「申し訳ありません。気づくのが遅れました……」

「疲れたんだろう。今日は朝から大変だったからね」

シリルが部屋に入ると、彼の背後からトレーを持った侍女も入室する。

侍女が二人分の紅茶を淹れて退室してから、シリルはウィステリアの隣に座った。

シリルが手にしたティースプーンには、丸い部分の先端に突起がついており、彼はその突起部分をティーカップの縁《ふち》に引っかけた。

「変わった形のスプーンですね、これ」

「うん。ロワイヤルスプーンって言うんだ」

ティーカップの上に渡されたスプーンは、丸いくぼみの底が紅茶の水面に触れている。シリルはくぼみに角砂糖を置いてブランデーを垂らし、ランプの火をスプーンに移した。

ブランデーを燃料にして青い炎が燃え上がる。

「お砂糖を焼いてるんですか？」

「まさか。アルコールを飛ばしているんだよ」

「初めて見ました……」

ブランデーと砂糖の香りがほのかに漂い、とても心地いい気分になってくる。胸の奥でくすぶる焦燥感が鈍化していくようで。

しばしの間、互いに無言で小さな炎を見つめていた。

やがて角砂糖が崩れて火も消えると、シリルはスプーンを紅茶に入れてかき混ぜる。

どうぞ、とウィステリアにティーカップが差し出された。

「いただきます」

紅茶からブランデーの香りがふわりと立ち上る。が、それほどアルコールのきつさは感じない。

「美味しいです……」

「寒くなってくるこれからの時期にはぴったりだろう」

はい、と頷くウィステリアは、シリルの心尽くしのお茶をゆっくりと味わった。おそらくこちらが落ち込んでいるのを悟って、手ずから用意してくれたのだろう。

今日一日だけで、自分が大切にされている、愛されていると何度も実感した。

今だって同じ。

だからシリルが話そうとすることは、すべてウィステリアのためだと信じられる。

覚悟を決めてシリルを静かに見つめた。

「どうか教えてください。わたくしに関わるすべてのことを」

頷いたシリルが、ウィステリアの右手を両手で包み柔らかく握り込む。

「発端は君の不条理な謹慎を解くため、アディントンがラモーラ妃とウェネル侯爵家を追い詰めたことだ。後悔はしていないし当然のことだと思っているが、あれでラモーラ妃は寵姫ではなくなった」

シリルによるとラモーラは現在、王族の居住区からもっとも遠い離宮へ移され、国王の許しがない限り外出を禁じられているという。外の人間が離宮を訪れることはできるが、ラモーラは出られない。

そして王が彼女のもとへ通うことはなくなり、他の側妃を寵愛するようになった。

そこまでの話を聞いたウィステリアは、ゾクリとして背筋を粟立たせる。

王妃は国王の正妻として不動の地位を確立するが、側妃は国王の寵愛によって立場が変わる。

たとえば下位貴族出身の側妃でも、寵姫になれば王妃に準ずる権威を持つ。ゆえにラモーラは王妃に次いで貴い身分だった。

その反面、寵愛を失うと側妃の中でも下位に転落し、社交界からも爪弾《つまはじ》きになる。支持する貴族も少なくなっていく。

……ウィステリアは、シリルがグレイゲート領に来たとき、ラモーラに関する話を聞いて、国王は寵姫を切り捨てたのではと想像した。

それが本当に現実になったのだ。

寵愛する側妃でさえも、王権を揺るがす原因となれば、王はためらいなく排除する。そこに愛した女へかける情といったものは感じられない。

いや、愛情ぐらいはあったのだろうが、それでも簡単に〝いらないもの〟とみなすことができる。

その非情さは君主として必要なのかもしれないけれど、身震いするほど恐ろしいと感じた。

「……それで、ラモーラ様はわたくしに復讐をしようと……」

「正確にはグレイゲートとアディントンの両方だろうな。だがアディントンを敵に回すと痛い目に遭うことはすでに経験している。そこでまずグレイゲートへ目をつけた。――予想通りだ」

えっ、とウィステリアはシリルの金色の瞳を見遣る。

「君が傷つけば、君を愛する私にも一矢報いることができる。そう安易に考えたのだろう。馬鹿な人間が思いつきそうなことだ」

シリルがうっすらと昏《くら》く微笑んだ。

目が笑っていないその微笑に、ウィステリアは先ほどとは違う怖気を感じて視線を落とす。

「ただ、君は領地に引きこもって多くの私兵に守られているし、閣下も常に護衛を従えている。しかも大法官に何かしたら、寵愛を失った側妃では牢にぶち込まれるだろう。ヘンリー卿は単独で動くが、よほどの手練れを用意しなければ返り討ちに遭う。だから狙われるのは、領主一家ではなく領地や領民だろうと考えていた」

領主一族がダメージを負うほどの被害といえば、領地運営の悪化、投資の失敗、事業の経営不振などがある。その中でもラモーラが領地に狙いを定めたのは、グレイゲート侯爵は領地収入を主な財源としているからだろう。

「そして領地に狙いを定めるなら、王都から遠く、領主の目が届きにくい飛び地だと思っていた」

飛び地との言葉にウィステリアは息を呑む。

「まさかっ、感染者が出たのはヘイディーグですか!?」

シリルが頷いたため、ウィステリアは絶望の表情になった。

ウィステリアの持参財となった飛び地は、亡き母親の実家であるヘイディーグ伯爵家の領地だ。平野よりも森林の方が多く、畜産が盛んで、良質の薪《たきぎ》が生産されている。

ヘイディーグ伯爵家は、二十年前の疫病で当主夫妻と嫡男一家を喪《うしな》い、唯一の直系であるウィステリアの母親が、爵位と領地を相続した。

当時すでに母親はグレイゲート侯爵夫人だったため、ヘイディーグはグレイゲートの飛び領地になったのだ。

ヘイディーグは亡き母の故郷であり、母方の親族が眠る聖域でもある。

ウィステリアは思い入れのある土地を穢《けが》されたと感じて、うなだれる。

「わたくしのせいで……」

呟いた途端、シリルの長い指で顎を持ち上げられる。

「以前、君が私に言っただろう、勘違いしてはいけないと」

「え……？」

「ヘイディーグに疫病患者が出たのはラモーラ妃の策略で、すべての罪と責任はあの悪女にある。君が嘆いてもラモーラ妃が喜ぶだけだ」

……そういえばグレイゲート領を訪れたシリルへ、似たようなことを告げた。

自分が受けた被害の責はラモーラにあると。自分が恨むのもラモーラ一人で、シリルに謝罪されてもまったく嬉しくないし困ると。

「すみません、そうでしたね……」

弱気になると愚かな思考に囚われる。ウィステリアは一度深呼吸してから、毅然とした態度でシリルに向き合った。

「お話を続けてください」

シリルはウィステリアを優しく抱き締めてから、続きを話し出した。

「ヘイディーグはウェネル領から結構近くてね。狙われる確率が高いと判断して閣下と対策を話し合い、アディントンが介入できるよう、君の持参財としてヘイディーグを指定したんだ」

「えぇ！　そんなことが……」

「閣下は亡き奥方の土地だから手放すことを迷われていたけど、ラモーラに目をつけられるかもしれないとしても、それが最終的にリアのためになるなら奥方も許してくれるだろうと、納得してくださったよ」

「そうだったのですか……」

自分の持参財に、そのような裏の意味が含まれていたなんて想像もしなかった。

グレイゲート家は父親が大法官として王宮に縛られているため、領地運営は地方行政官に任せっきりだ。

もちろん不正が起きないよう視察はしているものの、飛び地だけは領主でなく代理人を向かわせていた。

なにせヘイディーグは、王都から馬車で片道六日もかかるほど遠く離れている。そのため飛び地に何かあっても、すぐには対応できないのだ。

——確かに領地を狙うならヘイディーグは都合がいい。考えもしなかったわ。

同時にウィステリアは王国地図を脳裏に思い浮かべる。ヘイディーグは確か、アディントン領の東端からも近かったはず。

それをシリルに指摘すると、彼はニヤリと唇に弧を描いた。

「よく気づいたね、素晴らしい」

「ラモーラ様とウェネル侯爵家は、アディントンが駆けつけてくるかもって考えなかったのでしょうか？」

「しないだろ。いくら婚約者の実家の領地といっても、他領へ口を挟むことは越権行為だ」

領主が介入を許しているなら別だが、それでも他家の干渉を受け続けていると、勢力の拡大、および謀反を疑われる。

「それでヘイディーグをわたくしの持参財にしたのですね」

「そう。アディントンに渡される予定の土地なら、うちの人間を堂々と送り込むことができる」

ラモーラは現在、離宮に幽閉されているものの、ウェネル侯爵家の者や信奉者などと、頻繁に接触している。

彼らを使って、ならず者を集めているとの情報もあった。

当初、ヘイディーグの領民を襲ったり人質にとるのかと警戒したが、ならず者は野盗や傭兵崩れといった感じではなく、食うや食わずといった者たちばかりだ。

目的が分からないため秘密裏にヘイディーグを調査すると、土地の人間ではない者が流入していた。そのほとんどが病持ちであることが判明し、急きょ医師を集めて投入するところだった。

そんな折、お披露目パーティーが始まってすぐ、伝書鳩がヘイディーグからの緊急連絡を持ってきた。病持ちの中に白眼病の患者がいたと。

「なんてことを……何の罪もない領民をまきこむなんて……」

嘆くウィステリアは両手で顔を覆った。

それに、あんな恐ろしい病を自ら国に引き入れたら、反逆罪に問われても仕方がないのに。

「対立する貴族を襲ったり毒を盛ることはままあるけど、領地に疫病を持ち込むのは想定外だった。結果、領民たちを危険な目に遭わせて申し訳ない。だが派遣した者たちが治療を始めているので、安心してほしい」

王都からヘイディーグは遠すぎるため、連絡は伝書鳩を使っているものの、どうしてもタイムラグが発生する。いちいち王都やアディントンの領都へ指示を求めていたら対応が遅くなり、疫病は領外まで広まってしまう。

そこでシリルは、オイゲンを含む医師たちと彼らを護る私兵に、裁量権《さいりょう》を与えることにした。その名の通り、自由意思で事を解決していいと許可を出したのだ。

白眼病の治療薬は高額だが好きなだけ使っていいし、ラモーラ側と衝突したときの対処も現場の人間に任せている。

ヘイディーグを守るためなら何をしてもいいと命じたのだ。

「閣下がヘイディーグに向かっているから、知らせを待とう」

後始末や王家への報告は領主しかできないため、グレイゲート侯爵は娘のお披露目パーティーの途中で発つしかない。

ウィステリアは父親が領地に向かったと聞いたとき、不安から心臓が止まりそうになった。が、感染症に罹患する可能性が低くなったため、安堵で大きく息を吐く。

「ありがとうございます……あなたのおかげで、領民が助かりました……」

「未来の妻が管理する領地だからね。領民を助けるのは当然のことだ」

だとしても、まだヘイディーグはグレイゲート領の一部だ。ウィステリアの婚約者だからといって、ここまで人と金を投入する理由にはならない。

シリルに言われなくても、自分のためにしてくれたのだと分かっている。

こんなときなのに嬉しくて幸せで、でもまだ少し不安が残っているから、揺れる心が涙をあふれさせた。

「ああ、泣かないでくれ」

ウィステリアの涙に弱いシリルが、袖口で雫をぬぐいながら背中を撫でてくれる。彼の優しさと誠実さと愛情に、ウィステリアは素直に婚約者に抱きついた。

ぎゅっと抱き締めてくれる力強さに、途方もなく安心する。

「……シリル様、お願いがあるんです」

「ヘイディーグに行きたいって言うのはやめてくれよ」

「言いません。あなたがおっしゃるとおり、わたくしでは何もできないから……」

シリルにそう言い切られたときは絶望したが、足手まといになって迷惑をかけるより、ずっといい。

それにアディントンで暮らすことは、この身を守ることでもあると気づいている。

父親が護衛を引き連れてタウンハウスを不在にしている以上、シリルのそばにいた方が安全だ。

アディントンの方が私兵の数も多く、鉄壁の防御体制が敷かれている。

でも己の心が落ち着かないから――

「今夜ずっとこうしていてくれませんか？」

「えっ⁉」

「抱き締めてくれるだけでいいんです……眠れないような気がして……」

ウィステリアの瞳がうるうると儚《はかな》げに揺れている。

心が弱っている最愛の女性に懇願されて、シリルはそれを撥《は》ねつけることなどできなかった。

しかし煩悩も膨らんでくるから、内心で大いに慌てている。

「わっ、分かった……とにかく、仕度をしてくる」

寝る準備が万端なウィステリアに対し、シリルはまだジャケットを脱いだだけで湯浴みもしていない。

「はい。シリル様がいらっしゃるまで、ずっとお待ちしています」

胸の前で両手を組み、祈るように囁くウィステリアが可憐で、庇護欲をそそられるシリルはごくりと喉を鳴らした。

その夜、ウィステリアはシリルの腕の中で穏やかに眠ることができた。

まだヘイディーグの件が解決していない以上、不安で寝られないと思っていたけれど、シリルが背中をゆっくりと撫でて慰めてくれたおかげで心が落ち着いた。

しかしシリルの方はギンギンに目が覚めて、まったく、全然、眠れなかった。

真夏の夜に初めて愛を交わしてから、すでに一ヶ月以上が経過している。愛する女性への欲望は、最高潮に達しようとしていた。

一度も触れていないならまだ我慢できるのに、シリルはウィステリアの柔らかい肌を知り、発情の香りや色っぽい嬌声を覚えている。

満足するまで彼女を組み敷いて、さんざん啼かせて貪った記憶も鮮やかに思い出せるのだ。

おかげで股間が猛烈に滾って収まりがつかなかった。

たまにウィステリアが身じろぎすると、蠱惑的な体と屹立がこすれて暴発しそうになる。

奥歯が割れそうなほど食いしばって耐えていたが、だんだんと理性の手綱が脆くなってきた。

とはいえウィステリアの精神状態を慮《おもんぱか》れば、今は決して手を出してはいけないとの理性は残っている。

それでも柔肌を感じるたびに、悪魔が耳元で囁くのだ。『東方の島国では、〝据《す》え膳《ぜん》食わぬは男の恥〟ということわざがあるぞ。意味は分かるな?』とか……

シリルは理性の手綱がぶち切れそうになるたびに、煩悩を鎮めようとクライヴを思い出した。

彼を脳内でフルボッコにしておけば、少しは気が晴れて冷静を取り繕えるような気がしたから。

シリルの忍耐と欲望の戦いは明け方まで続き、結局、一睡もできなかった。

第六話

アディントン邸で暮らしている間、ウィステリアは婚家について学ぶことにした。

シリルは『結婚してからで十分だ』と言ってくれたが、今の自分にはやることがない。中途半端に放り投げた翻訳の仕事を再開してみたものの、これもすでに終わってしまった。

お願いですから何かさせてください！　と、涙ながらにシリルに訴えたところ、狼狽《ろうばい》する彼をよそにアディントン公爵が感動した。

「素晴らしい！　それでこそうちの嫁だ！」

とスタンディングオベーションしたので、公爵の秘書からアディントンの歴史や経済、領地運営などを習っている。

シリルは婚約者を休ませたくて渋い顔をしていたが、ウィステリアは何かしていないと、へイディーグのことばかり考えてしまうから助かった。

自領のことを考える間は思い詰めた顔をしているようで、これ以上、シリルに心配をかけたくなかったから。

そうこうするうちに、ウィステリアは公爵夫人に連れられてお茶会へ出ることになった。

アディントンは社交をしないのでは？　と不思議に思ったが、領地内での分家や寄子との交流はあるため、貴族付き合いには慣れておいた方がいいとのこと。

それに今年は末娘のエノーラが挙式予定なので、公爵夫妻は王都にいる時間が多く、そういうときは社交界にも顔を出すという。

ウィステリアは母親を亡くしているうえに、伯母などの女性親族が一人もいないため、親身になって守ってくれる夫人の存在がとても頼もしく感じる。

すでに湿疹が完治していることもあって、夫人と共に社交場へ出かけて顔を売るということを繰り返した。

ただ、ウィステリアは寵姫を傷つけた末に謹慎となった不名誉がある。自分が社交に出てはアディントンの権威を傷つけるのでは、と案じていた。

しかし当のラモーラは国王の寵愛を失い、それ以降は社交界に姿を現さない。何かとんでもないことをやらかしたらしいとの噂が流れており、彼女の評判は失墜している。

だから公爵夫人は、もう二度と這い上がることがない者のために、自分を貶めてはいけないと告げた。

「ウィステリア嬢、自分の噂をいちいち気にしては駄目。陰でコソコソ言われても胸を張りなさい。あなたに足りないのは自信よ。筆頭貴族の夫人とは、貴族女性の中で頂点に立つ者なの。その誇りを忘れてはならないわ」

優しさと厳しさを同居させる夫人に助けられつつ、ウィステリアは胸を張ってお茶会に臨《のぞ》んだ。

おかげでウィステリアは徐々に社交にも慣れて、貴族女性の役割について学んでいった。

外の世界に少しずつ馴染んでいく間も、ヘイディーグについては逐一報告をしてもらっている。

お披露目パーティーから一ヶ月がたつ頃には、ヘイディーグの疫病は治療薬によって収束しており、新たな患者は発生していない。被害は最小限に抑えられたと言える。近日中に父親も王都に戻ってくるとのこと。

そして王家も調査隊を現地へ派遣しており、人為的な災厄だとの結論になりつつあった。

それというのも、飛び地のヘイディーグは王国の東端に近い領地だが、国境までは辺境伯領を含む他領が二つ存在する。

東の隣国から疫病が入ってきたと仮定するなら、ヘイディーグまで患者がまったく発生していないのは、どう考えてもおかしい。

そのため、ヘイディーグを狙って感染者を送り込んだ者がいるとの前提で、調査が進んでいた。ラモーラとウェネル侯爵家が黒幕であるのは間違いないだろう。

そのことを聞いたウィステリアは、ふとあることが気になった。今回のことにエスターは関わっていたのかと。

ウィステリアを憎んでいる彼女が、クライヴとの婚約が白紙になったことで、正常な判断がつかなくなっていたら不安だ。

今回のような人為的な災害に加担したら、メリガン公爵家もお咎めを免《まぬが》れない。

──そこまで愚かじゃないって信じたいけど、社交に出ると彼女の悪い噂も聞こえてきちゃうのよね……

婚約が解消になったことで、エスターは傷物という烙印を捺されている。

この国では一度婚約を結んだ女性は、その時点で婚約者のものになったとされるため、婚約を解消すると、未婚であっても「純潔ではない」という大変不名誉な噂が流れてしまうのだ。

そこでウィステリアはあることに思い至り、頬が赤くなった。

貴族の婚約では、『婚前交渉はしたないこと』とみなされている。結婚するまで清い身のままでいるのが常識だ。

でもそれなら、婚約を解消した令嬢が傷物とみなされるのはおかしい。以前のウィステリアには理解できなかった。

けれど実際にシリルに恋をすると、一線を越えるのはものすごく簡単なことなのだと身をもって知った。

貞淑であれと教育されてきた自分でさえも、愛する人がそばにいれば、自然と愛欲が育っていく。

それは人間の本能でもあるため、理性とか常識とか慎みとか、後天的に獲得した知性はいとも簡単に負けてしまうのだ。

たぶん、自分たちと同じ状況に陥った婚約者たちは少なくないのだろう。だから一線を越えようが越えまいが、婚約を解消することは非常に体裁が悪いとみなされるのだ。

――シリル様だって完璧な貴公子って感じで、貴族の規範を厳格に守るイメージがあったわ。あんなふうに情熱的に迫ってくるなんて、まったく思わなかったもの！

人は見かけによらないと納得してしまう。

このとき背後のドアがノックされた。

入室の許可を告げると入ってきたのがシリルだったため、彼のことを考えていたウィステリアはますます顔が熱くなる。

「リア？　どうした、顔が赤いぞ」

熱でもあると思ったのか、彼がこちらの額に手を当ててくる。触れられたことでよけいに頭に血が上り、めまいを感じてふらつきそうになった。

シリルに心配させる前に思い切って抱きついてみる。

「おっ」

彼が嬉しそうな声を漏らした。この婚約者は甘えると喜ぶのだ。

自分は公爵夫人にくっついて社交の経験値を上げたり、アディントンについて学ぶ毎日だが、シリルはそれ以上に忙しい。

多忙な婚約者を慰めたくて、つま先立ちになって自ら彼の唇に吸いついた。

シリルの温もりを唇で感じると、最近は空気が乾燥しているせいか、やや乾いていると感じる。湿り気を与えたくて、ウィステリアは皮膚を舌で舐めた。

それは、「ここに入ってもいい?」との控えめなおねだりも含んでいる。

シリルはすぐさま唇を開いてウィステリアを迎え入れ、互いの舌が情熱的に絡まり合った。

口内のすみずみまで舐め尽くそうとする彼の勢いに、ウィステリアはよろめかないよう、シリルに縋りついて心を熱くする。

アディントン邸に滞在するようになってからというもの、人目を忍んで口づけだけは繰り返した。

だから彼の味と熱を感じるたびに心身がときめいて、嬉しいのと同じくらい……飢えが高まっていく。

くちゅっ、と淫らな音を立てて唇を離せば、互いの間に一本の光る銀糸が伸びた。すぐに途切れるから、彼と離れてしまうことが切ない。

間近にある金の瞳を覗き込むと、頬を染めた自分が蕩けた表情で映っている。シリルもまた似たような顔つきをしていた。

こうして口づけをするたびに、グレイゲート領で肌を合わせた夜を思い出す。あれからすでに二ヶ月近くが経過しており、シリルを求める劣情は日に日に高まっていた。

それは彼も同じなのか、こうして濃厚なキスをするたびに、瞳に妖しい光がちらついている。

その光を見ているとお腹の奥が疼いて　場所をわきまえず我が身を捧げたくなった。はしたないと分かっているのに、肉欲が暴走しそうになる。

——でも、ヘイディーグの件は完全に終わったわけじゃない。領民が苦しんでお父様が奔走しているときに、安全な場所でシリル様と仲良くするのって、なんか違う。

唇を引き結んだウィステリアは、握り締めていたシリルのジャケットから手を離す。

彼もウィステリアの心情を慮ったのか、名残惜しそうに婚約者を解放した。

それでも互いの表情には焦れた表情が浮かぶから、見つめ合ったまま離れられない。

やがて先に正気に戻ったシリルが、未練を断ち切るように視線を逸らした。

「……君に報告がある。ヘイディーグについてだ」

「あっ、はい！」

色ボケしかけた意識が引き締まった。

並んでソファに腰を下ろすとシリルが話し出す。

白眼病発生初期に罹患した患者たちを調査したところ、そのほとんどが他国からの移民だった。

マルサーヌ王国は二十年前の疫病で人口が減少したため、移民の受け入れを積極的に進めている。

国境に派遣した官吏が移民の面接を行い、思想的に危険な者ではないか等の審査をした後、身分証を与えられて仕事も紹介していた。

ただ、この審査は通常一ヶ月ほどかかる。白眼病に感染している人間なら、その間に必ず発症して入国は許されない。

そのため国境を通らずに不法入国したか、移民審査官が故意に見逃したか、どちらかだろうと思われた。

しかし国境の審査官はかなりの数が配置されているうえ、不正行為が発生しないよう、頻繁に新しい官吏と交代することになっている。その全員を買収するのは難しい。

そこで王家の調査官は、不法入国したと仮定して調査を始めた。

それを知ったアディントン公爵は、ウェネル侯爵家がならず者を集めていた情報を王家に提出したのだった。

「……調査の結果、周辺国から白眼病患者を連れてきたのは、ウェネル一族の末端の貴族だったと判明した。その貴族も白眼病に感染して、今ウェネル領の一部では病が広がっている」

「それは……」

患者に接触すれば感染する可能性が高まり、命にもかかわると分かりそうなものなのに。

「どうもその貴族は、ヘイディーグに毒を撒くって聞かされたらしい。移民を使うのは、彼らなら捕まって処刑になっても構わないからだと説明されたそうだ」

「毒であっても、かなりの被害が出たに違いありません……」

どちらにしても領民が苦しみ、ウィステリアも傷つく。それが犯人の狙いなのだが、人道にもとる行為に気分が悪くなってきた。

「おそらく最初の計画では毒を使う方針だったと思う。白眼病はラモーラ側にとっても危険だからね。ただ、流通している毒は解毒薬もそろっているし、大量に集めたら商人たちの間で噂が広まる。なので治療薬のない白眼病に切り替えたのだろう」

「それでウェネル領にも被害が広まるなんて……」

なんて愚かなのか。それ以前になぜバレないと思ったのか。

理解不能すぎてシリルに問いかけてみると、彼は肩をすくめた。

「バレないって本気で思ったんだろうな。白眼病は治療薬がなかったから、ヘイディーグは封鎖して感染の拡大を止めることになる。この方法で二十年前は村や街がいくつか全滅した。ヘイディーグに送り込んだ移民が死に絶えたら、彼らがどうやって来たか調べられなくなる」

全滅との言葉に、ウィステリアはゾッとして自分の両腕をさする。

シリルがウィステリアを優しく抱き締めた。

「ウェネル家がどうなろうと構わないけど、苦しむのは無辜《むこ》の民だ。治療薬を王家に渡したから、すぐに収束するだろう」

しかもウェネル家に命じられて動いていた者たちは、全員が感染したことで、治療薬と引き換えに洗いざらい白状したという。

証拠がそろったため、間違いなくウェネル家は取り潰しになる。ラモーラは身分はく奪のうえ、離宮から牢獄に移される予定だ。

とんでもない醜聞だとおののくウィステリアは、あることを思い出してハッとする。

「シリル様、ヘイディーグの件にエスター様は関わっていたのでしょうか？」

「……今のところそういう情報は聞いていない。エスター嬢は君を目の敵にしていたが、さすがにここまで大それたことをする伝手《つて》や資金なんて、貴族令嬢にはないからな」

彼女の父親であるメリガン公爵も、恨むべきはクライヴだとさすがに分かっている。

その諸悪の根源ともいえるクライヴは、現在、北の国境砦で警備隊の事務官として働いているという。

なんでも実家のフリーマン伯爵家が、とうとう本家のメリガン公爵家から切り離されたそうだ。

さらに公爵家は、エスターとの婚約によって成立した共同事業からも手を引いた。

フリーマン伯爵家は資金調達に奔走するものの、メリガン公爵に斟酌《しんしゃく》する貴族たちから相手にされず、出資者は見つからない。

とうとうクライヴを切り捨てる決断をしたという。

それでも可愛い末息子を貴族籍から抜くことはできなかったのか、寒さの厳しい北の地に行かせることで、手打ちにしてほしいと訴えているそうだ。

それを手ぬるいと考えるシリルの口調はそっけない。

「まあ、王都へ戻ることはないだろう。……リアに二度と近づかないなら、私もそれでよしとするよ」

気に入らないとの本音が透けて見える口調に、ウィステリアは困ったような表情になる。クライヴの処遇を甘いと見るべきか、厳しいと見るべきか自分には分からないから。

ただ、クライヴにはよくよく反省してほしい。己の境遇を嘆くのではなく、なぜそうなったのか、自分が何をしたかを理解するべきだ。

彼は一人の貴族令嬢の人生を潰してしまったのだから。

ウェネル侯爵家はその後、シリルの予想通り取り潰しとなり、領地は王家の直轄領にされた。

平民になったラモーラは、牢獄ではなく戒律が厳しい修道院へ送られることになった。事実上の生涯幽閉である。

そしてエスターは国外へ嫁ぐことが決まった。

彼女はウィステリア以外にも、クライヴと親しくした令嬢に嫌がらせをしていたようで、不名誉な噂がなかなか消えなかった。国内では婚約できる相手が見つからないため、友好国の侯爵家嫡男と婚約したのだ。

正式に婚約が交わされると、エスターはその国のことを学ぶという理由で、すぐさま王国から出立した。

外国人となる彼女もまた、王都に足を踏み入れることは二度とない。

ヘイディーグは疫病が完全に終息し、不幸中の幸いで領民に死者は出なかった。

王家は没収したウェネル侯爵家の財産の一部を、復興支援金としてヘイディーグに援助したため、領民は少しずつ元の生活に戻りつつある。

やがて季節は移り変わりウィステリアとシリルが出会った冬を過ぎて、春の女神が歌うほがらかな陽気になる頃、二人の結婚式を執り行う運びとなった。

§

柔らかい春の光が降り注ぐこの日、婚礼衣装に身を包んだシリルは白手袋をはめると、感慨深くため息を漏らす。

――長かった。本っ当に今日まで長かった。

ウィステリアと出会って彼女に惹かれ、領地まで追いかけて求婚してから半年以上が過ぎている。

出会ってからは一年以上だ。

婚約期間は一年程度が常識と知っているものの、正式に婚約した後、ウィステリアは身を守るためにアディントン邸に滞在していた。一つ屋根の下で暮らしているのに、肌を合わせられないもどかしさで眠れぬ夜を過ごしたものだ。

もちろん使用人がいないときなど、彼女を抱き締めて口づけている。

だがそれ以上は進めないことで渇望が膨らみ、剣の鍛錬をする時間を増やすことでなんとか発散していた。

ちょっとぐらい最愛の女性と逢瀬を楽しんでもいいのでは？　と自分に言い訳をして、夜中に彼女の部屋へ行こうとしたのだが……そういうときに限って、なぜか家令や侍女たちがウィステリアの部屋をガードしているのだ。

絶対に扉は開けさせないという気迫に、シリルは両親の意図を察して自室に戻らざるを得なかった。

まあ、親の気持ちは分かる。結婚式の前にウィステリアが妊娠したらまずいとでも思ったのだろう。

自分も彼女の純潔を散らしたとき、興奮しすぎて避妊をまったく考えなかったから、反論できない。

——それも今日までだ。

ようやく結婚式を迎えた今日、花嫁を迎えに行く時間になって、シリルはウキウキとウィステリアがいる衣装部屋へ向かう。

貴族同士の結婚ならば、普通は花嫁は生家から父親と共に教会へ行くものだ。

しかしウィステリアはすでにアディントン邸で暮らしているので、花婿と共にオクロウリー大聖堂へ向かう手はずになっている。

衣装部屋の扉をノックをしたシリルは、入室の許可をもらってから部屋に入った直後、扉を開けたまま息を呑んだ。

一昔前まで花嫁衣装はとにかく派手だったが、東の国々の風習が入ってくるようになると、飾り気のない白いドレスが流行した。シンプルなデザインだからこそ、花嫁自身の美しさを引き立てるという理由で。

確かに純白に身を包んだウィステリアは美しすぎた。凝視するシリルは動けないでいる。

結婚式の今日、花嫁は花婿にしか肌を見せないとの意味から、顔以外の肌をすべて生地で覆っている。とはいえ首や胸元、腕などは繊細なレースが使われているため、地肌がうっすらと透けてとても色っぽい。

無垢、純真といった意味を持つ白い生地には、シリルの瞳の色でもある金色の刺繍がさりげなく全身に施されている。

つややかなハニーブロンドを綺麗に結い上げ、白い生花で飾っている姿は天使のようだ。

しかも身に着けているアクセサリーは、すべて深紅のルビー、ホーリーブラッド。

何者にも穢されない真っ白なウィステリアに、己の色を絡めたような姿だった。

感動したシリルは胸を高鳴らせる。

「すごいな……美しい以外の言葉が見つからない。とても綺麗だ、ウィステリア」

式を挙げれば妻になるその人は、陳腐な美辞麗句では表現できないほどの美女だと、心から思った。

図書館でウィステリアと初めて会ったときから、湿疹があっても美しい人だと気づいていた。けれど自分は彼女の容姿に惹かれたのではなく、知的で穏やかな優しい人柄に惹かれたのだ。この人となら、愛し愛される理想の夫婦になれるだろうと。

ウィステリアと出会わせてくれた神に感謝すると共に、彼女の心を射止めた己を誇らしく思う。

愛する人と出会ってから今までの記憶が、走馬灯のように脳裏に流れるため、高揚感でめまいを覚えるほどだった。

「シリル様も素敵です」

ウィステリアの視線を受け止めて正気に戻ったシリルが、己の姿を見下ろした。

花婿側の婚礼衣装に流行はないため、紺色のフロックコートにエメラルドのボタンを使っているぐらいだ。

アディントンは王家の傍流になるので、ロイヤルカラーのテアブルーサファイアを身に着けることが許される。

だがシリルはもちろん、婚約者の色を求めた。自分を染めるのは彼女の色だけでいい。

そう思いながらエメラルドグリーンの美しい瞳を見つめると、抱き締めてキスしたくなる。

が、婚礼衣装と化粧を乱すわけにはいかないから、夜まで素肌に触れることはできない。

ウィステリアの身支度を担当した侍女たちからも、『絶対にキスしないでください！』との圧をひしひしと感じる。

結婚式での誓いの口づけも、唇に軽く、ちょんっと触れるだけと言われていた。

仕方がない……

とにかくウィステリアをエスコートして馬車へ向かう。玄関を出た途端、二列に並ぶ使用人たちからフラワーシャワーで見送りされた。

ウィステリアが耐えきれないといった様子でクスクスと笑う。

「婚約のお披露目パーティーを思い出します」

しく、本日のフラワーシャワーの量は適量だ。

「あれなぁ、父上が張り切ったんだよ」

とはいえ花びらまみれになったグレイゲート親子を見て、さすがにやりすぎたと反省したらしく、本日のフラワーシャワーの量は適量だ。

ウィステリアは花吹雪をきらきらとした瞳で見上げ、感慨深げにつぶやいた。

「でも綺麗です。花の香りも素晴らしいですし、何よりもお屋敷の皆さんに祝福していただけることが嬉しい……わたくしにこれほどの幸せが訪れるなんて、夢みたい」

ウィステリアの綺麗なグリーンアイが潤んでいる。シリルはそっと彼女の目尻にハンカチを押し当て、雫を吸い取った。

「君の幸せが永遠に続くよう、努力し続けるよ」

「はい。わたくしもあなたと幸せであるよう、努力し続けます」

色とりどりの花びらが舞う中、まだ式を挙げる前だというのに、最愛の女性と未来を誓った。

§

結婚式を終えてアディントン邸へ戻れば、婚約時のお披露目パーティーと同じく、アディントン・ホールに招待客を招いての祝宴が始まった。

これはお披露目のときと違って、両家の関係者や事業で懇意にしている人間など、様々な貴族が出席してものすごい人数になっている。

なにせアディントンが夜会を開くことなどめったにないため、筆頭貴族とつながりたい者たちが伝手を頼って招待状を手に入れたのだ。

おかげで祝宴は午前零時まで続いた。いや、正確に言うとまだ続いている。

嫡男の結婚に喜ぶアディントン公爵が、夫人と踊り続けているので盛り上がったままなのだ。

ウィステリアとシリルは家令から、「朝まで続くやもしれません。もうそろそろお部屋にお下がりください」と言われてそっと退場した。

人気《ひとけ》のないプライベートエリアへ入ると、ようやく二人は貼りつけた笑顔を剥がして疲労の顔つきになった。

「めちゃくちゃ疲れたな……」

「はい……ちょっともう、踊れません……」

いまだに踊っているアディントン公爵の体力に、ウィステリアは心から感心する。彼に付き合う夫人はさすがにお疲れ気味だが、それでもホールに残っているのだから、すごい。

まあ、自分たちは夜会の主役ということで注目度が違うし、緊張で体力を消耗したというのもある。

そんなことを話しながら先導する家令についていくと、自室ではない方角へ歩いていることに気がついた。

「シリル様、どちらへ行かれるのですか？」

「別棟《べつむね》だよ。今日から一週間ほど、そちらで暮らすから」

「まあ、知りませんでした」

アディントンではそういう習慣があるのだろうか？　と不思議に思ったものの、疲れていたのもあって疑問を口にはしなかった。

別棟は本邸の西側にある、瀟洒《しょうしゃ》な二階建ての建物だ。本邸ほどの広さはないものの、若夫婦が滞在する分には十分な機能が備わっているという。

玄関ホールに足を踏み入れたところで、ウィステリアのみ侍女頭に案内される。行先は浴室だ。

頭の天辺から爪先まで綺麗に磨かれ、風呂上がりにマッサージをされている間、うたた寝をしてしまった。

おかげで疲れは取れたが、起こされたときはびっくりした。

「いつの間に寝てたのかしら？」

「今日は早朝から、お支度で忙しかったですもの」

そう話す侍女たちも、こんな遅くまで働き通しである。

お疲れ様とねぎらうと、今日は公爵からお祝い金やご馳走がふるまわれているので、みんな興奮して眠気が来ないそうだ。

そうこうするうちに全身の手入れが終わり、薄手の、透け方が妖しすぎる寝衣を着せられる。

さすがに露骨すぎるそれを見れば、この後のことに思い巡らせて落ち着かなくなってきた。なるべく考えないようにしていたのに……

侍女たちはウィステリアにガウンを羽織らせると、夫婦の部屋へと案内する。

そこは調度品やチェストなどの家具が、見ただけで一流の品であると分かる豪奢な部屋だった。しかも壁紙やカーテンの色、壁にかかる絵画や小物類は、ウィステリアの好みに合わせられている。

妻が心地よく過ごせるよう整えられていると、言われなくても察した。

いったいいつからこの部屋を準備していたのだろう。面はゆい気持ちで室内を見回していたら、侍女たちがうやうやしく頭を下げて部屋から出ていった。

一人になったウィステリアは、隣室へと続く扉の前でグッと両手を握り締める。

この部屋にはベッドがないので、この先がシリルと共有している寝室なのだろう。バクバクと跳ね上がる心臓を感じつつ、ドアノブに手を添えて扉を開ける。

真っ先に目に飛び込んできたのは、巨大な天蓋《てんがい》つきベッドと豪華なシャンデリアだった。

そしてベッドに腰を下ろしていたシリルが、こちらの姿を認めて素早く立ち上がる。足早に近づいてくると勢いよく抱き締められた。

「ああ、ウィステリア……！　この日をどれだけ待ったか！」

感慨深く告げるシリルに、ウィステリアも胸が弾んで彼の広い背中に腕を回す。

「わたくしもずっと待っていました。シリル様」

シリルが喜んでいると自分もまた嬉しくて、同じ気持ちを共有していると感じられ、さらに心が喜ぶ。

離れたくない、離したくないとの気持ちから、ウィステリアもシリルもぎゅっと強めの抱擁を交わした。

互いにいつもより薄着だから、密着すると彼の心臓の鼓動が分かりやすい。いつもより速いと感じる拍動は、シリルもまた平常心じゃないと教えてくれる。

自分と同じように緊張して昂って落ち着かないのだ。それを知ることができて嬉しかった。

シリルが額を合わせて瞳を覗き込んでくる。

「眠くない？」

「実はちょっと居眠りしちゃいました。でもそのおかげで今は眠くありません」

「私はなんだか目が冴《さ》えてしまったよ」

そこで言葉を止めたシリルが、「夜は長いから、ちょうどいい……」と甘くかすれた声で囁いてくる。

間近で見つめ合う二人は、どちらともなく近づいて静かに唇を重ねた。

誓いのキスとは違う、幾度も唇に吸いつく感触がウィステリアには心地いい。

――これからはシリル様に堂々と触れられるんだわ。嬉しい……

さすがに使用人の前でイチャイチャするつもりはないが、いけないことをしている後ろめたさを覚えることはない。

自分たちはすでに夫婦なのだから。

心を熱く染めるウィステリアは、遠慮や慎みなどかなぐり捨てて、口内に差し入れた舌で相手の舌をまさぐる。

シリルもまた情熱的に舌を絡めてくれた。

だんだんと舌使いが巧みになって、ウィステリアの呼吸を奪うみたいな濃厚な口づけを繰り返す。

おかげで唇が離れたとき、ウィステリアは息が上がっていた。

「はぁっ……」

見つめ合えば、はちきれんばかりの欲望がシリルの瞳に育っている。それを見るだけで、ウィステリアは体の芯が甘く震えるのを感じた。

しかも金の瞳に映る自分が、とてもいやらしい顔をしている。シリルに抱かれたくて愛されたくて、ウズウズしている顔つきだ。

自分はこの表情を知っている。

アディントン邸で暮らすようになってから、愛という名の潤いが足りなくて、愛する人を見るたびに心が乾いた。そのため夜になるとベッドの中で悶えたものである。

性の知識に乏しいウィステリアは、自分で自分を慰めることを知らない。だからいつまでも寝つけなくて汗をかき、水を求めて起き上がったとき、鏡に映る自分の顔を見て驚いた。

上気した顔に髪の毛が汗で張りつく、ひどく妖艶で淫らな顔だった。

今の自分は、それと同じ表情をしている。

懊悩をもてあます夜が恥ずかしくてつらかったが、今夜からはシリルがなだめてくれると思えば、どうしようもないほど心が弾んだ。

「……わたくし」

「ん？」

「夜にあなたに会いたくて、眠れなくなることがあったんです……」

「奇遇だな、私もだ。それで君の部屋に忍んでいったこともあったけど、家令や侍女に阻まれた」

「そんなことが……」

まったく知らなかった。

というか、ウィステリアもシリルの部屋に行きたいと考えたことがある。さすがに令嬢が紳士の部屋に行けるはずもなく、自分のはしたなさにベッドで落ち込んでいたが。

部屋を出なくてよかったと、今になって胸を撫で下ろす。

部屋の前で陣取っている使用人と目が合ったら、逃げ出したくなるほど恥ずかしく、居たたまれない心地になっただろう。

「それでも君に会いたかったから、窓から入ろうかなって考えたこともある」

「え？　わたくしの部屋は三階ですが……」

「君の部屋の真下にあるテラスからよじ登れるぞ。懸垂《けんすい》は得意なんだ。まあ屋敷の警備兵に見つかりそうだったから挑戦しなかったけど」

とんでもない告白に、ウィステリアは慌ててシリルに抱きついた。

「もうそんなことはしないでくださいね」

「もちろん。これからはいつでも君に触れられるから」

嬉しそうに頷いたシリルがウィステリアを抱き上げる。

大股でベッドへ運ぶ動きは性急だが、ウィステリアを下ろすときは宝石をあつかうような慎重さだ。

そしてすぐさま覆いかぶさって、寝衣の胸元と腰にある二つのリボンを解く。

たったそれだけで前身頃が左右にはだけて素肌を暴かれた。素早くガウンごと寝衣を脱がされて全裸になる。

今は春といっても、夜はまだ冷え込む。けれど心が昂って発熱しているみたいな感じがするから、まったく寒くない。

「あいかわらず綺麗だ」

「……シリル様のおかげです。湿疹がすべて消えるなんて、考えたこともなかったもの」

湿疹は顔だけでなく体にもあったが、今ではその名残もなくきめ細かな肌になっている。

シリルなら湿疹があっても自分を愛してくれたと思うが、やはり好きな人には綺麗な体を差し出したい。

その願いが叶った今は、ウィステリアにとって奇跡の日々だった。

泣きたいほど嬉しくて幸せで、自然と脚を開いて彼を——今日から夫になった最愛の人を無意識に誘う。

まだ一度しか抱かれていなくても、自分を女にした男が目の前にいれば発情する。成熟した女の香りを放ち、すでに食べごろであると男に甘く訴える。

本能のままに。

「シリル様……」

健気《けなげ》で妖艶な新妻の誘惑に、シリルは細い両脚を左右に広げて股座に陣取り、恍惚の表情で裸体をじっくり観賞し始めた。

ウィステリアはチリチリとした熱視線にさらされて、その熱さで産毛が炙《あぶ》られるみたいな気分になる。

「そんなに、見ちゃ駄目……」

眼差しに情欲が含まれているのか、見られているだけで胸が疼き、先端が勃ち上がってくる。

自分のいやらしさに身の置き所がない。

しかし見ては駄目と言いながらも、恥じらいながら身をくねらせる様は、男の劣情を煽る淫らな媚態《びたい》だった。

シリルはごくりと生唾を飲み込む。

「……君の体はすみずみまで見ているし、味わっているよ」

男の大きな手のひらが薄い腹部をそっと撫でる。ぴくんっ、とウィステリアの細い体が小さく震えた。

「この奥も、私の精で満たした」

シリルが人差し指を立てて、下腹部に字を書くように指の腹で撫で回す。この皮膚の下には子宮があると、ここを白く染めたと言いたげに。

しかもそのまま刺激しながら手を下げ、金色の草叢をかきわける。

地肌をまさぐられるウィステリアは、下腹の奥に生じる疼きで喘ぎ声を漏らした。

「あん……っ、だって、そんな目で見られたら……こうして触られたこと、思い出しちゃう……」

「いいね。そういうときの君の頭の中は、私でいっぱいだ」

「んんっ」

指先で蜜芯を弾かれ、悩ましく身をよじる。同時に甘い痺れが腰にじんわりと広がった。

まだ口づけと抱擁だけなのに、急速に膨れ上がる性感とシリルを求める渇望で、すでに敏感な肉粒はぷっくりと腫れあがっている。

彼の指がかすめるだけで、とても気持ちいい。

だからもっと、触ってほしい。

もっともっと愛してほしい。

「ん……はぁっ……ぅ」

シリルが指の腹で秘裂を上下に撫でると、くちゅっ、ぴちゅっ、と粘ついた水音が響く。

快楽に弱い自分の体が恥ずかしかった。

「君の思考を私だけにできたら最高だ。もっと私の色に染めたい……」

シリルがうっとりと甘い声で呟き、興奮を乗せたその声を聞くとお腹の奥が収縮する。

蜜が垂れ落ちる感覚を拾った直後、彼の指が愛蜜をすくい取って陰核にまぶした。

ぬるついた肉の粒を二本の指でつままれ、くちゅくちゅとしごかれる。

「あっ、ああ……っ」

足が攣《つ》りそうなほど鋭い快感がほとばしった。

あまりの気持ちよさでウィステリアの意識が濁ってくるが、朦朧としながらも彼の言葉について考える。

シリルの色に染めるという意味がよく分からないが、身も心も彼のものになるといったイメージだろうか。

それは自分にとって甘美なご褒美になる。

ウィステリアは両手を持ち上げ、秘所をまさぐるたくましい腕を蠱惑的にさする。こっちを向いて、わたくしを見て、と。

「じゃあ、今から、旦那様の色に、染めてください……」

紅潮した顔で甘えながらおねだりする様に、思いっきり劣情を煽られたシリルが小さく呻いた。すぐさまガウンと寝衣を脱いで全裸になる。

彼の裸体を見たウィステリアは、目を見開いてから慌てて視線を逸らした。

天を向く彼の一物は、下腹部を叩くほど反り返っている。しかも青筋が浮いて凶悪さも感じさせた。

その反面、破裂しそうな陽根は淫猥で力強く、見ているだけで喉の渇きを覚える。

あれが自分を気持ちよくさせてくれると知ってしまったから、お腹の奥が疼いて落ち着かない。

そんな自分がいやらしくて気まずくて、カーッと顔面に熱が広がるのを感じた。

――絶対、真っ赤になってる。

恥じ入るウィステリアの頬をシリルが優しく撫でて、苦しそうな声を漏らした。

「すまない、ちょっと無理だ……」

えっ、とウィステリアが驚いたのと同時に、シリルが自分の分身をつかんで蜜口に亀頭を押し当てる。

「これ以上は待てない」

その追い詰められた様子に、ウィステリアは自分の脚の付け根へ意識を向ける。

肉の輪を限界まで引き延ばして入ろうとする陰茎は、記憶にあるものと変わらず硬くて大きい。前回はウィステリアが痛みを感じないよう、しつこいぐらい膣路をほぐしてから挿入してくれた。今は同じようにしなくていいのかと不安を抱く。

それでもシリルが妻を傷つけるはずがないと、すぐさま思い直した。

だから愛する夫を見上げるウィステリアの顔に、何もかもを許すような優しい笑みが浮かび上がる。

「はい、どうか、挿れてください……あなたが好きなの……」

聖母のごとく微笑む新妻に愛を囁かれ、一瞬硬直したシリルが喉の奥から唸り声を漏らす。

彼は余裕をなくした顔つきで腰を突き出し、猛る陽根をずぶずぶと熱い蜜孔へめり込ませた。

「あぁ……っ、あっ、あぁ……！」

潤沢な蜜でたっぷり濡れていた隘路《あいろ》は、いきり勃つ肉の幹をすんなりと根元まで飲み込んだ。

肉襞が喜び、隙間なくみっちりと吸いついて抱き締める。

「ん、んぅ……、お、きぃ……っ」

やはり圧迫感がすごくて、内臓を押し上げられる感覚に息が苦しい。しかも挿れただけなのに、快感が結合部からじわじわと浸透して背筋がゾクゾクする。

まだ生硬い膣孔だが、すでに一度拓《ひら》かれたせいか痛みはなかった。ウィステリアは安堵で体から力が抜ける。

無駄な力みが消えれば、自然と媚肉が蠢いて咥え込んだ一物を丹念に締めつけた。

シリルが目を閉じて迫りくる快楽を味わう。

「リア……締まる、気持ちいぃ……」

何かに耐える男の表情がひどく色っぽくて、ウィステリアはとてもそそられる。寝室の扉を開けたときからドキドキしっぱなしだ。

「わたくしも、気持ちいいです……お腹の奥が、熱くて……」

「ああ、一番奥が熱いな。溶けそうだ」

はぁっと艶《なま》めかしい吐息を漏らすシリルが、こちらに覆いかぶさって唇を重ねた。そのまま抱き締められると、自分はこうしたかったのだと心から安心する。

体の奥深くで好きな人とつながり、隙間なく密着して愛されると、とても満たされて幸福になるのだ。

幸せすぎて泣きたくなって、迎え入れた彼の舌を丁寧に舐め尽くす。

自分も彼も、徐々に舌使いに熱意がこもる。

夢中で口づけを交わしていたら、シリルが腰をゆっくりと振り出した。

彼はウィステリアの好いところを覚えているのか、突かれるたびに甘ったるい嬌声が止まらない。

ウィステリアは最奥の腹側、ややくぼんだ媚肉を突かれるとよく啼いた。だからシリルは、突き当たりを亀頭で刺激しながら早いリズムで抜き差しを繰り返す。

「んぁ……あぁ……はぁ……あん……んっ、んんぅ……っ、はぁんっ、ああ……っ」

シリルの腰使いに合わせてウィステリアが喘ぐ。身悶えながら背中を反らすと、ボリュームのある乳房が彼へ突き出された。

まるで、まだ可愛がっていないことを訴えるような姿勢だ。

うっすらと微笑むシリルが律動を止めないまま、背中を丸めて乳房にかぶりつく。

「ひゃうっ！」

すでに感度が上がっているウィステリアの肉体にとって、その刺激は強烈だった。

体の芯を快感が駆け抜け、視界に白い星が散る。

しかも彼の舌が乳首を掘り返すように刺激してくるから、疼きが止まらなくて激しく善がってしまう。

心臓が痛みを覚えるほど大きく鼓動を叩いているが、これが彼の色に染まることかと思えば幸せすぎて怖いぐらいだ。心が際限なく夫へ寄り添い、飲み込んだ肉竿を媚肉がぞろりとしごき上げる。

シリルが吸いついていた乳首を放し、胸の谷間に顔を埋めて唸った。

「あー、まずい、一度出させてくれ……っ」

早口で告げると体を起こし、ウィステリアの細腰をガッチリつかんで性急に局部を打ちつける。

「あっあっ、そんなっ、まって、はげしぃ……ああっ、ぁんんっ」

揺さぶられて定まらない視線をシリルに向ければ、彼は荒っぽい呼吸を繰り返し、食い入るようにウィステリアを見つめている。いつもは優しくて穏やかな瞳が、ギラついた貪欲な光を帯びていた。

飢えた猛獣を思わせる獰猛な気配に、それほど自分が欲しいのかと、ウィステリアは嬉しくて心が昂ってとてつもなく悦んだ。

突き上げられる衝撃と性の愉悦に乱されながらも、己の肉体に溺れてくれるシリルを可愛いと感じる。

こみ上げる愛しさで胸がいっぱいになる。

紳士の鑑《かがみ》とも言える、優しくて誠実で常に泰然としている彼はどこにも見当たらない。

普段は決して見せない本能を剥き出しにした姿は、永遠に自分だけのものだ。己以外、誰もこんな姿を見ることはできない。

それを思うだけで、嬉しくて幸せで死んでしまいそう。

──あなたは、わたくしだけのもの。わたくしも、あなただけのもの。

ああ、これが独占欲なのか。

ウィステリアは意識が飛びそうになりながらも、ほの暗い激情を心地よく感じてうっすらと微笑む。

自分にこんな一面があるなんて知らなかった。けれど彼に愛され続けるためなら、なんでもする……との危ない思考がとても甘く感じて、脳が弾けそうだ。

初めてシリルと夜を共にしたとき、相思相愛であってもまだ婚約していないという背徳感があった。

それはそれで背筋をゾクゾクさせるほどの快感を得たが、今は多幸感しかなくて、こんなに幸せでいいのかと心が満たされるのを感じる。

だんだんと自分を蹂躙する彼のこと以外、何も考えられなくなって。

もう気持ちよすぎて限界だと思った瞬間、骨がとろけるほどの快感に襲われて視界に光が明滅した。

「あ――……っ」

ウィステリアが全身を痙攣させた直後、意識がはじけ飛んだ。同時に蜜路の最奥で屹立が跳ね上がる。

「グゥッ……！」

シリルが痛いほどウィステリアの腰をつかみ、互いの股間を密着させる。

体の奥で精を注がれ、その感覚を愛しく思った。膣襞が、もっと搾り取ろうと収縮する。

「クッ……リア……ッ」

肩で息をするシリルが顎を上げて、陰茎にもたらされる快楽を堪能する。

やがて深呼吸して激情をなだめると、勢いよく漲りを抜き出した。

「ひゃんっ」

摩擦による官能でウィステリアが嬌声を上げた直後、くるっと体をひっくり返される。

何が起きたのか分からないうえ、絶頂の余韻でぼんやりしていたため、気づいたら臀部を持ち上げられて膝を立てていた。

「え……？」

這う姿勢で、上体を崩した格好だ。

自分の姿を意識した数秒後、局部を彼に見せつけていると、あられもない姿になっていると理解して猛烈に焦った。

「なっ、シリルさ……ああんっ！」

まったく衰えていない肉槍で一息に貫かれる。

しかもこの姿勢は雁首が今までと違う箇所をえぐってくるから、種類の異なる快感によってウィステリアは再び絶頂へ打ち上げられた。

「くはあぁ……っ！　だめぇっ……！」

ウィステリアの双眸からぼろぼろと快楽の涙があふれ落ちる。

新たな気持ちよさに脳がかき混ぜられて、正常な思考が戻らない。ただただシリルが強制的に植えつけてくる快感にのたうち回るしかない。

彼の長く耐え続けた性欲が鎮まるまで、ウィステリアは延々と組み敷かれ、声が嗄れるほど啼き続けた。

エピローグ

結婚式を二ヶ月後に控えたある日、シリルは父親にこんなことを話していた。

「父上、東方の国では新婚旅行という文化があって、挙式後は一週間ほど新妻と二人きりで過ごすらしいのです。私たちも採り入れたいのですが」

「羨ましい文化だな。しかし旅行と言うからには旅に出るつもりか？」

「一週間でどこに行けるというのです。リアと二人きりにしてくれるなら、旅行じゃなくても構いません」

　大学校が無事に開校したのもあって、一週間の休みがほしいと訴えれば、父親はうんうんと感慨深く頷いている。

「愛の巣作りだな」

「それ、息子に言ってて恥ずかしくありません？」

「ないな。おまえも騎士団に入っていたなら分かるだろう。あの男くさい脳筋集団の中で揉まれれば、貴族の子弟でも下衆《ゲス》い思考に染まっていくものだ」

礼節なんて陛下の御前でしか発揮しない、と平然と言い切る父親に、シリルは頭痛を覚えて指先でこめかみを押さえた。

「近衛騎士団に入ってくれたらよかったのに……」

王族のそば近くで警護する近衛騎士になれば、父親ももうちょっと普通の騎士っぽくなっただろうに。

アディントン公爵家の三男坊だった父親は、本来なら王族つきの護衛騎士に任命されるはずだった。

近衛騎士は剣の強さで選ばれるのではなく、見目がよく礼節を重んじることができる貴族の子弟から指名される。強いのは当たり前であるが、それ以上に身分が尊ばれるのだ。

それなのに父親は近衛騎士団への勧誘を断って、地方勤務の第三騎士団に志願した。

おかげで隣国との小競り合いで思う存分暴れ回り、敵兵からは〝狂戦士《バーサーカー》〟という、名誉なのか不名誉なのか分からない二つ名を頂戴している。

その父親は近衛騎士団と聞いて、難しい顔つきになった。

「近衛はなぁ、王宮警備ならまだしも、護衛騎士にされるとつまらんのだよ。あれって王族の飾りでしかないだろ」

「ものすっごい不敬ですね。聞かなかったことにします」

「だって護衛騎士って、戦わないから」

王族つきの騎士が剣を抜くときは、王宮を守る警備兵が全滅したときか、暗殺の手練《てだ》れが王族に近づいたときぐらいだ。

そのような異常事態など、周辺諸国と友好的な関係を築き、内乱もない現在では、ほぼ起こらない。

ふと、シリルはこの辺りで話がずれていることに気づき、小さく咳払いをすると会話を戻した。

「それで父上。挙式後の休暇を認めてくださいますか」

「いいだろう。私も孫の顔は見たい」

そういうセリフも、閨を連想するからやめてほしい。シリルは心からそう思う。

まあそれはともかく、愛するウィステリアと二人きりで過ごす時間を獲得したのだ。使用人がそばにいるのは仕方がないとしても、それ以外の人間に邪魔をされなくて済む。

シリルは休暇中、別棟を利用することにした。

王都の中の貴族街という限られたエリアで、アディントン家は広すぎるほど広い敷地を保有している。

おかげで本邸以外に別棟が二つもあった。

シリルはそのうちの一つを改装し、蜜月に備えたのである。

§

結婚式の夜から三日間、ウィステリアはベッドから出られなかった。

夜となく昼となくシリルに貪られ、ベッドでぐったりと動けないでいたのだ。

そのため食事は、夫が手ずから食べさせてくれた。

——人間が堕落するのって、すごく簡単なのね。

さすがに四日目になるとウィステリアも、「このままでは食っちゃ寝のブタになる」と己を戒《いまし》めてベッドから這い出た。

シリルはとても残念そうだったが。

彼は本当に、ずーっと片時も新妻を離さず、これでもかと愛でている。

ウィステリアを膝の上に乗せて座り、お菓子を食べさせたり肌のいたるところにキスをしたり、庭園を散策するときは腰を抱き寄せ、密着しつつ歩いたりした。

風呂にも一緒に入ろうと言われたときは、さすがにお断りした。いくら夫婦でも淑女の常識を持つウィステリアには、恥ずかしすぎる。

だがしかし、ベッドでさんざん翻弄されて動けないとき、シリルに抱き上げられて風呂で洗われたため、もうすべてを諦めて受け入れることにした。

何しろ今は蜜月である。蜜月だから、新婚夫婦が何をやっても許される時期なのだ……とはシリルの談。

ウィステリアは蜜月という言葉を初めて知ったが、なんでも結婚直後の甘くて濃密な愛の時間を意味するらしい。

そして本邸から切り離された別棟は、限られた使用人以外は誰も近づかない。

人目が極端に少ないからこそ、ウィステリアも夫の溺愛を受け入れたと言える。

——そう、溺愛。溺れるほど愛すると書いて、溺愛。

字のごとくシリルは妻に溺れていると、己のことながら激しく戸惑ってしまう。

彼に愛されている自覚がある自分も、ここまでしつこく……いや、過剰に可愛がられるとは想像もしなかったので。

大変嬉しいことではあるが、自分の中で淑女の常識が違和感を訴えている。……まあ、そのうち慣れて開き直れるだろう。

そこでウィステリアはハッとする。

ちょっと待て、慣れてどうするのだ。本邸に戻れば義両親がいるではないか。彼らにこのようなラブラブっぷりを見せつけるなど——

「絶対に無理だわっ！」

「——何が？」

きょとんとする夫の金眼《きんめ》に至近距離から見つめられ、ウィステリアはようやく我に返った。

シリルの膝の上で呆けてしまったらしい。

「すみません……。ボーッとしていました」

朝食を彼に食べさせてもらった後、ソファでイチャイチャしていたら意識の深淵部《しんえん》へ沈んでいたようだ。

「疲れた？　無理をさせてすまない」

そう話しつつ、シリルがスカートの上から新妻の太ももを撫でる。その手つきの卑猥さに、昨晩の、いや、朝方に目を覚ましてからの痴態を思い出して顔が熱い。

ベッドでは常に全裸なので、おはようの口づけを交わしているとシリルが興奮し、そのまま組み敷かれてしまう。

おかげで体力を消耗し、集中力が切れやすくなっている。こうやって最愛の夫の膝の上にいても、よそごとを考えてしまうのだから。

シリルはそんな新妻の意識を自分へ向けたいのか、太ももを撫でる手のひらを脚の付け根へとすべらせる。

「あ……」

幾重にも重ねられたシフォン生地の上から、指先が秘部をいやらしく押して、官能を引き出すように引っかいてくる。

もう両手の指では足りないほど彼と交わっているから、ほんの少し触られただけでも体は敏感に反応する。

下腹の奥が疼き、蜜壷がたっぷりと愛蜜を生み出し、体温を上げて発情した女の香りを放つ。腰がうずうずして胸の先端がしこり始める。

そのままいっぱい触って、たくさん可愛がって……と、恥ずかしいことを考えてしまう。

しかしウィステリアは、官能へとグラつきそうになる精神を根性で振り切った。

「あっ、あのっ、別棟の中を見て回ってもいいですか？」

何しろ今日までの六日間、寝室以外だと夫婦の部屋か庭ぐらいしか見ていない。ダイニングルームさえ使っていないのだ。

そのことに思い至ったのか、シリルは大人しく指を離して頷いた。

「そうだな。ここはもともと王妹殿下だった曾祖母のために用意した屋敷だから、リアは興味があるかも」

「まあ、そうだったのですか」

シリルいわく、当時はまだ王立貴族学院がなかったため、王女は降嫁するまで王宮から外へ出ることはなかった。そこで夫君は、少しずつゆっくりと貴族の生活に慣れてもらおうと、両親から離れて妻と二人の生活を始めたという。

「でもシリル様、王妹殿下って次期領主の補佐として望まれたのですよね。それなら当主夫妻の近くで生活した方が、色々と学べるのではないですか？」

「当主が健在なら急いで勉強しなくてもいいさ。私だって父の補佐の傍《かたわ》ら、好きなことをさせてもらっている」

そこで言葉を切ったシリルは、ウィステリアの白くなめらかな、凹凸のない美しい頬を優しく撫でる。

「――リアだって、もう一度王立図書館の司書になってもいいんだよ」

「えぇっ？」

まったく想像もしてなかったことを告げられ、ウィステリアは目を白黒させる。

「嫡男の私が自由に生きているんだ。嫁いできた君がアディントンという檻の中に囚われていいわけがない」

「でも、シリル様の好きなことって大学校のことですよね？　それは領地に貢献していますが、司書の私では……アディントンの役に立ちません」

「役に立つ立たないで考える必要はない。君は私の隣にいてくれるだけでいいんだ」

シリルの言葉や眼差しは真剣で、適当なことを言っている感じはない。ウィステリアはそのことを実感し、じわじわと顔を赤く染める。

「ありがとうございます、シリル様の気持ちが嬉しい……。でもわたくしはアディントンに骨を埋《うず》める覚悟で嫁ぎました。今は司書に戻るよりもあなたのそばにいたい」

言うやいなや、シリルの唇に己のそれを静かに重ねる。触れ合うだけ、啄むだけの軽やかな口づけを繰り返して、ゆっくりと顔を離した。

間近にある夫の顔はいまだに穏やかではあるが、美しい金の瞳には見慣れた情欲の気配が滲んでいる。

ウィステリアはその目に射貫かれるだけで、抑え込んだ性感がむくりと頭をもたげることに気づいた。

フッ、と妖艶に微笑むシリルが、妻のほっそりとした左手をすくい上げる。

「司書より私の方がいいなんて言われたら、浮かれて君の言うことをなんでも聞いてしまいたくなる」

シリルが目を合わせたまま、左薬指の根元に――金の結婚指輪に唇を落とした。

薬指は心臓とつながっていると言われるせいか、ウィステリアは視線を絡めたままそこへ口づけられると、愛という名の糸で心臓を縛られる気分になる。

もう完全に囚われている。

――あなたに捨てられたら生きていけないぐらい、愛している。

心を熱く染めるウィステリアは、高揚しすぎてこの気持ちを言葉にできない。ただ、自由な右手を彼へ伸ばすだけ。

抱き締めてと言わずとも、シリルなら叶えてくれる。

ウィステリアの願い通りに、彼は新妻をかき抱くと再び唇を合わせた。

上唇、下唇と順に甘噛みして、唇の合わせ目にしっとりと吸いつき、もう一度上下の唇を食む。

それは深くて激しい口づけとは違う、ゆったりと慈愛のこもった触れ合いだった。

ウィステリアは振り切ったはずの官能が、だんだん肉体を侵食していると感じる。別棟を見て回りたいとの望みが薄れ、彼のことしか考えられなくなる。

ちゅっ、と音を立ててシリルが唇を離したとき、ウィステリアの情欲はたっぷり育っていた。

上気した頬に潤んだ瞳、何より男に食べてほしいと成熟した色香が零れ落ちている。

満足そうに微笑むシリルが、膝に乗せたウィステリアを慎重にソファに下ろして座らせた。

「リア、脚を曲げるよ」

大きな手のひらがウィステリアの細い足首をつかんで持ち上げ、膝を曲げさせると両脚をM字の形に割り開く。

さらに踵《かかと》をソファの座面に置いて、彼は妻の正面で床に座り込んだ。

「あ……こんなの……」

長いスカートでウィステリアの局部は隠れているものの、脚を開く姿勢は猛烈に恥ずかしい。

——やだ……脚、下ろしたい……

目で訴えるものの、シリルは笑顔のまま受け流してそっとスカートを持ち上げる。

ぱさり。

軽やかな衣擦れの音と共に、すらりと伸びた形のいい脚が剥き出しになった。

「いい眺めだ。……腰を上げて、リア」

シリルがドロワーズの紐を、くんっと引っ張って解いてしまう。

下着を脱がすつもりだと分かりきっているから、ウィステリアは耳まで顔を赤くしながら、おそるおそる腰を浮かせる。

直後、素早くドロワーズを剥ぎ取られた。

その瞬間はさすがに耐えられず、視線だけ逸らして身を縮める。何も身に着けていない秘所を見せつけているのだ。消えてしまいたいほど恥ずかしい。

――でももう、シリル様には数えきれないほど見られているわ。いっぱい舐められたし、指もたくさん挿れられた……。

思い返すだけでお腹の奥の疼きが熱くなり、ぐつぐつと煮え滾る気分に陥る。

だからはしたなく期待して、羞恥は消えずとも脚を閉じたりしない。それにそんなことをしたら、シリルにお仕置きされる。ウィステリアが啼いて悶えて善がって失神するまで翻弄し、延々と甘い責め苦を続けるのだ。

それは確かにお仕置きだけれど、着実にご褒美へと変わりつつある……。

ウィステリアが恥ずかしいことを考えつつ辱めに耐えていると、剥き出しの秘部をじっくりと視姦するシリルが、のぼせたような、やたらと色っぽい声を漏らした。

「ああ、もうこんなに濡れて……また垂れてきた。すごいな」

興奮を隠しきれない口調に、ウィステリアの耳の奥がじんじんと痺れてくる。耳鳴りまで感じるから、聴覚から思考を支配されるみたいだ。

次第に息が上がってドキドキする。

落ち着きなくシリルを見下ろしていると、上機嫌の彼がこちらの右手を優しく持ち上げた。

そしてなんと、濡れた蜜口にウィステリアの指を添えるのだ。

「しっ、シリル様？」

「自分で触ってごらん。気持ちよくなれるよ」

「や……どうして……」

「君が自分で慰める姿を妄想したら、めちゃくちゃ興奮した。どうか見せてくれ」

シリルが脚の間で恍惚の表情を浮かべ、蕩けた眼差しを向けてくる。

そんな顔でそんなふうに上目遣いで見られたら、拒否の言葉なんて言えなくなるのに。

「……どうやって、やるの……？」

シリルなら怖いことはしないと信じていても、未知の行為に対して怯えが滲む。

だがその初々しい反応は、男の嗜虐心を気持ちよく刺激した。

くすっ、とシリルが唇の端を持ち上げて淫靡《いんび》に微笑み、ウィステリアの白魚のようなほっそりとした指を、ぽってりと膨らんだ蜜芯へと導く。

「あ……っ」

敏感な尖りは、ちょんっと指の腹が触れただけで腰がもじついた。しかも、じゅわぁっと愛蜜が肉の口からさらにあふれ出す。

「ここ、君がすごく感じやすいところだよ。もう硬くなって皮がめくれかけてる。――剥いてしまおうか」

「ふあぁっ！」

シリルが蜜芯を唇と舌で優しくしごき、包皮を綺麗に剥いてしまう。

ウィステリアの腰は快感の直撃でカクカクと跳ね上がった。

「ほら、気持ちよくなれるように触るんだ」

剥き出しの肉粒を、自分の指先でまさぐるよう強制される。

「は……、あ、ん……、ふぅっ、ん……」

しかもシリルはこちらの左手まで捕らえ、人差し指で割れ目を上下になぞるのだ。

すぐさま指が蜜でべったり濡れて、己のいやらしさが居たたまれない。ソファに立てている両脚がふるふると震える。

「リア、指が止まっているよ」

「だって……」

この行為は、自身を慰めるという発想さえなかったウィステリアにとって、快楽以上に困惑を覚えるものだった。

――指……シリル様と違う……

腫れた肉の粒をこねくり回すたびに、もどかしさに似た気持ちよさが高まってくる。でも何かが違うのだ。

言葉にできない歯がゆい気持ちが積み重なって、悶えたくなる。

――これじゃないの。シリル様の指は、もっとゴツゴツして、もっと硬くて……

違和感と共に、あなたが欲しいと本能がヒリヒリする。お腹にある空洞が切なく収縮し、蜜口まで連動して、きゅうっと卑猥に窄《すぼ》まった。

男を求める女体の淫らな反応に、シリルは目を細めて悦んでいる。

「私の奥様は美しくて可愛くていやらしい。最高だ」

シリルはウィステリアの五指の中で一番長い指を選び、ヒクつく入り口に遠慮なく沈め、じゅくじゅくと出し入れする。

蜜液が空気を含んで白く泡立った。

ウィステリアは頭を仰け反らせて、快楽と困惑という、相反する感覚に涙を零す。

恥ずかしくてやめたいのに、気持ちよくてやめられない。でも心が「違う」と喚いているから、やっぱりやめたい。それなのに指を止められなくて、さらに恥ずかしくて、どんどん昂って……

――指じゃなくて、そうじゃなくて……もう挿れてほしいの。シリル様の……！

自分が本当に欲しているものを思い浮かべて、浅ましさから身悶えしてしまう。

このときウィステリアの体がグラついて横に倒れそうになった。

「おっと」

とっさにシリルが支えてくれるから、ウィステリアは彼のシャツをつかんで縋りつく。指についた蜜液が服を淫らに汚した。

普段なら絶対に避ける行為なのに、ウィステリアはそんなことで躊躇していられないほど、追い詰められていた。

「お願い、シリル様……おねがぃ……」

瞳を潤ませて涙声で夫に縋る。

ウィステリアの可愛らしくも妖艶な姿に、シリルは目元を赤くして股間を卑猥に膨らませた。

それでも愛妻が自ら慰める姿をもっと見たくて、必死に冷静な様を取り繕う。

「どうしたんだい、リア？」

男のやせ我慢など察せられないウィステリアは、おあずけを食らった仔犬のように、くぅん、と甘い涙声を漏らす。

そしてためらいながらも、シリルの局部に両手を添えた。彼が息を呑む気配に身を縮めるが、それでも手を離せない。

性の知識に乏しいウィステリアは、いまだに能動的なふるまいなど知らなかった。けれど堆積した疼きに頭がおかしくなりそうで、疼きを弾けることができない焦燥感と相まって、なりふり構っていられない。

「シリル様……」

「……うん」

「一人じゃ、嫌だから……」

「うん……」

「シリル様に、可愛がってほしいの……」

うるうるとした眼差しで射貫かれたシリルの血流が、一気に下半身へと流れていく。

「あっ……」

ウィステリアが怯えたように手を離す。スラックスの股間部分が急激に膨らんだのを、布越しに感じ取ったのだ。

淫らな膨張を凝視するウィステリアは、人体の神秘に目が離せないでいる。

数拍の間を空けて、シリルが性急に下着ごとスラックスを下ろした。

ぶるんっ、と音が鳴りそうな勢いで肥大した陰茎が飛び出てくる。勢いがありすぎて前後にゆらゆらと揺れて、先端から透明な蜜を散らすほどだ。

ウィステリアはふわりと広がった男らしい匂いを吸い込み、クラクラとのぼせた気分になってしまう。

どうしようもなく期待感が高まって、脚の間がさらに濡れる。

「シリル様……」

こういうとき、ウィステリアは愛する人の名前を呼ぶ。

あなたのモノで貫いて、とか、わたくしをめちゃくちゃにして、とか、言葉にしにくい恥ずかしい想いを込めて。

それはウィステリアの眼差しや表情にも如実に表れているから、シリルは思いっきり焚《た》きつけられる。

すぐさま唸りながらM字に開いていた両脚を持ち上げ、肩に担ぐ体勢になると、びちゃびちゃな蜜口に亀頭を押し当てて根元まで一気に埋め込んだ。

「んあぁっ！」

膣路はもう彼の形を覚えており、夫専用の体に変わっている。だからほぐされていない膣孔でも、引っかかることなく子宮口を突き上げられる。

パンパンと肉が打ちつけられる乾いた音を聞きながら、ウィステリアはソファの上で両脚を胸につくほど折りたたまれ、窮屈な姿勢で夫の激情を受け止める。まるで陵辱《りょうじょく》されているみたいに。

「うぅんつ、ああつ、はぁん！　あっあっ、あぁぁ……っ」

最奥まで激しく抜き差しされると、とてつもなく気持ちよくて頭がボウッとしてくる。体の中まで愛されることが嬉しくて、思考する力があっという間に溶けていく。

ただただシリルが愛しいと、あなたも気持ちよくなってほしいと、あなたとこうしていると幸せだと、最愛の男のことだけが脳内で渦巻き、快楽を貪ることしかできない。

しかも精がほしくてたまらなくて、膣襞の蠕動《ぜんどう》が激しくなってくる。

だってこの体はもう、あなたの精を受け止めることが気持ちいいと知ってしまったから。

「ああつ、んあぁっ、もぅっ、ああ……！」

媚肉が屹立にしゃぶりついて搾り取ろうと、積極的に蠢いている。

ここに射精《だ》して、と。

「ハァッ！　ウィステリア……ッ！」

余裕を失ったシリルが、このときばかりは容赦なく腰を叩きつけてくる。

ウィステリアは揺さぶられながらも必死に夫へしがみつき、陽根を締めつけて快楽を極めた。

恍惚の光に意識が飲み込まれる。甲高い声で叫んだような気がするのに、何も音をとらえることができない。

シリルが震える肢体を抱き締めて肉棒をビクビクと跳ね上げた。

「ウ……ッ」

熱い射液が噴き上げる感覚に、ウィステリアは腰が抜けるほどの気持ちよさに襲われる。

「あぁ……はぁ、ん……」

それからどれぐらいたったのか、呼吸が落ち着いてくると意識も明瞭になってきた。シリルがこちらを抱き締めたまま、髪を優しく撫でていることに気づく。

ん、と小さく唸って身じろぎすれば、シリルも頭を起こした。

「気がついたな」

「はい……あっ」

動いたせいで、萎えた一物が膣路からにゅるっと抜け出る。一緒に白濁もあふれてきた。

「そのままでいなさい」

シリルが手早く身づくろいして、行為の後始末もしてくれる。

興奮が収まった状態だと、羞恥心とか自制心とか、色々と投げ捨てていたものが戻ってくるから居たたまれない。

一方、シリルは鼻歌でも歌いそうなほど上機嫌で妻のドレスを整え、再び肢体を膝の上に乗せた。

「別棟の中、見て回る？」

そういえばそんなことを話していた。それなのになぜこのような状態になったのか、解せない……

まあ、蜜月はイチャイチャすることが目的なので諦めるしかない。それにまだ体が熱くてとてもだるい。シリルも妻が思い通りに動けないと、分かっているだろうに。

「……また の機会に、お願いします……」

「いっそのこと別棟で暮らすか？」

「いえいえっ、本邸に部屋も用意しましたし！」

ウィステリアは婚約中、客室で暮らしていたので、結婚式が近づくにつれて若奥様の部屋に移る準備を始めた。

その部屋はシリルと共有する寝室を挟んで、彼の私室の隣になる。

ウィステリアの好きなように部屋を変えていいと言われたため、壁紙を張り替えて好きな作家の絵画を飾った。

書棚には、シリルの仕事に役立ちそうな書籍や辞書をたくさん収納している。たまに図書室にある本と入れ替えては、自室で領地の勉強を続けていた。

そう、本邸には図書室がある。

あの部屋は今、専門知識を有する管理者がいない。使用人が掃除をしているだけと聞いたウイステリアは、アディントン邸で暮らすようになってから、部屋と蔵書に適切な処置を続けていた。

本を見ると放っておけない性質なので、自然と図書室に関わっていたが、それは司書の仕事ともいえる。

王立図書館でなくても、自分のやりたかったことは叶っているのだ。

「……わたくし、本邸が気に入ってるので、あちらで暮らしたいと思います。図書室もありますから……」

「ああ、そうだな。あそこも手狭になってきたから拡げるか」

そうすればもっと本を蒐集《しゅうしゅう》できると言われて、ウィステリアは嬉しそうに目を細めた。

「ありがとうございます。王立図書館にはない本を読みたいですね」

「うん。好きなだけ取り寄せて、内装も自由に変えるといい。君は遠くない未来、本邸の女主人になるのだから」

シリルが妻の額に自分の額をつけて優しく微笑む。見つめ合っていると、自然に顔を傾けて口づけを交わす。

愛と幸福が唇から喉の奥へすべり落ちて、ウィステリアの胸を優しく温めてくれた。

番外編　王妹殿下の秘密

シリルとウィステリアが結婚して二ヶ月ほどがたった。

ウィステリアは公爵夫人としての勉強のかたわら、アディントン邸の広大な図書室の管理を続けていた。

シリルは約束通り図書室と隣室の壁を取り払って部屋を拡張してくれたので、蔵書を少しずつ増やしているところだ。

公爵夫妻も図書室はウィステリアに任せてくれたため、時間が空けばせっせと図書室を快適な空間へと変えている。明るい壁紙に貼り替えたり、カーテンも温かい色味のものに新調したり、と。

それだけで室内がパッと華やかになった。

部屋の改良の最中に読書好きな侍女を見つけたので、シリルに頼んで彼女に図書室の管理補佐を命じてもらった。遠くない未来にシリルが公爵位を継げば、ウィステリアも夫と一緒に王都邸を離れて領地を駆け回ることになる。そうなれば王都に滞在する期間は少なくなり、蔵書を守れない。

そこでウィステリアの代わりとなる人材を育てることにしたのだ。侍女の仕事と兼務なので、もちろん給金は上乗せしている。

ウィステリアは働き者の侍女に、書物を保管・管理・点検する司書としての心得を、ゆっくりと教えていった。

そして今日、侍女と一緒に書物の埃取りをしていたときに、ウィステリアはあるものを見つけた。自分の背丈よりもずっと高い位置を掃除しようと梯子《はしご》を上ったら、書棚の最上段に背表紙のない薄い本が何冊も並んでいたのだ。

——何かしら、これ？　ノートみたいな感じだけど、ノートより厚みがあるわ。

図書室の書物はすべて背表紙があるため、ノートのようなそれが何冊も保管されていることが意外だ。

この図書室には翻訳の仕事をしていた頃から出入りしているが、今の今までノートの存在に気づかなかった。冊子はかなり高い位置にあるため、梯子を使わなければよく見えないからだろう。

——誰かの勉強ノートかしら？

そう思ったとき、侍女の悲鳴が響いた。

「きゃぁっ、若奥様！　そんなこと私がやります！」

侍女が青い顔をして梯子に上るウィステリアに駆け寄ってくる。次期当主が溺愛する新妻が高所から落ちて怪我でもしたら、己の首が飛ぶと彼女は分かっているのだ。

ウィステリアもシリルから、『埃取りをするのはいいけど、高い位置は使用人に任せるんだよ』と言われたことを思い出す。高所の本を取るときも使用人に命じること、と注意されていた。

このときは大人しく梯子を下りて、鳥の羽を束ねたはたきを侍女に渡したのだった。

翌日、その日はいつもの侍女が休みの日で、ウィステリアは例の冊子がある最上段を見上げて迷う。

――あの薄い本……本というより冊子かしら？　なんの本か分からなくて気になるわ。何冊もあるから紛れ込んだわけじゃないでしょうし。それにノートを図書室に置かないと思うから、やっぱりあれは本よね。

図書室にあれほど薄い本は他にないため、見つけて以来、気になって仕方がない。

そして今日、ちょうど自由な時間ができた今、読んでみようかと思い立ったのだ。

手袋をはめたウィステリアは、慎重にはしごを上って数冊の薄い本をつかむ。ぱっと見た感じでは、それほど痛んでいる様子はない。

図書室の隅にある大きなソファで、その本をぱらぱらと開いてみる。驚いたことに印刷した本ではなく、美しい手書きの文章が書き記してあった。

誰かの日記かと読むことを躊躇したが、文字に目を走らせると小説のようである。著名な作品の模写だろうか。

しかも。

「これは手製の冊子だわ。綺麗に作っているのね」

ノートに詩を書き溜めて、自作の詩集を作る人はそこそこいる。ウィステリアも子どもの頃にやったことがある。

しかしこの冊子は、半分に折った紙に文章を書き記し、紙の束を麻糸で綴《と》じて外装を取りつけた立派な製本である。司書として蔵書の修繕を毎日行っていたウィステリアには、ズレもない丁寧な仕事だと好感を覚えた。

表紙をめくってみると美しい遊び紙もあって、製作者のこだわりが感じられる。いったいどんな内容だろうかと、わくわくしながらページをめくってみた。

本文の冒頭には、『友愛と恋情の狭間で』とのタイトルらしき一文がある。画家を目指す下位貴族の令嬢・アレクシアが主人公の物語のようだ。

アレクシアは肺を患《わずら》って領地で静養しつつ、風景画を描いている物静かな少女だった。彼女はあるとき、神のごとく美しい平民の青年と出会う。あまりの美貌に身分違いなど気にせずモデルを頼み、やがて二人は友人になった。しかしアレクシアは、少しずつ青年に惹かれていく気持ちに気づいてしまい――

「まあ。これは恋愛小説だわ」

素晴らしい才能だと感心する。読書が大好きなウィステリアでも、自分で物語を組み立てて文章を書いた経験はない。わくわくしながら読み進めていく。

物語はアレクシアと青年が想いを通じ合わせ、身分違いの恋に燃え上がっていく流れになった。そして二人はとうとう一線を越えてしまうのだが。

『――いつもわたくしを優しい眼差しで見つめてくださるあの方が、まるで飢えた獣のような瞳をして唇を塞いできた。わたくしよりずっと大きな手のひらが、乳房をもてあそぶように揉みしだき、スカートをめくってわたくしをはしたない姿に変えてしまう――』

ウィステリアは悲鳴を上げそうになった。

「こっ、これってまさか、官能小説というものでは!?」

ごく普通の恋愛小説では、主人公たちが寝室に入ったらすぐ翌朝になっている。しかしこの薄い本では、寝室に入った後のことが詳細に記されているではないか。

――シリル様と初めて寝室を共にするとき、これを読みたかったかも。

領地でシリルと肌を合わせる際、閨で何をするのか分からなくて、図書室で恋愛小説を読んでみた。しかし当然ながら詳しい内容は何も書かれていなかった。一般に流通している小説は、キスシーンさえ描写されないことも多い。

しかしこの薄い本は、口づけも濃厚な描写でばっちりと書かれているのだ。

「はっ、破廉恥だわ……っ」

そう言いながらもウィステリアは読むのをやめられない。顔を真っ赤にして「はわわわ」と変な声を漏らしながら、立ったり座ったりと落ち着けないでいる。

それでも官能シーンが終われば普通の恋愛小説と同じなので、ようやく冷静になって物語を読み進めた。

「……面白いわ、すごく」

特にアレクシアが両親から貴族との結婚を勧められ、愛する青年を諦めようとするものの、どうしても諦められずに懊悩するシーンがグッとくる。自分もラモーラ妃の奸計に嵌《はま》ったときは、シリルを諦めざるを得なくて涙を零した。

あのときの気持ちを思い出し、あまりの切なさに現実でも涙が滲んでくる。

「分かる……分かるわアレクシア！」

感情移入しまくって、ハンカチ片手にページをめくる手が止まらない。しかも話の先が気になって仕方がないのに、読み終えたくないと思うほど内容が素晴らしかった。

それほど文章量が多くないのもあって、瞬く間に全部読んでしまう。

ウィステリアは冊子を胸に抱き締めて、ほぅ、と感嘆の息を吐いた。

――とてもよかったわ。素敵……

紆余曲折の末、アレクシアが身分も何もかも捨てて、愛する恋人のもとへ走るシーンなどたまらなかった。現実では貴族の義務を捨てるなんて難しいだろうが、空想の中の幸せな結末に感動する。

――破廉恥なシーンがなければ、上等な恋愛小説って感じだわ。でも閨で愛し合う場面があるからこそ、二人が深く想い合っているのがよく分かるし、別れを予感させるシーンがすごく切ないのよね。いったいどなたが書いた作品かしら。著名な作家様が密かに書いたとか？

ウィステリアが筆者の名前を探したところ、最後のページにあるサインを見て中腰になった。

「え……これって王妹殿下が書かれたの!?」

先々代アディントン公爵夫人の名前が記されているではないか。急いで他の薄い本を確認すれば、やはり公爵夫人の名前があった。

――王家の姫君が官能小説を書いていたなんて！　いっ、いえ、誰が何を書いていても自由だけど。

意外すぎて放心する。それと同時に、王妹殿下の趣味を覗き見したことに罪悪感を抱いた。

これは素晴らしい小説であるけれど、人目をはばかる嗜好であるかもしれない。子どもには見せられないし、世に出回っている恋愛小説には官能描写がないため、秘密の趣味とするべきものだろう。

本人の了承を得ずに見てしまった後ろめたさに、誰もいない図書室内をきょろきょろと見回してしまう。

ウィステリアはいったん薄い本を元の位置に戻すことにした。

そして、これは自分だけの秘密にしようと思うのだった。

その日の夜、晩餐の席でウィステリアはボーッとしていたらしい。

「リア、どうした？　食が進んでないようだが」

ナイフとフォークを持ったまま上の空になっていたウィステリアは、シリルの気遣うような声にハッとする。

「あ……申し訳ありません」

「いや、疲れが出たのだろう。環境も変わったし、その、私が疲れさせているし」

シリルが照れたように微笑むから、ウィステリアもまた頬を染めてはにかむ。結婚してからというもの、毎晩のように彼と睦み合っているのだ。

ただ、ぼんやりしていたのは疲れたせいではない。……官能小説のことを思い出していた。

――あの物語に出てきたアレクシアの相手って、赤毛に金の瞳なのよね。この組み合わせはアディントンに出やすい色彩だから、もしかして……

「あのぅ、シリル様」

「ん？」

「先々代公爵閣下って、やはり赤い髪に金色の瞳をお持ちだったのでしょうか？」

「そうだよ。歴代公爵の肖像画を見ると、ここ何代か赤毛に金目の当主が続いている」

公爵夫人には様々な色合いの女性が嫁いでくるのに、赤い髪と金の瞳の男児が一定数生まれるという。

不思議だよね、とシリルは笑っているが、ウィステリアは心臓が激しい鼓動を打って笑顔が引きつった。

──やっぱりあの青年のモデルって、先々代公爵閣下なんだわ。

複雑な心境のウィステリアが皿を見つめていると、シリルが怪訝そうな視線を向けた。

「曾祖父のことを知りたいのか？」

「えっ、いえ、その、図書室には王妹殿下の本がたくさんありますから、どのようなご夫婦だったのかと思いまして……」

嘘は言っていない、とごまかすように微笑むウィステリアは、初めて読んだ物語に感化されて、心ここにあらずの状態になっていることに気づかない。

だから夫が心配そうに妻を見ているのも分からないでいた。

翌日もウィステリアは、空いた時間にふらふらと図書室へ通ってしまう。書棚の最上段にある冊子を何冊か抜き出し、貪るように夢中で読み続けた。

短い物語なので読了するまでの時間はそれほど長くない。抜き出した分の冊子をすべて読み切ったウィステリアは、やはり冊子を胸に抱えて満足そうにため息を漏らした。

──どれも素晴らしかったわ。特に女王陛下と側近の恋なんて、不敬なうえにありえないと分かっているのに読むのが止められなかった。

しかもこの側近、赤い髪に金の瞳の持ち主だったりする。そしてヒロインは必ずアッシュブロンドに、海を思わせる深みのある青い瞳だ。さらにヒロインの身分が相手男性より高いのも、全作品で共通している。

――もしかしたらこの薄い本って、王妹殿下が旦那様との恋愛を様々な条件で妄想したものかしら。「女王陛下と側近編」とか。

なかなか自由な思考の方だったのね、と顔を赤くしながら不埒なことを考えてしまう。

このとき図書室の扉が開く音がかすかに聞こえてきた。しかもコツコツと響く足音が近づいてくる。

反射的にウィステリアは薄い本をクッションの下に隠した。

「――リア、見つけた」

蕩けそうなほど甘い声は夫だっだ。ウィステリアはいつもなら嬉しそうに微笑むのだが、つい先ほどまで不埒なことを考えていたため思いっきり動揺する。

ぎこちない笑みを浮かべて視線を逸らしてしまった。

「どっ、どうなさったの？　シリル様」

どうも何も、愛妻を探しに来たと分かりきっている。普段のウィステリアなら察するのに、気持ちが落ち着かず視線をさまよわせてしまう。しかも王妹殿下の薄い本を読んだ後ろめたさから、こめかみに冷や汗が垂れ落ちた。

――冊子があんな高い位置にあったのは、人に見られたくないからだろうし。

そんな新妻の挙動不審な様子は、夫に不審を抱かせる原因にしかならない。彼は眉をひそめている。

「リア、何かあったのか？」

「いいいえっ、なんでもありません！」

何かあったと白状するのと同じ態度に、シリルは数秒後、ニコッと嘘くさい笑みを浮かべた。愛しい妻の隣に腰を下ろし、いきなりスカートの中に手を入れて素肌をいやらしく撫で回す。

「あぅ、シリル様……」

「私は妻の秘密の一つや二つ気にしないが、こうもあからさまに隠されると暴きたくなってくる」

「待って、こんなところで……っ」

図書室の扉の鍵は開放したままのため、誰かが入ってきたら見られてしまう。

「大丈夫、さっき使用人へ『しばらく図書室には近づくな』って告げておいたから」

「それって図書室で何かするって言ってるようなものですっ」

「私は君と二人で、本でも読もうかと思っただけだよ」

「嘘っ……」

ウィステリアの涙声での抗議をシリルは華麗に聞き流し、下着の上から妻の秘所をこすこすと指先で刺激する。

「はぁう……っ」

体に馴染んだ快感が滲み出し、ウィステリアはすぐに喘いで苦情も言えなくなってしまう。夫の手管に肉体が陥落しているため、抵抗する気持ちなんて簡単に負けてしまうのだ。

シリルもそれを分かっているから、ウィステリアの抗議を封じようといきなり秘部を攻めてきた。

しかもそれだけではなく。

「何を隠してるの？　リア、教えて？」

シリルが妻の耳に口づけて、脳髄が蕩けそうなほど甘い声を注いでくる。頭がクラクラと痺れるようで、声だけで下腹がはしたなく疼いた。己の体は、そう反応するように躾《しつけ》られているから。

夫の声で誘惑されたら大人しくその身を差し出すよう、身も心も愛で縛られている。縛られることを望んでいる。

だからウィステリアは靴を脱ぎ捨ててソファの座面に寝転び、潤んだ瞳で夫を見上げた。わたくしを好きにして、と。

シリルの金の瞳に欲情の光がちらつく。

「そんな目で私の問いをごまかそうとして、いけない奥様だ」

「だって……シリル様が、触ってくるから……」

「君が隠し事をするからだよ」

そう言いながらシリルは妻の下着をするっと脱がしてしまう。着衣での交わりは何度も経験があるため、夫の動きに合わせてウィステリアも尻を持ち上げ、脱がしやすいよう協力する。

でも夫婦の部屋以外で睦み合うのは初めてだから、もしここに誰かが来たらと想像して恥ずかしい。羞恥心に火がついて燃え盛るみたいで、顔だけでなく頭も熱くてのぼせそう。

このときシリルがドレスの襟ぐりを引き下ろし、コルセットから豊満な乳房をすくい出した。

「あっ」

ぽろんっとさらけ出された真っ白な双丘が蠱惑的に揺れる。胸の谷間に一筋の汗が垂れて、発情する女の香りまで立ち昇った。

シリルが嬉しそうに舌なめずりをする。

「私の印が薄くなってしまったな」

ウィステリアが自分の胸を見れば、所有の赤い痕が消えかかっている。昨夜はウィステリアが妄想の世界から帰ってこれず、寝るときまでも上の空だったのでシリルは妻を抱き締めて眠っただけだった。

そこでシリルは、柔らかな膨らみへ顔面を押しつけるようにして吸いつく。ちりっとした瞬間的な痛みと共に、彼の印が妻の素肌に刻まれた。

夫に愛された証は侍女に見られると恥ずかしいが、さすがにもう慣れている。結婚直後の蜜月など、全身、それこそ背中や脚、太ももの付け根近くにも大量の鬱血痕が散りばめられていた。ウィステリアの体でシリルの唇が触れていないところなどない、とでも言いたげな痕は、すでに侍女たちにバッチリ見られているのだ。

当時は自分も、肌に植えつけられた所有印の数におののいた。でも今はそれが捺されるたびに嬉しくて心が弾む。夫の心を独占している証だから。

「シリル様……」

高揚するウィステリアは、乳房だけでなくもっと感じる部分も吸ってほしいと、両手で双丘を根元からつかみ尖りを突き出す。乳首はまだ触れられていないのに、いつの間にかツンと卑猥に勃ち上がって男を誘っていた。

もちろんシリルは愛妻の可愛らしいおねだりを無下にはしない。目の前に差し出された桃色の突起にむしゃぶりつき、舌で丁寧に舐めつつ、ちゅうーっと思いっきり吸いつく。

「あぁん……っ」

ほんの少し痛いぐらいに吸われるが、それさえもウィステリアは快感に変えて身悶える。じゅわっと男を迎えるための愛蜜があふれてきた。

「あっ、垂れちゃう……」

ここはベッドではない。図書室のソファを淫らな粘液で汚したら、恥ずかしすぎてしばらくこの部屋に入れない。

「大丈夫、スカートがあるから」

「でも……」

尻の下にドレスのスカート部分を敷いているが、自分はとても濡れやすいのだ。ソファまで染みたらどうしようと焦ってしまう。

不安げにもぞもぞと身じろぎするウィステリアに、シリルはとてもいい笑顔を見せた。

「垂れないよう、栓をすればいい」

シリルがスラックスをくつろげ、すでに硬くいきり勃った肉棒を取り出した。彼はこれで栓をすると見せつけるように、根元をつかんでぷらぷらと前後にいやらしく揺らす。

その挑発に、ウィステリアは口内に溜まった唾液をごくりと飲み干した。たくましい肉の槍は見ているだけで飢餓感を高め、喉が渇いてくる。あれが欲しいと、我慢できないとひどく煽られた。

ウィステリアは羞恥を押し殺して膝を曲げると、自ら両脚を開いてスカートの生地をおそるおそる持ち上げる。

びしょびしょに濡れた秘裂を夫に差し出した。

「可愛いね、リア」

上機嫌に微笑むシリルが、捧げられた蜜壷に硬い剛直を突き立てる。

「んっ、んぅ……っ」

ほぐすこともないままの交わりだったが、ウィステリアのナカはすでに夫の形に馴染んでいる。ぐじゅぐじゅと淫らな音を立てて、すんなりと陽根を最奥まで飲み込んだ。

「はぁっ、あぁっ」

ずっしりと重たい肉塊が腹の中を占拠する。大きすぎて少し苦しいが、その存在感に安心もする。大好きな夫とつながっていると、愛し合っていると実感できて歓喜で蜜道が震えた。

シリルは目を閉じて愛妻の締めつけを堪能する。

「ああ、いい……」

彼の気持ちよさそうな表情に、ウィステリアは心がくすぐられる。愛する人が悦んでくれるのが嬉しくて、奉仕精神が高まって膣をキュッと締めた。

「グ……」

シリルがきつそうに眉根を寄せる。彼は襲いかかる恍惚に歯をくいしばって耐えると、ウィステリアの指先に口づけた。

「はぁっ、私の奥様は、悪戯好きだな」

「駄目……？」

「まさか。嬉しいよ、一緒に気持ちよくなろう」

言うやいなや、どちゅっ、どちゅっ、と重たい抽挿を送り込んでくる。加減がない突き込みが気持ちよくて、ウィステリアは喘ぎながら夫の分身を甘く締めつける。

二人の肉体が打ち合うたびに体液が弾け、ドレスの内側に飛沫が飛んだ。

普段は静かな図書室に、卑猥な水音と息遣いと嬌声が響く。知識の宝庫を穢す背徳感で、ウィステリアはいつもより早く昂ってきた。

「あっあっ！　シリルさまぁ……っ！」

幾度も打ち寄せる快感の波に呑まれて弾けそうだ。ウィステリアの視界に恍惚の光が滲んでくる。しかしその直後、ぴたっとシリルの動きが止まった。

「……な、に？」

肩で息をするウィステリアは、イけそうでイけない中途半端な気持ちで戸惑う。夫を見上げれば、彼は口元に悪辣な笑みを浮かべていた。

「それで、何を隠したんだ？」

官能に呑まれかけていたウィステリアは、その言葉をすぐに理解できなかった。

「んぁ……？」

「昨日から君の様子はおかしかった。しかも私がここへ来たとき、ものすごく焦っていただろ。――何を隠している？」

最後の言葉はいつもより声が低く、ウィステリアの心を萎縮させる声音だった。そこでようやく、自分の挙動が普段と違いすぎたことに思い至る。

しかし正直に故人の秘密を告げていいものかと迷っていたら、律動が再開された。

「あぁ……はぁっ、あんっ、あっ、ああ……っ」

すぐにつかみ損ねた恍惚がせり上がってくる。途中で止められた絶頂感を、今度こそ逃がすまいと肉体が屹立を締め上げる。

シリルが顎を上げて呻いた。

「ハッ、すごい、私が先に音を上げそうだ……っ」

肉竿がさらに硬くなって猛然と突き上げてくる。揺さぶられるウィステリアは、とうとう陶酔の彼方へ駆け上がろうとした。が、またもや男の腰が止まる。

おあずけを食らい、あまりのもどかしさに涙が零れる。

「やだぁ……シリルさま、やめないでぇ……」

「じゃあ何を隠したか教えてくれる？」

シリルも放出を我慢しているようで、荒い呼吸を繰り返し額から汗を垂らしている。それでもやせ我慢をして軽く腰を突き出し、トントンと子宮口をノックする。

「あんっ、はぁんっ」

「ほら、素直になって、リア」

シリルが円を描くように腰を回し、最奥をグリグリと刺激する。

「はあぁぁ……っ」

「言わないとこのままだぞ」

シリルが腰の動きを止めて乳首を指でつまみ、つまんだり押し潰したりとぬるい刺激を与えてくる。

ウィステリアは気持ちよくてたまらないのに、いつまでもイけない苦しさが混じり合って頭がどうにかなりそうだった。

やがて啼きながら白旗を上げ、悶えつつ右腕を頭上に伸ばしてクッションの下から冊子を取り出す。

「これを……あんっ、はぁ……みつけたの……んんっ」

「何それ？」

「先々代、公爵夫人が、書かれた、官能小説……」

「えっ！」

シリルが驚いた拍子に陽根が跳ね上がった。

「あぅんっ！」

鮮烈な快感にウィステリアは仰け反り、気持ちよさからきゅうきゅうと膣路が波打ってきつく締まる。

「くっ、一度出す……っ」

シリルは己の限界を悟って勢いよく腰を振り出した。膨らんだ肉棒が蜜壺を荒々しく抜き差しする。張り出したエラで媚肉を縦横無尽にこする。

なす術もなく揺さぶられるウィステリアは、苦しいほどの快楽を感じながらようやく法悦を極めた。全身を痙攣させて、肉襞が陰茎に吸いついて絞り上げる。

その収縮にシリルは抗うことなく、呻きながら精液を噴き上げた。互いの股間を隙間なく密着させて、子種を一滴も零さないとばかりに愛する妻の子宮へ注ぎ込む。

長い射精を終えるまで、しつこいほど腰をぐいぐいと押しつけていた。

……やがて興奮が治まったシリルがウィステリアを解放し、自身と妻の身づくろいをしてから冊子を手に取った。

「曾祖母の官能小説、ねぇ……」

パラパラとページをめくって、なんとも言えないような表情を見せる。

ウィステリアは気だるい体を起こすと夫に寄り添った。

「わたくしは初めて官能小説を読みましたが、すごく面白かったです。恋愛小説に官能描写が入っているだけで、大衆小説としての完成度は高いと思いますわ」

その言葉にシリルは唇をきゅっと引き結ぶ。

「……個人の趣味をとやかく言うつもりはないけど、子孫としては微妙な気持ちになるな」

ウィステリアは夫の表情を見て、登場人物にアッシュブロンドと青い瞳を持つヒロインと、赤毛で金目の男性が出ることは言わないでおいた。ヒロインの色が王妹殿下と同じだったら、たぶんシリルはもっと釈然としない気持ちになると思うので。

「では処分なさいますか？」

「処分……そんなことをしたら曾祖父に恨まれそうだ。この図書室は曾祖父が管理していたというから、もしかしたら冊子も彼が残したのかもしれない」

愛妻家であった当時の公爵閣下が、妻の遺品を保存したとの仮説に、ウィステリアもまた微妙な気分になる。彼が妻を愛する気持ちは理解できるのだが、天国の王妹殿下はどう思っていらっしゃるのか。

秘密の趣味が秘密にならなくて、泣いているのではないか……

「わたくしが官能小説を書いたとしたら、死ぬまでには絶対に燃やしたいと思います。それか同じ趣味を持つ同士に託し、他の方には見せないでとお願いしますわ」

そう告げると、シリルはなおいっそう形容しがたい顔つきになってしまった。

やがて彼は、薄い本をもとの高い位置に戻してしまう。

「この本のあつかいは私たちの子孫に任せよう。とりあえず保留」

なんと後世に丸投げした。

それはどうなのかとウィステリアは思うけれど、自分だってご先祖となる方の遺品を、勝手

にこの世から消す勇気はない

――王妹殿下、秘密を暴いてしまい申し訳ありません。でも作品は本当に素晴らしかったです。

図書室には、想像をはるかに超える感動や驚き、意外性や喜びがあふれているとウィステリアは実感する。

持ち主が大切にしてきた想いとの出会いに、この後もたびたび驚愕してはシリルと共に笑い合うのだった。

あとがき

初めまして。筆者をご存じの方はこんにちは。佐木《さき》ささめと申します。このたびは「王立図書館司書の侯爵令嬢は、公爵令息から溺愛される　～祝福の花嫁～」をお手に取っていただき、誠にありがとうございます。

今作は二〇二三年の五月に配信された電子書籍でして、読者様のご支持によって文庫本になる機会をいただきました。

番外編として久しぶりにウィステリアとシリルのお話を書きましたが、イチャイチャする夫婦を書くのは実に楽しかったです。アディントンの男性は妻を溺愛する傾向にあるため、使用人たちはシリルが妻にデレデレする姿を見ても、「やっぱりそうなるよね」と生温かく見守っています。ふふふ。

そうそう、個人的なことですが紙本化はとても嬉しいです。美麗なイラストを実物で拝めるので！　電子書籍でも氷堂《ひどう》れん先生の表紙が綺麗だなって感動していましたが、紙の美しさはまた別物ですね。

この本を手に取ってくださった方も、喜んでいただけると嬉しいです。

佐木ささめ

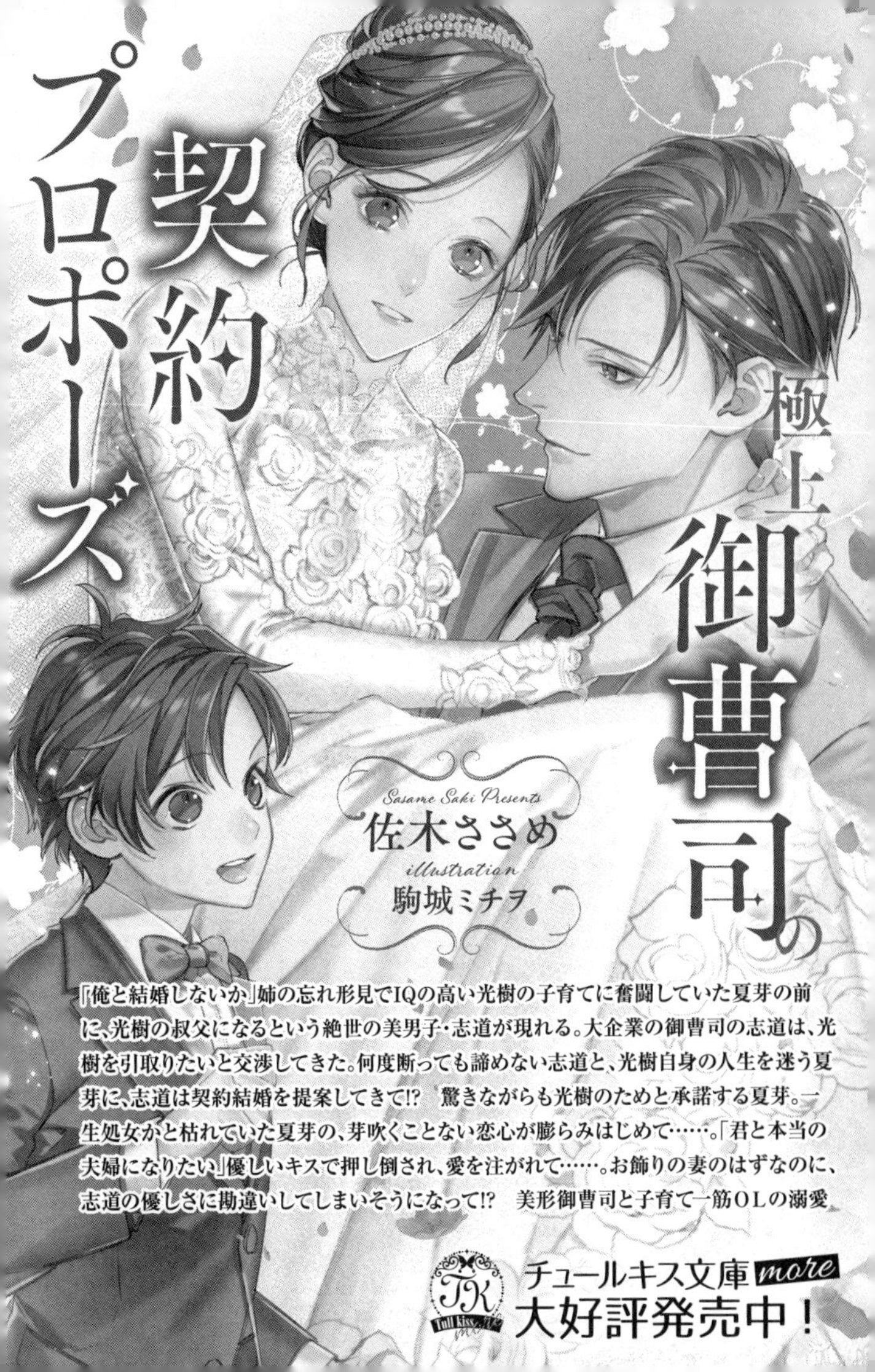
極上御曹司の
契約プロポーズ
Sasame Saki Presents
佐木ささめ
illustration
駒城ミチヲ
「俺と結婚しないか」姉の忘れ形見でIQの高い光樹の子育てに奮闘していた夏芽の前に、光樹の叔父になるという絶世の美男子・志道が現れる。大企業の御曹司の志道は、光樹を引取りたいと交渉してきた。何度断っても諦めない志道と、光樹自身の人生を迷う夏芽に、志道は契約結婚を提案してきて!? 驚きながらも光樹のためと承諾する夏芽。一生処女かと枯れていた夏芽の、芽吹くことない恋心が膨らみはじめて……。「君と本当の夫婦になりたい」優しいキスで押し倒され、愛を注がれて……。お飾りの妻のはずなのに、志道の優しさに勘違いしてしまいそうになって!? 美形御曹司と子育て一筋OLの溺愛
チュールキス文庫 more
大好評発売中！

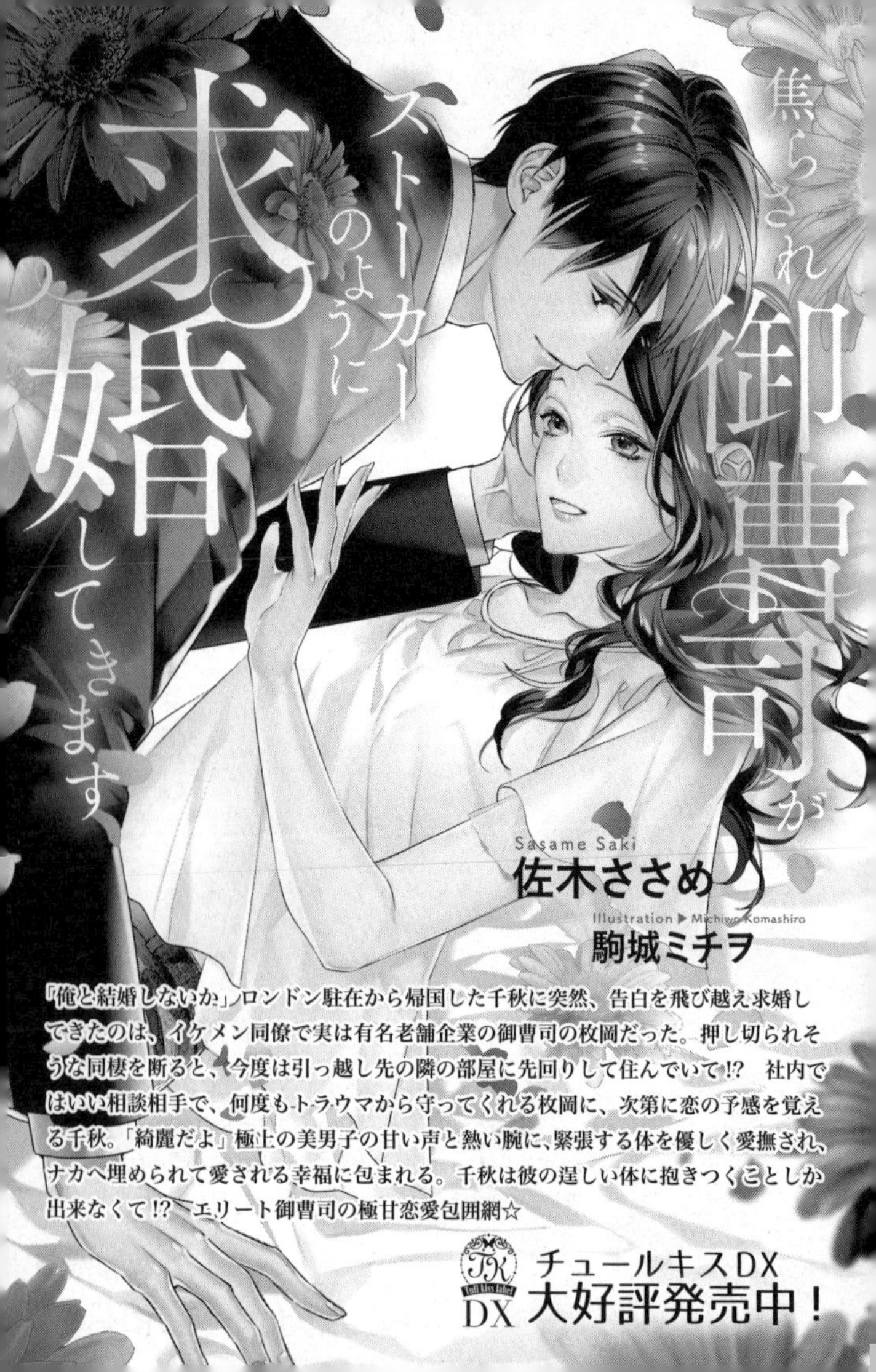
焦らされ御曹司が
ストーカーのように
求婚してきます
Sasame Saki
佐木ささめ
Illustration ▶ Michiyo Komashiro
駒城ミチヲ
「俺と結婚しないか」ロンドン駐在から帰国した千秋に突然、告白を飛び越え求婚してきたのは、イケメン同僚で実は有名老舗企業の御曹司の枚岡だった。押し切られそうな同棲を断ると、今度は引っ越し先の隣の部屋に先回りして住んでいて!?　社内ではいい相談相手で、何度もトラウマから守ってくれる枚岡に、次第に恋の予感を覚える千秋。「綺麗だよ」極上の美男子の甘い声と熱い腕に、緊張する体を優しく愛撫され、ナカへ埋められて愛される幸福に包まれる。千秋は彼の逞しい体に抱きつくことしか出来なくて!?　エリート御曹司の極甘恋愛包囲網☆
TK Tull Kiss Label DX
チュールキスDX
大好評発売中！

Sasame Saki Presents
佐木ささめ
Illustration 幸村佳苗
溺れるままに、愛し尽くせ
Oborerumamani
Aishitsukuse
「可愛い。もっと、いじめたくなる」一般職総務の楓子は突然、新ビジネス推進室長となった御曹司嶺河の第二秘書に抜擢される。イケメンな嶺河の眼差しに勘違いする女子社員が大量生産される中、楓子は嶺河の笑顔にも“飄々としている”ところに注目されたせいだった。しかし、実は楓子には嶺河との思い出したくない過去があって!? もう二度と会わない人と思っていたのに、『好きなだけ啼いていいから』と、耳元で甘く囁かれ、過去の罪滅ぼしかのように、無慈悲な甘い高揚感を与えられて……。
TK Tull kiss label DX
チュールキスDX
大好評発売中！

ロイヤルキス文庫 more をお買い上げいただきありがとうございます。
先生方へのファンレター、ご感想は
ロイヤルキス文庫編集部へお送りください。

〒102-0073　東京都千代田区九段北3-2-5　5F
株式会社Jパブリッシング　ロイヤルキス文庫編集部
「佐木ささめ先生」係　／　「氷堂れん先生」係

✦ロイヤルキス文庫HP✦ http://www.j-publishing.co.jp/tullkiss/

王立図書館司書の侯爵令嬢は、公爵令息から溺愛される
~祝福の花嫁~

2024年4月30日　初版発行

著　者　佐木ささめ

発行人　藤居幸嗣

発行所　株式会社Jパブリッシング
〒102-0073　東京都千代田区九段北3-2-5　5F
TEL　03-3288-7907
FAX　03-3288-7880

印刷所　中央精版印刷株式会社

定価はカバーに表示してあります。
万一、乱丁・落丁本がございましたら小社までお送り下さい。

ISBN978-4-86669-665-2　Printed in JAPAN